루쉰문고

1 5

풍월이야기

루쉰문고 15 풍월이야기

초판 1쇄 인쇄 _ 2011년 7월 1일
초판 1쇄 발행 _ 2011년 7월 10일

지은이 · 루쉰
옮긴이 · 이보경

펴낸이 · 유재건 | 주간 · 김현경
편집 · 박순기, 주승일, 태하, 임유진, 김혜미, 강혜진, 김재훈, 고태경, 김미선, 김효진
디자인 · 서주성, 이민영 | 마케팅 · 정승연, 황주희, 이민정, 박태하
영업관리 · 노수준, 이상원, 양수연

펴낸곳 · (주)그린비출판사 | 등록번호 · 제313-1990-32호
주소 · 서울시 마포구 동교동 201-18 달리빌딩 2층 | 전화 · 702-2717 | 팩스 · 703-0272

ISBN 978-89-7682-139-3 04820 978-89-7682-130-0 (세트)
이 도서의 국립중앙도서관 출판시도서목록(CIP)은 e-CIP 홈페이지(http://www.nl.go.kr/
ecip)와 국가자료공동목록시스템(http://www.nl.go.kr/kolisnet)에서 이용하실 수 있습니다.
(CIP제어번호 : CIP2011002700)

그린비출판사 나를 바꾸는 책, 세상을 바꾸는 책
홈페이지 · www.greenbee.co.kr | 전자우편 · editor@greenbee.co.kr

풍월이야기

准風月談

이보경 옮김

그린비

| 차례 |

| 일러두기 |

1 이 책은 중국에서 출판된 『魯迅全集』 1981년판과 2005년판(이상 北京: 人民文学出版社) 등을 참조하여 우리말로 옮긴 책이다.

2 각 글 말미에 있는 주석은 기존의 국내외 연구성과를 두루 참조하여 옮긴이가 작성한 것이다.

3 단행본·전집·정기간행물·장편소설 등에는 겹낫표(『 』)를, 논문·기사·단편·영화·연극·공연·회화 등에는 낫표(「 」)를 사용했다.

4 외국의 인명이나 지명, 작품명은 〈국립국어원〉에서 펴낸 '외래어 표기법'에 근거해 표기했다. 단, 중국의 인명은 신해혁명(1911년) 때 생존 여부를 기준으로 현대인과 과거인으로 구분하여 현대인은 중국어음으로, 과거인은 한자음으로 표기했으며, 중국의 지명은 구분을 두지 않고 중국어음으로 표기하는 것을 원칙으로 했다.

풍월이야기

『풍월이야기』(准風月談)는 루쉰이 1933년 6월에서 11월 사이에 쓴 잡문 64편을 수록하고 있다. 1934년 12월 상하이 롄화서국(聯華書局)에서 '싱중서국'(興中書局)이라는 이름으로 출판했다. 이듬해 1월에 재판이 나왔고 1936년 5월에 롄화서국으로 이름을 바꾸어 출판했다. 필자 생전에 3판이 나왔다.

서문

중화민국 건국 22년 5월 25일 『자유담』의 편집인이 "국내海內의 문호들에게 이제부터 풍월을 더 많이 이야기해 주기를 호소한다"라는 광고[1]를 실은 뒤로 풍월문호의 노장老將들이 고개를 끄덕이며 한동안 기뻐했다. 냉화冷話를 하는 사람도 있었고, 우스개를 하는 사람도 있었고, '문단 스파이' 노릇에 능한 발바리들마저도 자신들의 존귀한 꼬리를 치켜세웠다. 그런데 흥미로운 점은 풍운을 이야기하는 사람들은 풍월도 이야기할 수 있다는 것이다. 비록 여전히 그대의 뜻과 다르지만 풍월을 이야기하라고 했으니 풍월을 이야기해 보기로 한다.

한 가지 화제로 작가를 구속하려고 해도 사실 그렇게 되지 않는다. 만약 "배우고 때때로 그것을 익힌다"[2]라는 시험문제로 유소[3]와 인력거꾼더러 팔고문[4]을 짓게 해도 그들 각각의 작법은 결코 같지 않다. 물론 인력거꾼이 지은 문장은 불통不通이고 헛소리라고 할 수도 있겠지만, 불통이나 헛소리가 유소들의 통일천하를 깨뜨리는 법이다.

옛말에도 있다. 류하혜는 설탕물을 보고 "노인을 모실 수 있겠다"라고 했으나, 도척이 보고는 "빗장을 붙일 수 있겠다"고 말했다.[5] 그들은 형제임에도 같은 것을 보고 생각한 용처가 이렇듯 천양지차였던 것이다. "달 밝고 바람 서늘한데, 이 좋은 밤을 어찌할까나?"[6] 좋다. 풍아風雅의 지극함에 쌍수를 들어 찬성한다. 그런데 마찬가지로 바람과 달을 언급하면서 "검은 달 살인하는 밤, 높은 바람 방화하는 낮"[7]이라고 한 것은 어떠한가? 이것 또한 분명 고시古詩가 아니던가?

나는 풍월을 이야기하면서도 끝내 시빗거리를 끄집어내고 말았지만, 결코 '살인방화'를 주장하기 위해서는 아니다. 사실 "풍월을 더 많이 이야기한다"는 말이 바로 '국사國事를 말하지 말라'는 의미라고 생각하는 것은 오해이다. '국사를 질펀하게 이야기하는 것'은 문제 될 것이 없고 그저 '질펀하기'만 하면 된다. 시위를 떠난 돌화살이 사람들의 콧등을 맞추어서는 안 된다. 왜냐하면 이것은 그들의 무기이고 그들의 간판이기 때문이다.

유월부터는 투고한 글에 다양한 필명을 사용했다. 한편으로는 물론 번거로운 일을 줄이기 위해서이기도 했고, 다른 한편으로는 독자들이 글 내용은 상관 않고 필자의 서명만 본다고 욕하는 사람들을 줄이기 위해서였다. 그런데 이렇게 하다 보니 시각은 사용하지 않고 오로지 후각으로만 글을 보는 '문학가'들의 괜한 의심을 사고 말았다. 그런데 그들의 후각은 신체와 더불어 함께 진화하지 않았기 때문에 새로운 필자의 이름을 보면 나의 별명이 아닌지 의심부터 하고 나에게 끊임없이 앵앵거렸다. 어느 때는 그야말로 독자들도 그들의 영향을 받아 까닭 없이 소란을 피우기도 했다. 지금 당시의 필명 그대로 각각의 글 아래에 남겨 두어 응분의 책임을 다하기로 한다.

예전의 편집 방법과 또 다른 점도 있는데, 게재될 당시 삭제된 문장을 대개는 살려 놓았다는 것이다. 그리고 갈피를 분명히 할 수 있도록 위에 검은 점을 찍어 두었다.[8] 삭제는 편집인이나 총편집인, 그리고 관방파의 검열관이 한 것도 있겠지만 지금은 분간할 수 있는 방법이 없다. 추측건대 구절을 바꾸고 금기를 삭제하고도 문장이 이어지는 부분은 편집인이 했을 것이고, 문기文氣가 이어지는지 혹은 의미가 완전한지 아랑곳 않고 함부로 삭제한 것은 관에서 친히 결정한 문장일 것이다.

일본의 간행물에도 금기가 있지만, 삭제된 곳은 공백으로 남기거나 실선을 그어 독자들이 알아볼 수 있게 한다. 그런데 중국의 검열관은 공백으로 못 남기게 하고 반드시 이어 놓기 때문에 독사들은 검열하고 삭제한 흔적을 보지 못하고, 모호하고 어리둥절한 구절은 필자의 탓으로 귀결된다. 일본보다 훨씬 진보적인 이 방법에 대하여, 나는 지금 중국문망사[9]에서 아주 가치 있는 역사적 사실로 보존하기를 제안한다.

작년 꼭 반년 동안 수시로 쓴 글들이 놀랍게도 어느새 한 권이 되었다. 물론 두서없는 글에 지나지 않고 '문학가'들이 거론할 가치도 없다. 하지만 이러한 글마저도 이제는 많지 않으므로 '폐품 줍는' 사람이라면 이 속에서 무언가를 찾아낼 수도 있을 것이라 생각한다. 이러한 까닭으로 나는 이 책이 잠깐이라도 생존할 것이라 믿고 있으며, 또 이

것이 글을 모아 찍어 내는 까닭이기도 하다.

1934년 3월 10일 상하이에서 쓰다

주)________

1) 국민당의 압력으로 『선바오』(申報)의 부간 『자유담』(自由談) 편집인은 1933년 5월 25
   일 다음과 같은 광고를 냈다. "올해는 말하기가 어려워졌고 붓대를 놀리기는 더욱 어
   려워졌다. 국내의 문호들에게 이제부터 풍월을 더 많이 이야기하고 근심은 덜 풀어
   주기를 호소한다. 이것이 작가와 편집인 모두에게 좋은 일이 되기를 희망한다."

2) 『논어』(論語)의 「학이」(學而)에 나오는 말이다.

3) '유소'(遺少)는 패망한 청조에 대한 충성을 맹세한 유로(遺老)들 못지않게 수구적인
   청년을 가리키는 말로서, 루쉰의 글에 자주 등장한다.

4) '팔고문'(八股文)은 명청(明淸)시대 과거시험의 답안으로 쓰던 문체이다. 파제(破題),
   승제(承題), 기강(起講), 입수(入手), 기고(起股), 중고(中股), 후고(後股), 속고(速股) 등
   여덟 부분으로 구성된다. 내용이 공허하고 형식이 상투적이다.

5) 류하혜(柳下惠)와 도척(盜跖)이 설탕물을 본 이야기는 『회남자』(淮南子)의 「설림훈」
   (說林訓)에 나온다. "류하혜는 엿을 보고 '노인을 모실 수 있겠다'고 말했다. 도척은
   엿을 보고 '빗장(牡)을 붙일 수 있겠다'라고 말했다. 같은 것을 보고 사용하는 것이 달
   랐던 것이다." 동한의 고유(高誘)의 주에는 "모(牡)는 문의 빗장이다"라고 했다. 류하
   혜는 춘추 시대 노(魯)나라 대부로서, 『맹자』의 「만장하」(萬章下)에서는 "조화의 성품
   을 지닌 성인"이라고 했다. 도척은 류하혜의 동생으로 전해지는데, 『사기』의 「백이열
   전」(伯夷列傳)에는 "날마다 무고한 사람을 죽이고 인육을 먹고 모질고 사납게 굴며
   무리 수천 명을 모아 천하에 횡행한" 대도(大盜)라고 했다.

6) 송대 소식(蘇軾)의 「후적벽부」(後赤壁賦)에 나오는 구절로서 원문은 "月白風淸, 如此
   良夜何?"다.

7) 원대 천연자(鞭然子)의 『부장록』(拊掌錄)에 나온다. "구양공(歐陽公; 즉 구양수歐陽修)
   이 사람들에게 명하여 각각 시 두 구절씩 짓게 했다. 모두 징역형 이상의 범죄자였다.

하나는 '칼을 들고 과부를 기만하고, 바다로 내려가 남의 배를 약탈했다'고 했고, 다른 하나는 '검은 달 살인하는 밤, 높은 바람 방화하는 낮'이라고 했다. 구양수가 가로되 '술이 소맷자락을 적시니 무거워지고 꽃이 모자 가장자리를 누르니 기울어지는구나' 했다. 누군가 시에 대해 묻자 대답하여 가로되 '이때에 징역형 이상을 저지른 사람도 시를 지었다'라고 대답했다."

8) 루쉰이 글을 쓰던 시절에 중국은 세로줄 쓰기를 하고 있었으므로 글자 옆에 강조점을 찍었다. 이 책에서는 글자 위 강조점으로 표시했음을 밝혀 둔다.

9) 루쉰은 '중국문학사'가 아니라 '중국문망사'(中國文網史)라고 하는 언어유희를 통하여 중국 문학이 제도적 감시의 그물(網)에 걸려 있던 시대였음을 드러내고 있다고 할 수 있다.

밤의 송가[1]

유광 游光

밤을 사랑하는 사람은 고독한 자일뿐만 아니라 한가한 자, 싸우지 못하는 자, 광명을 두려워하는 자이다.

사람의 언행은 대낮과 한밤, 태양 아래와 등불 앞에서 종종 다른 모습을 보인다. 밤에는 조물주가 짠 유현幽玄한 천의天衣가 모든 사람들을 따뜻하고 편안하게 덮어 주므로 저도 모르게 인위적인 가면과 의상을 벗어 버리고 적나라한 모습으로 무망무제의 검은 솜 같은 커다란 덩어리 속에 싸여 들어간다.

밤에도 명암은 있다. 미명도 있고, 땅거미도 있고, 손을 내밀어도 손바닥이 안 보이기도 하고, 칠흑 같은 덩어리도 있다. 밤을 사랑하는 사람은 밤을 듣는 귀와 밤을 보는 눈이 있기 마련이어서 어둠 속에서 모든 어둠을 본다. 군자들은 전등불에서 벗어나 암실로 들어가 그들의 피로한 허리를 편다. 애인들은 달빛에서 벗어나 나무숲 속으로 들어가 그들의 눈짓을 갑작스레 달리한다. 밤의 강림은 모든 문인학사들이 백주대낮에 눈부신 백지에 쓴 초연하고 순박하고 황홀하고 왕성하고 찬란한 문장을 지우고, 애걸하고 비위 맞추고 거짓말하고 속이고 허풍 떨고 수작 부리는 야기夜氣만을 남겨 현란한 금빛의 코로나를 형성한다. 그것은 탱화 위를 비추는 빛처럼 비범한 학식을 가진 자의 두뇌를 휘감는다.

밤을 사랑하는 사람은 그리하여 밤이 베푸는 광명을 받아들인다.

하이힐의 모던 걸은 대로변 전등불 아래 또각또각 신이 나 걷지만 코끝에 번들거리는 기름땀은 그녀가 풋내기 멋쟁이임을 증명한다. 깜빡이는 등불 아래 오랜 시간 걷다 보면 그녀는 '몰락'2)의 운명과 마주하게 될 것이다. 줄줄이 문을 닫은 상점의 어둠이 한몫 거들어 그녀로 하여금 걸음을 늦추고 한숨을 돌리게 할 때, 비로소 심폐에 스며드는 밤의 산들거리는 시원한 바람을 느끼게 된다.

밤을 사랑하는 사람과 모던 걸은 그리하여 동시에 밤이 베푼 은혜를 받아들인다.

밤이 다하면 사람들은 다시 조심조심 일어나 밖으로 나온다. 여성들의 용모도 대여섯 시간 전과 확 달라진다. 이때부터는 시끌벅적, 왁자지껄해진다. 그러나 높은 담 뒤편, 빌딩 한복판, 깊은 규방 안, 어두운 감옥 안, 객실 안, 비밀기관 안에는 여전히 놀랄 정도로 진짜 거대한 암흑으로 가득하다.

최근의 백주대낮의 홍청거림은 바로 암흑의 장식이자 인육조림 장독의 황금 뚜껑이자 귀신 면상의 로션이다. 오로지 밤만이 그냥저

냥 성실한 셈이다. 나는 밤을 사랑하고, 밤새 「밤의 송가」를 짓는다.

6월 8일

주)______

1) 원제는 「夜頌」, 1933년 6월 10일 『선바오』의 『자유담』에 발표했다.

2) 1920년대 말에 벌어진 소위 '혁명문학' 논쟁에서 창조사(創造社) 동인들은 루쉰을 비
판했다. 특히 청팡우(成仿吾)는 1928년 5월 『창조월간』 제1권 제11기의 「어쨌거나
'취한 눈은 느긋한' 법이다」(畢竟是"醉眼陶然"罷了)에서 루쉰의 '몰락'을 조롱했다.

밀치기[1]

펑즈위 豊之餘

두세 달 전 신문에 이런 뉴스가 실렸던 것 같다. 신문팔이 아이가 신문 값을 받으려고 전차의 발판에 올라서다가 내리려는 손님의 옷자락을 잘못 밟고 말았다. 그 사람은 대로하여 아이를 힘껏 밀쳤고 아이는 전차 아래로 떨어졌다. 진차는 막 출발했고 순간 멈추시 못해 아이가 깔려 죽게 했다는 내용이다.

아이를 밀쳐 넘어뜨린 사람이 어디로 갔는지는 그때도 몰랐다. 그런데 옷자락이 밟혔다고 하니 장삼[2]을 입었을 터이다. '고등 중국인'은 아니라고 하더라도 어쨌거나 상등에는 속하는 사람임을 알 수 있다.

상하이에서 길을 걷다 보면 우리는 맞은편이나 앞쪽의 행인에게 절대로 양보하지 않는 두 부류의 좌충우돌과 자주 만나게 된다. 한 부류는 두 손은 사용하지 않고 곧고 긴 다리만으로 흡사 사람이 없는 곳을 가는 양 걸어오는 사람들인데, 비켜 주지 않으면 이들은 당신의 배나 어깨를 밟을 것이다. 이들은 서양 나라들인데, 모두 '고등'인으로 중국인처럼 상하의 구분이 없다. 다른 한 부류는 두 팔을 굽혀 손바닥을 바깥으로 향하게 하여 흡사 전갈의 두 집게처럼 밀치고 지나가는 사람들인데, 밀쳐진 사람이 진흙수렁이나 불구덩이에 빠지든 말든 신경 쓰지 않는다. 이들은 우리의 동포이지만 '상등'인이다. 이들이 전차에 탈 때는 이등칸을 삼등칸으로 개조한 것을 타고 신문을 볼 때는 흑막을 전문적으로 싣는 타블로이드 신문을 본다. 침을 삼켜 가며 앉아서 신문을 보지만, 전차가 움직이면 바로 밀친다.

차를 타거나 입구에 들어서거나 표를 사거나 편지를 부칠 때 그들은 밀친다. 문을 나서거나 차에서 내리거나 화를 피하거나 도망을 칠 때도 그들은 밀친다. 여성이나 아이들이 비틀비틀거릴 정도로 밀친다. 넘어 자빠지면 산 사람을 밟고 지나가고, 밟혀 죽으면 시체를 밟고 지나간다. 밖으로 나온 그들은 혀로 자신의 두꺼운 입술을 쓱 핥을 뿐 아무런 감정도 느끼지 않는다. 음력 단옷날 한 극장에서는 불이 났다는 헛소문으로 말미암아 또 밀치는 일이 발생하여 힘이 모자라는 10여 명의 소년들이 밟혀 죽었다. 죽은 시신은 공터에 진열되었고, 듣자 하니 구경 간 사람이 10,000여 명으로 인산인해를 이루어 또 밀치는 일이 발생했다고 한다.

밀치고 난 뒤에는 입을 헤벌쭉 벌리고 말한다.

"아이고, 고소해라!"[3]

상하이에서 살면서 밀치기나 밟기와 마주치지 않기를 바라는 것은 불가능하다. 뿐만 아니라 사람들은 이러한 밀치기와 밟기를 더 확장하려고 한다. 하등 중국인 가운데 모든 유약한 사람들을 밀쳐 넘어지게 하고, 모든 하등 중국인을 밟아 넘어뜨리려고 한다. 그러고 나면 고등 중국인만 남아 축하하고 있을 것이다.

"아이고, 고소해라. 문화의 보전이라는 입장에서 보면, 어떤 한 물건들이 희생된다고 해도 안타까워해서는 안 된다. 이런 물건들이 뭐가 중요하겠는가!"

6월 8일

주)______

1) 원제는 「推」, 1933년 6월 11일 『선바오』의 『자유담』에 발표했다.
2) '장삼'(長衫)은 전통시대 중국 남성이 입던 두루마기 모양의 옷이다.
3) 루쉰은 '정말 재미있다'라는 뜻의 상하이 방언 '好白相來希'를 사용했다.

얼처우 예술[1]

펑즈위

저둥浙東의 한 지방희[2] 가운데 '얼화롄'二花臉이라는 배역이 있는데 좀 고상하게 번역하면, 그러자면, '얼처우'二丑가 그만이다. 샤오처우小丑와 다른 점은 막돼먹은 난봉꾼 역을 하는 것도 아니고 권세를 등에 업은 재상의 하인 역을 하는 것도 아니라는 것이다. 그가 맡은 역은 공자公子를 보호하는 권법사拳法師이거나 공자를 받드는 문객이다. 요컨대, 신분은 샤오처우보다 높고 성격은 샤오처우보다 나쁘다.

의로운 하인은 라오성老生이 연기하는데, 간언을 하다가 끝내는 주인을 따라 죽는다. 악한 하인은 샤오처우가 연기하며 나쁜 짓만 할 줄 알고 결국에 가서는 패망한다. 그런데 얼처우의 본령은 다르다. 그는 상등인의 품새가 조금 있어서 가야금, 바둑, 서예, 그림을 알고 주령[3]과 수수께끼 놀이를 할 줄도 안다. 하지만 그들은 권문세가에 의지하고 백성을 능멸한다. 억압당하는 사람이 있으면 그는 수차례 냉소 짓고 통쾌해하고, 모함받는 사람이 있으면 그는 수차례 을러댄다. 그런데 그의 태도가 항상 이런 것은 아니다. 대개 한편으로는 얼굴을 돌려 무대 아래 관객을 바라보며 공자의 결점을 꼬집어 내고 머리를 흔들어 귀신 같은 얼굴로 분해서는 말한다. "여러분, 이 녀석 보시오, 이번에는 분명 운수 사나울 것이오!"

최후의 한방이 얼처우의 특징이다. 의로운 하인의 미욱함이 없고 악한 하인의 단순함이 없다. 그는 지식계급이다. 그는 자신의 의지처가 빙산이므로 결코 오래갈 수 없으며 앞으로 다른 집의 식객이 되어야 한다는 것을 잘 알고 있다. 따라서 비호를 받으며 남은 위세를 나누어 누릴 때조차도 귀공자와 절대 한 패거리가 아니라고 시침을 뗀다.

얼처우들이 편집한 극본에는 물론 이런 배역이 없다. 그들이 어찌 인정할 수 있겠는가. 샤오처우 즉, 난봉꾼들이 편집한 극본에도 있을 수 없다. 왜냐하면 그들은 만나는 보았으나 미처 생각하지 못하기 때문이나. 얼화롄은 백성들이 이런 종류의 사람을 간파하고 징수를 추출하여 만들어 낸 배역이다.

세상에 권문세가가 있으면 반드시 악의 세력이 있다. 악의 세력이 있으면 반드시 얼화롄이 있고 또한 얼화롄 예술도 있다. 간행물을 구해 일주일만 보아도 돌연 봄春을 원망하고, 돌연 전쟁을 찬양하고, 돌연 버나드 쇼⁴⁾의 연설을 번역하고, 돌연 혼인문제를 거론하는 사람을 보게 된다. 그런데 그 사이에 반드시 강개격앙하여 국사에 대한 불만을 표현하는 때도 있다. 이것이 바로 최후의 한방을 사용하는 것이다.

이 최후의 한방은 한편으로 그가 결코 식객이 아니라고 은폐해

준다. 그렇지만 백성들은 잘 알고 있었기 때문에 오래전에 그들의 유형을 무대 위에 올렸던 것이다.

6월 15일

주)______

1) 원제는 「二丑藝術」, 1933년 6월 18일 『선바오』의 『자유담』에 발표했다.

2) 사오싱희(紹興戲)를 가리킨다. 사오싱다반(紹興大班), 사오싱롼탄(紹興亂彈)이라고도 했으며, 1949년 이후에 사오쥐(紹劇)로 개칭되었다. 친창(秦腔)에서 유래하여 명말청초 사오싱 일대에서 완비되고 건륭(乾隆) 연간에 번성했다. 악기는 후궁(胡弓), 디(笛)가 중심이고 격렬하고 비장한 음조가 특징적이다.

3) '주령'(酒令)은 술자리에서 술을 권하기 위한 일종의 언어 놀이이다.

4) 버나드 쇼(George Bernard Shaw, 1856~1950). 영국의 극작가이자 비평가. 『워런 부인의 직업』(*Mrs. Warren's Profession*), 『피그말리온』(*Pygmalion*) 등의 극본을 썼으며, 작품 대부분은 자본주의 사회의 허위와 죄악을 폭로하고 있다. 1차대전 때 제국주의 전쟁을 비난하였고, 10월혁명에 공감을 표시하며 1931년 소련을 방문했다. 1933년에 배를 타고 세계를 주유하던 중 2월 12일에는 홍콩, 17일에는 상하이에 들렀고, 체류 중 루쉰과 만났다.

우연히 쓰다[1]

웨이쒀 葦索

치국평천하[2]에 능한 인물은 정녕 어디에서든지 치국평천하의 방법을 보아 낸다. 쓰촨에는 장의[3]가 옷감을 낭비한다고 하며 군대를 파견하여 잘라 버리도록 한 사람이 있고,[4] 상하이에는 찻집을 정비하려는 유명인사가 있다.[5] 듣자 하니 정비할 것은 대략 세 가지란다. 첫째는 위생에 주의하는 것이고 둘째는 시간을 정하는 것이고 셋째는 교육을 시행하는 것이다.

첫번째 항목은 물론 아주 좋다. 두번째 항목은 찻집을 열고 닫을 때마다 일일이 요령을 흔들어 댄다면, 학교 수업처럼 다소 성가실 것이다. 하지만 차를 마시기 위해서라면 달리 도리가 없고 나쁘다고 할 수도 없다.

가장 수월하지 않은 것은 세번째 항목이다. '어리석은 백성'들은 찻집에 와서 소식을 듣거나 심사를 풀어놓는다. 이외에도 『포공안』[6] 류의 이야기를 듣기도 하는데, 시대가 이미 많이 흘러서 진위를 가리기 어렵기 때문에 아무렇게나 이야기하고 아무렇게나 들으면서 죽치고 앉아 있다. 이제 와서 그것을 '아무개 공안'이라고 고친다 해도 믿지도 않고 듣지도 않을 것이다. 적의 비사秘史나 흑막을 전문으로 이야기하면, 이편의 적이 꼭 저편의 적은 아니기 때문에 그다지 흥미를 자아내지 못한다. 결과적으로 찻집주인만 운수 사나워져서 헛장사를 하게 될 것이다.

청 광서光緒 1년에 고향에는 '췬위반'群玉班이라고 하는 극단이 있었다. 그런데 명실상부하지 않게 연극은 아주 형편없었고 끝내 보려는 사람이 아무도 없는 지경이 되고 말았다. 고향 사람들의 재주가 결코 대문호 못지않았으므로 그 극단을 위해 노래 한 수를 지어 주었다.

무대 위에 췬위반이 오르면
무대 아래는 모두 흩어진다.
다급히 사당 문을 걸어 잠그지만
양쪽 벽이 모두 허물어지고 (평성)[7]
다급히 힘껏 잡아당기지만
훈툰[8] 봇짐만 남는다.

구경꾼이 연극을 보고 안 보고는 억지로 할 수 없는 것이다. 그가 안 보려고 하면 아무리 잡아당겨도 헛수고이다. 돈과 세력을 가진 일부 간행물은 천하를 주름잡을 수 있을 것 같았지만, 독자도 제한적이고 투고도 드물어서 결국 두 달에 겨우 한 권을 발행할 뿐이다. 풍자는 벌써 지난 세기 노인네의 잠꼬대가 되어 버렸고,[9] 풍자가 아닌 좋은 문예는 장차 다음 세기 청년들의 창작이 될 것 같다.

6월 15일

주)______

1) 원제는 「偶成」, 1933년 6월 22일 『선바오』의 『자유담』에 발표했다.

2) 수신제가치국평천하(修身齊家治國平天下)로 이어지는 유가의 교육·정치 이념으로 『대학』(大學)에 나온다. 국민당 우파들은 쑨원(孫文)의 삼민주의를 『대학』의 이념에 기초하여 재해석했다.

3) '장의'(長衣)는 일반적으로 독서인들이 입는 긴 복장이나, 쓰촨성(四川省)에는 일반 민중들도 즐겨 입었다.

4) 군대를 파견하여 장의를 잘라 버린 사건은 당시 쓰촨군벌 양썬(楊森)이 주장한 소위 '단의운동'(短衣運動)을 가리킨다. 『논어』(論語) 반월산 제18기(1933년 6월 1일)의 '고향재'(古香齋) 칼럼에 '양썬 치하의 잉산(營山)의 현장 뤄샹주(羅象翥)의 장의금지 명령'을 전재했는데, 다음과 같은 말이 있다. "본 군이 방어임무를 임계받은 이후를 조사해 보니 이미 군단장이 서북부 민중들에게 문서에 있는 대로 나란히 단의를 입도록 하는 훈령을 내렸다. …… 4월 16일부터 공안국은 군대를 파견하였다. 가위를 휴대하여 성 안팎을 돌아다니며 금지 명령을 우습게 보고 장의를 입고 있는 사람을 만나면 가차 없이 곧장 옷 자르기를 집행했다." 「'골계'의 예와 설명」 참조.

5) 1933년 6월 11일 상하이 『다완바오』(大晩報)의 '일요잡담'에는 '랴오'(蓼)라는 필명으로 「찻집을 개량하자」(改良坐茶館)라는 글이 실렸다. 군중이 모이는 찻집을 "무심히 둘 수 없다"고 하며, 찻집을 군중에 대한 '교육' 장소로 바꾸기를 국민당 당국에 건의하면서 '찻집의 설비를 개량할 것', '찻집의 영업시간을 규정할 것', '민중 교육의 설비를 갖출 것' 등의 방법을 제시했다.

6) 『포공안』(包公案)은 『용도공안』(龍圖公案)이라고도 한다. 명대 공안소설. 송(宋)의 청

렴한 관리 포증(包拯)의 판결 이야기이다.

7) '허물어지다'의 원문은 '爬塌'인데, 여기서 '塌'는 고음(古音)에서는 측성(仄聲)이었으나 근대 이후 평성(平聲)으로 변했다. 여기서 루쉰이 '평성'이라고 한 것은 근대음으로 읽어야 한다는 뜻인지, 사오싱 방언음으로 읽어야 한다는 뜻인지 분명하지 않다.

8) 고기나 해산물을 넣어 만든 납작한 만두로 끓인 것으로 만둣국과 비슷하다.

9) 1933년 6월 11일 『다완바오』의 『횃불』(火炬)에는 「대관절 자유를 바라는 것인가」(到底要不要自由)라는 글이 실렸다. 루쉰 등이 쓴 잡문을 공격하며 "풍자와 조롱은 이미 다른 시대의 노인이 하던 잠꼬대에 속한다"라고 했다.

박쥐를 말하다[1]

유광

사람들은 밤에 나오는 동물에 대하여 하나같이 조금은 혐오하는 법이다. 대개는 그것이 자신의 습관과는 달리 잠을 자지 않고, 게다가 캄캄한 밤의 숙면이나 '미행'[2] 중에 무슨 비밀을 엿보지 않을까 해서이기 때문일 것이다.

박쥐는 밤에 날아다니는 동물임에도 불구하고 중국에서 그것의 명예는 그냥저냥 괜찮은 편이다. 모기나 등에를 잡아먹어 사람들에게 이로움을 주어서가 아니라 십중팔구 그것의 이름이 '복'福이라는 글자와 발음이 같기 때문이다.[3] 그런 상판으로도 그림에 등장할 수 있는 까닭은 그야말로 이름을 잘 지었기 때문이다. 또 있다. 중국인은 원래부터 자신이 날 수 있기를 소망했고, 다른 것들도 모두 날 수 있다고 상상했다. 도사는 날개가 돋아나길 바라고 황제는 날아오르고 싶어하고 사랑하는 사람들은 비익조[4]가 되고자 하고 고생스러운 사람들은 날개를 달지 못하는 것을 한스러워한다. 날개가 달린 호랑이 모습을 생각하면 모골이 송연해지지만, 칭푸5)가 날아오면 싱긋 눈웃음 짓는다. 묵자의 비연6)은 끝내 전해지지 않으므로 비행기는 성금을 모아 외국에 가서 구매하지 않으면 안 된다.7) 정신문명을 지나치게 중시하기 때문으로 필연적이며 당연하고 조금도 이상할 것이 없다. 그런데 할 수는 없다고 하더라도 상상할 수는 있는 법이다. 따라서 쥐와 흡사한 것이 날개가 달린 것을 보고도 전혀 의아하게 생각하지 않았을뿐더러 유명한 문인은 시재詩材로 삼아 "황혼 무렵 산사에 도착하니 박쥐가 난다"8)라는 것과 같은 아름다운 구절을 꾸며 내기도 했다.

그런데 서양인은 이처럼 고아한 마음이 없기 때문에 박쥐를 좋아하지 않는다. 박쥐가 화근으로 간주된 근원을 따져 보면, 생각건대 아마도 이솝9)에게 죄를 물어야 할 성싶다. 그의 우화에는 새와 짐승들이 따로 대회를 열었는데, 박쥐가 짐승들 쪽으로 가니 날개 때문에 받아주지 않고 새들 쪽으로 가니 네 다리 때문에 받아주지 않아 어떤 입장도 취할 수 없게 되었다는 이야기가 있다. 이 때문에 사람들은 박쥐를 양다리의 상징으로 간주하고 혐오하게 되었던 것이다.

최근 중국에서는 서양 고전을 주워와 때로 박쥐를 비웃기도 한다. 그런데 이 우화가 이솝에게서 나왔기에 다행이다. 그의 시대에는 동물학이 아주 유치한 수준이었기 때문이다. 하지만 이제는 달라졌다. 고래가 무슨 유에 속하고, 박쥐가 무슨 유에 속하는지는 소학생도 똑똑히 안다. 만약 그리스 고전을 주워와 경전 속의 말처럼 대접한다면, 그것은 그저 그의 지식을 드러내기에 족할 뿐이고 이솝 시대에 따로 대회를 열었던 두 부류의 신사숙녀들과 마찬가지가 된다.

대학교수 량스추 선생은 고무신이 짚신과 가죽신 사이의 신발이
라고 했다.[10] 이 지식 역시 서로 엇비슷하다. 그리스에서 태어났다면
그의 지위가 이솝에 버금갔을지 모르겠지만, 지금은 그가 너무 늦게
태어난 것이 정녕 애석할 따름이다.

6월 16일

주)______

1) 원제는 「談蝙蝠」, 1933년 6월 25일 『선바오』의 『자유담』에 실렸다.

2) '미행'(微行)은 제왕이나 대신이 자신의 신분을 숨기기 위해 옷을 바꿔 입고 나가는
   것을 가리킨다.

3) 중국어로 박쥐는 '볜푸'(蝙蝠)인데, 푸(蝠)는 복을 의미하는 푸(福)와 발음이 같다.

4) '비익조'(比翼鳥)는 전설상의 새 이름으로 『이아』(爾雅)의 「석지」(釋地)에 나온다. 진
   (晉) 곽박(郭璞)의 주는 "청적색이며, 눈이 하나고 날개가 하나여서 짝이 되어야 날
   수 있다"라고 했다. 주로 연인을 비유하는 데 사용되었다.

5) '칭푸'(靑蚨)는 전설상의 곤충 이름. 고전 시문에 돈의 별칭으로 쓰였다. 진(晉) 간보
   (干寶)의 『수신기』(搜神記) 권13에 다음과 같은 내용이 있다. "남방에 곤충이 있는데
   …… 이름이 칭푸이고 생김새는 매미와 비슷하지만 조금 크다. …… 새끼는 반드시
   풀잎에 낳고, 크기는 누에와 같다. 새끼를 취하면 어미가 날아온다. …… 어미의 피를
   입힌 돈은 81문(文)이고, 새끼의 피를 입힌 돈도 81문이다. 물건을 내다 팔 때 어떤 때
   는 어미 돈을 먼저 사용하고 어떤 때는 새끼 돈을 먼저 사용하는데, 모두 다시 날아
   돌아와 돌고 도는 것이 그침이 없었다."

6) 묵자(墨子, 약B.C. 468~376). 이름은 적(翟), 춘추전국시대 노(魯)나라 사람, 묵가학파
   의 창시자. 묵자가 비연(飛鳶)을 만든 일에 관해서는 『한비자』(韓非子)의 「외저설(外
   儲說)우상편(右上篇)」에 "묵자는 삼 년에 걸쳐서 나무 솔개(木鳶)를 만들었는데, 하루

동안 날고 부서졌다"라고 쓰여 있다. 『회남자』의 「제속훈」(齊俗訓)에는 "노반(魯般)과 묵자가 나무로 솔개를 만들어 날렸는데, 삼 일 동안 돌아오지 않았다"고 했다. 『묵자』의 「노문」(魯問)에는 공수반(公輸般; 일설에는 노반이라고 한다)이 "대나무를 깎아서 까치를 만들었다"는 기록이 있다.

7) 1933년 1월 국민당 정부는 항공구국비행기 의연금 모집을 결정하고 중화항공구국회(中華航空救國會; 후에 중국항공협회로 개칭)를 조직하여 "전국 국민의 역량을 모아 정부를 보조하고 항공사업에 노력을 기울여야 한다"라고 선언하며 전국 각지에서 항공복권을 발행하고 의연금을 모금했다.

8) 당(唐) 한유(韓愈)의 시 「산석」(山石)에 "산석은 울퉁불퉁 오솔길은 좁다 / 황혼 무렵 산사에 도착하니 박쥐가 난다"라고 했다.

9) 이솝(Aesop, 약 B.C. 6세기). 고대 그리스 우화 작가. 노예 출신이었으나 기지가 넘치고 박학하여 자유민 신분이 되었다고 한다. 『이솝 우화』 중 「박쥐와 족제비」는 박쥐 한 마리가 새들의 적인 족제비와 함께 붙잡히자 쥐라고 했다가 나중에 쥐를 미워하는 족제비에게 붙잡혔을 때는 다시 박쥐라고 해서 두 번 모두 쫓겨났다는 내용이다.

10) 량스추는 「제3종인을 논하다」(論第三種人)에서 다음과 같이 말했다. "루쉰 선생이 최근 베이핑(北平)에 와서 수차례 강연을 했는데, 한번은 강연 제목이 '제3종인'(第三種人)이었다. …… 여기서 루쉰은 비유를 들어가며 후스즈(胡適之) 선생 등이 제창한 신문화운동이 가죽신을 신고 문단에 올라선 것이라고 한다면 요즘에 벌어지는 프롤레타리아 운동은 맨발로 문단에 틈입하려는 것이라고 말했다. 이를 이어 루쉰 선생은 강연 날 가죽신을 신지도 않았고 맨발도 아니었으며 고무 밑창의 범포(帆布) 신발을 신고 있었다고 비판하는 글을 신문에 낸 사람이 있었는데, 바로 '제3종인'이다."(『편견집』偏見集) 루쉰은 1932년 11월 27일 베이징사범대학에서 '제3종인을 재론하다'(再論'第三種人')라는 제목으로 강연했다.

'차오바쯔'[1]

뤼쑨旅隼

중국은 필경 문명이 가장 오래된 곳이고 또한 인도人道를 소중히 여기는 나라이기 때문에 줄곧 사람을 대단히 중시했다. 이따금 능욕과 주륙이 발생하기도 했지만, 그런 것들은 사람이 아니었기 때문이다. 황제가 죽인 것은 '반역자'이고 관군이 소탕한 것은 '비적'이고 회사수會子手가 죽인 것은 '범죄자'이다. '중하에 들어'온 만주인[2]도 금방 이처럼 인정스러운 풍속에 물들었다. 옹정 황제는 그의 형제를 제거하기 위해 우선 '아치나'와 '싸이쓰헤이'라는 이름을 하사하여 개명하게 했다.[3] 만주어를 몰라서 정확히 번역하지는 못하겠지만 아마도 '돼지'와 '개'라는 뜻일 것이다. 황소[4]는 반란을 일으키고 사람을 양식으로 삼았지만, 그가 사람을 먹었다고 말하는 것은 옳지 않다. 그가 먹은 물건은 '두 다리의 양羊'이라고 불렀다.

때는 20세기, 장소는 상하이, 뼛속으로는 늘 '인도를 소중히 여겨'도 표면적으로는 물론 다소 차이가 있을 수 있다. 중국에 있는 일부분의 결코 '사람'이 아닌 생물에 대하여 서양 나리가 어떤 시호를 내렸는지 나는 알 수 없고, 다만 서양 나리의 하수인들이 부여한 이름을 알고 있을 따름이다.

만약 당신이 조계지 거리를 자주 걸어 다닌다면 가끔 권총으로 당신을 겨누고 온몸과 들고 있는 물건을 수색하는 제복을 입은 동포 몇 사람과 이국인 한 사람(종종 이 사람이 없을 때도 있다)을 만나게 될 것이다. 백인종이라면 겨냥할 리가 없다. 황인종이라면? 표적이 된 사람이 일본인이라고 말하면 당장 권총을 내리고 지나가도록 할 것이다. 오로지 가장 오래된 문명을 가진 황제의 자손만이 절대로 "피할 수 없다".[5] 홍콩에서는 이를 일러 '몸 수색'이라고 하므로 체통이 많이 손상된다고 할 수 없다. 그런데 상하이에서는 하필이면 '차오바쯔'抄靶子라고 부른다.

차오라는 것은 수색한다搜는 뜻이고, 바쯔는 총으로 쏴야 하는 물건이다. 나는 재작년 구월에야[6] 비로소 이 이름의 정확한 뜻을 알게 되었다. 4억 개의 바쯔가 모두 문명이 가장 오래된 곳에 줄지어 있다. 개인적으로 다행인 것은 아직 총에 맞은 적이 없다는 점이다. 서양 나리의 하수인은 그의 동포들에게 실로 절묘한 이름을 지어 주었다.

그런데 우리 '바쯔'들이 서로 간에 까발릴 때는 예의를 좀 차리는 편이다. 나는 '상하이 토박이'가 아닌지라 상하이탄上海灘에서 예전에 서로 욕할 때 피차간에 어떤 시호를 내렸는지 모른다. 기록을 살펴보니 그저 '취벤쯔', '아무린'[7]에 지나지 않는다. '서우터우마쯔'[8]는 벌써 '돼지'의 은어가 되었지만, 어쨌거나 은어이므로 차라리 '고아'

함을 추구할지언정 '통달'을 기하지는 않겠다[9]는 고상한 뜻을 포함하고 있다. 그런데 요즘은 자신을 대하는 태도가 그리 공손하지 않다고 생각되면, 그는 핏줄 터진 두 눈을 동그랗게 뜨고 목청을 날카롭게 세우고 입언저리에 흰 거품을 무는 동시에 두 마디를 토해 낸다. 돼지 새끼!

6월 16일

주)______

1) 원제는 「"抄靶子"」, 1933년 6월 20일 『선바오』의 『자유담』에 발표했다.

2) '중하'(中夏)란 중국 내지를 뜻한다. 1616년에 금나라를 세운 만주족은 1636년에 국호를 청(淸)으로 고치고, 1644년 청에 항복한 명나라 장군 오삼계(吳三桂)의 도움을 받아 산하이관(山海關)을 침략, 같은 해 10월에 도읍을 선양(沈陽)에서 베이징으로 옮겼다.

3) 청 옹정(雍正) 황제(윤진胤禛 ; 강희康熙의 넷째 아들)는 즉위 전에 형제들과 황위 다툼을 했다. 즉위 후 옹정 4년(1726)에 그의 동생 윤사(胤禩 ; 강희의 여덟째 아들)와 윤당(胤禟 ; 강희의 아홉째 아들)을 제거하라고 명하고, 윤사를 '아치나'(阿其那)로, 윤당을 '싸이쓰헤이'(塞思黑)로 개명시켰다. 만주어로 전자가 개, 후자는 돼지라는 뜻이다.

4) 황소(黃巢, ?~884)는 차오저우(曹州) 위안쥐(冤句 ; 지금의 산둥山東 차오현曹縣) 사람, 당 말 농민봉기 영수. 역사서 등에는 그의 잔인함에 대한 기록이 많이 있다. 『구당서』(舊唐書) 「황소전」(黃巢傳)에는 그가 봉기를 일으킬 당시 "포로를 잡아서 먹었다"는 기록은 있으나 '두 다리의 양'(兩脚羊)은 없다. 루쉰이 인용한 말은 남송 장계유(莊季裕)의 『계륵편』(鷄肋編)에 나온다. "정강(靖康) 병오년(1126), 오랑캐 금(金)이 중화를 어지럽힌 지 7~8년 동안 산둥, 징시(京西), 화이난(淮南) 등에는 가시덩굴이 우거져 수만 리를 헤매도 쌀 한 말을 구할 수 없었다. 도적과 관병, 주민들도 서로 잡아먹었

다. 인육의 가격은 개, 돼지보다 낮아서 살찐 사람 한 덩어리에 만오천에 불과했는데, 통째로 소금에 절여 말렸다. 덩저우(登州)의 범온(範溫)은 충성스러운 사람들을 이끌고 계축년(1133)에 사오싱에서 배를 띄워 첸탕(錢塘)에 도착했으며, 어떤 이는 더 가서 항저우(杭州)에서 먹기도 했다. 늙고 여윈 남자는 '라오바휘'(饒把火; 불을 더 지펴야 함)라고 불렀고, 부인과 젊은 여자는 '부셴양'(不羨羊; 양이 부럽지 않음)이라고 불렀으며, 어린아이는 '허구란'(和骨爛; 뼈가 부드러움)이라고 불렀다. 통칭하여 '두 다리의 양'이라고 하였다."

5) 『맹자』(孟子)「양혜왕상」(梁惠王上)에 "등(滕)은 소국이다. 힘을 다해 대국을 섬기는 일을 피할 수 없다"고 했다. 여기서 '피한다'는 것은 모욕을 당하는 것을 피한다는 뜻이다.

6) 1931년 만주사변 이후를 가리킨다.

7) 왕중셴(汪仲賢)의 『상하이속어도설』(上海俗語圖說; 상하이대학출판사, 2004)에 의하면 "상하이 사람들은 상하이에 처음 온 사람들을 보면 '취볜쯔'(曲辮子; 꾸불꾸불한 변발)라고 했다." '취볜쯔'는 돼지라는 뜻이다. 돼지꼬리는 땋은 머리(辮; 변발)처럼 항상 꾸불꾸불하기 때문이다. '아무린'(阿木林)은 바보천치를 뜻하는 상하이 말이다.

8) '서우터우마쯔'(壽頭碼子)는 상하이 말이다. '서우터우모쯔'(獸頭模子)라고 쓰기도 하는데, 글자 그대로 해석하면 짐승머리를 달고 있다는 뜻으로 세상사에 어두워 잘 속는 바보 같은 사람을 가리킨다.

9) 청말 옌푸(嚴復)는 『천연론』(天演論)의「역례언」(譯例言)에서 "번역에는 세 가지 어려움이 있다. 충실(信), 통달(達), 고아함(雅)이 그것이다"라고 했다.

'바이샹 밥을 먹다'[1]

뤼쉰

'바이샹'白相이라는 상하이 말을 표준말로 바꾸면 '놀다'라고 할 수밖에 없다. '바이샹 밥을 먹다'라는 말은 문언으로 "정당한 직업에 종사하지 않고 빈둥거리며 산다"라고 번역해야지만 타지방 사람들이 조금이라도 이해할 수 있을 것이다.

빈둥거려도 생활이 가능하다니 정말 이상하다. 그런데 상하이에서는 남자에게 물어보거나 여자에게 남편의 직업을 물어보면 때때로 아주 시원시원한 대답을 듣게 될 것이다. "바이샹 밥을 먹고 있어." 듣는 사람도 '학생을 가르친다', '노동을 한다'라는 말을 듣는 것처럼 조금도 이상하게 여기지 않는다. '아무 직업도 없어'라고 말하면 오히려 조금 걱정스러워질 것이다.

상하이에서 '바이샹 밥을 먹는' 것은 이처럼 광명정대한 직업이다.

우리가 상하이의 신문에서 보는 소식들은 거의 대부분이 이런 인물들의 공적이다. 그들이 없으면 항구도시의 뉴스는 결코 흥미진진할 수가 없다. 그런데 그들의 공적이 비록 많다고 하더라도 귀납해 보면 세 가지 수단에 지나지 않는다. 다만 한 가지 일에 세 가지 전부를 사용할 필요는 없기 때문에 각양각색으로 보일 뿐이다.

첫째 수단은 속임수이다. 욕심쟁이를 보면 재물로 유혹하고 고군분투하는 사람을 보면 동정하는 척하고 재수 없는 사람을 보면 비분강개하는 척하지만 비분강개하는 사람을 보면 고통스러운 척한다. 이 결과는 상대방의 것을 몽땅 강탈하는 것이다.

둘째 수단은 위압이다. 속임수가 효과 없거나 들키면 위협적인 얼굴로 바꿔 버린다. 무례하다고 말하거나 불량하다고 모함하거나 빚을 졌다고 생떼를 쓴다. 혹은 아무런 이유도 말하지 않으면서 이것도 '도리를 따지는 것'이라고 말한다. 결과는 여전히 상대방의 것을 몽땅 강탈하는 것이다.

셋째 수단은 뺑소니이다. 위에 말한 한 가지 혹은 두 가지 수단을 함께 사용하여 성공하면 곧장 슬그머니 뺑소니쳐 흔적도 찾을 수 없다. 실패해도 마찬가지로 슬그머니 뺑소니쳐서 흔적을 찾지 못하도록 한다. 크게 한번 사고를 치고는 항구도시를 떠나고 바람이 잦아지면 다시 나타난다.

이런 직업이 있다는 것이 명명백백한데도 사람들은 이상하게 생각하지 않는다. '바이상'으로 밥을 먹을 수 있다면 노동하는 사람은 당연히 굶주려야 한다는 것은 명명백백하다. 그럼에도 불구하고 사람들은 이상하게 생각하지 않는다.

그러나 '바이샹 밥을 먹는' 친구들에게도 존경할 만한 점이 있기는 하다. 그들은 그래도 '바이샹 밥을 먹어!'라고 시원스레 알려 주기 때문이다.

6월 26일

주)______

1) 원제는 「"吃白相飯"」, 1933년 6월 29일 『선바오』의 『자유담』에 발표했다.

중·독의 국수보존 우열론[1]

루쉰 魯迅

히틀러 선생[2]은 독일 국경 안에 다른 당이 존재할 수 없게 했다. 심지어는 굴복한 독일국가인민당[3]조차 요행으로라도 살아남기를 기대하기 어렵게 되었다. 이러한 조치가 우리의 몇몇 영웅들을 자못 감동시켰는지 벌써부터 그의 '일도양단'[4]을 칭송하고 있다. 그런데 사실 이것은 히틀러 선생과 그 부류들의 한 측면에 지나지 않는다. 다른 한 측면으로 그들은 아주 꼼꼼하고 치밀한 사람들이다. 증거가 될 만한 노래가 있다.

> 벼룩이 대大 관료가 되어
> 한 무리를 데리고 사방으로 돌아다닌다.
> 황후 궁녀들이 모두 두려워
> 아무도 감히 잡지 못한다.
> 근질근질 물려도

눌러 죽이고 싶지만 어떻게 감히.

아이고 하하, 아이고 하하, 하하, 아이고 하하!

이것은 모두가 알고 있는 세계적 명곡 「벼룩의 노래」[5]의 한 소절이지만 독일에서는 금지된 노래이다. 물론 벼룩을 존경해서가 아니라 관료들을 풍자하고 있기 때문이다. 그런데 '이전 세기 노인의 잠꼬대'를 풍자해서가 아니라 '비非독일적'이기 때문이다. 중국과 독일의 크고 작은 영웅들 사이에는 어쨌거나 피치 못할 간극이 있기 마련이다.

중국도 꼼꼼하고 치밀한 인물이 탄생하는 곳이다. 간혹 그야말로 미시적인 데까지 생각이 미치기도 한다. 예컨대 금년 베이핑사회국에서는 시 정부가 여성의 수캐 사육을 금지하도록 하는 공문[6]을 올리며 말했다.

…… 계집이 수캐와 함께 사는 곳을 조사해 보면 건강에 해로울 뿐만 아니라 수치심이 없다는 더러운 소문이 나기도 쉽다. 생각건대 예의 지국인 우리나라에서는 마땅히 이러한 습속은 허용되지 말아야 하는 바이므로 삼가 훈령으로 엄금하되, 문지기 개와 사냥개를 제외하고 무릇 여성들이 기르는 수캐는 무조건 잡아 죽여 단속하기 바란다.

양국의 입각점은 모두 '국수'에 있으나 중국의 기백이 좀더 크다. 왜냐하면 독일인들은 노래 한 곡을 부를 수 없을 뿐이지만, 중국에서는 '계집'은 개를 기를 수 없을 뿐만 아니라 '수캐'도 머리를 잘리게 될

것이기 때문이다. 이것이 발바리에 미친 영향은 아주 크다. 자신을 보
존하려는 본능과 시세의 필요에 호응하기 위해서 발바리는 반드시 앞
으로 '문지기 개나 사냥개' 모양으로 변신해야 한다.

6월 26일

주)――――

1) 원제는「華德保粹優劣論」, 1933년 7월 2일『선바오』의『자유담』에 발표했다.

2) 히틀러(Adolf Hitler, 1889~1945). 독일 파시스트 지도자. 1933년 1월 내각의 수상에
   임명되어 1934년 8월 대통령 힌덴부르크가 죽자 스스로 '총통 및 수상'이라 칭했다.
   대내적으로 파시즘의 공포정치를 시행하고, 대외적으로 침략 정책을 시행했다. 1939
   년 9월 제2차 세계대전을 일으켜 1941년 6월에 소련을 침공하고, 1945년 4월 말 소
   련군이 베를린을 포위하자 자살했다.

3) 독일국가인민당은 히틀러가 정권을 획득할 즈음 파시스트 나치스당(국가사회주
   의독일노동자당)과 긴밀히 협조했다. 독일국가인민당의 당수 후겐베르크(Alfred
   Hugenberg)는 히틀러와의 연립 내각에서 경제와 농업부 장관을 역임했다. 1933년 6
   월 히틀러가 나치스당 이외의 모든 정당을 금지하자 독일국가인민당은 해산하고 후
   겐베르크도 장관직을 사임했다.

4) 1933년 6월 23일『다완바오』에「히틀러의 일도양단」(希特勒的大刀闊斧)이라는 글이
   필명 없이 실렸는데, "일도양단은 언행일치의 수단으로서 히틀러 정치의 특색이다"
   라고 했다.

5) 독일 괴테의『파우스트』(Faust)에 나오는 정치풍자시로서 1879년 러시아 작곡가 모
   데스트 페트로비치 무소르크스키(Модест Петрович Мусоргский, 1839~1881)가 이
   시에 곡을 붙였다.

6) 이 문서는『논어』반월간 제18기 '고향재'(古香齋)란에 전재되어 있다.「'골계'의 예와
   설명」참고.

중·독의 분서 이동론(異同論)[1]

루쉰

독일의 히틀러 선생들이 서적을 불태우자[2] 중국과 일본의 논자들은 그들을 진시황[3]에 비유했다. 그런데 진시황은 실로 억울하기 짝이 없다. 그가 억울한 까닭은 진나라가 그의 2세 때에 망하자 일군의 식객들이 새 주인을 위하여 그에 관한 험담을 했기 때문이다.

맞다. 진시황도 서적을 태운 적이 있기는 하다. 그런데 분서는 사상을 통일하기 위해서였다. 그는 농서와 의약서는 불태우지 않았고, 타국에서 온 많은 '객경'[4]들을 불러 모으기도 했다. 오로지 '진나라의 사상'만 존중한 것이 아니라 다양한 사상을 널리 받아들였던 것이다. 진나라 사람들은 아동을 존중했고, 시황의 어머니는 조나라 여자이고 조나라에서는 여성을 존중했다.[5] 따라서 우리는 '단명한 진나라'[6]가 남긴 글 가운데서 여성을 경시한 흔적을 볼 수 없다.

히틀러 선생들은 달랐다. 그들이 불태운 것은 우선 '비非독일사상'이 담긴 서적이었으므로 객경을 받아들일 만한 패기가 없었다고 할 수 있다. 그다음은 성性에 관한 서적이었다. 이것은 과학적으로 성도덕의 해방을 연구하는 것에 대한 말살이므로 결과적으로 부인과 아동들은 옛날 지위로 떨어지게 되고 빛을 볼 수 없게 된다. 뿐만 아니라 진시황이 시행한 두 수레바퀴 사이의 거리 통일, 문자 통일[7] 등등의 대사업에 비교해 보면, 그들은 아무것도 해내지 못했다.

아랍인들은 알렉산드리아를 공격하면서 그곳의 도서관을 불태워 버렸는데, 논리는 이러했다. 책에서 말하고 있는 도리가 『코란』과 같다면 『코란』이 있으므로 남겨 둘 필요가 없고, 만일 다르다면 이단이므로 남겨 놓아서는 안 된다는 것이다. 이들이야말로 히틀러 선생들의 직계조상 ─ 설령 아랍인들이 '비非독일적'이라고는 하더라도 ─ 으로 진의 분서와는 비교가 안 되는 것이다.

그런데 결과는 종종 영웅들의 예상을 빗나가기도 한다. 시황은 자신의 후손들이 만세에 이르도록 황제가 되기를 바랐지만, 기껏 2세만에 망하고 말았다. 농서와 의약서를 분서에서 제외시켰으나 진 이전에 나온 이런 종류의 책은 현재 공교롭게도 한 부도 남아 있지 않다. 히틀러 선생은 정권을 잡자마자 책을 태우고 유태인을 공격하며 안하무인으로 행동했다. 이곳의 누런 얼굴의 양아들들도 기뻐 날뛰면서 억압받는 사람들에게 한바탕 조소를 보내고 풍자적인 글에 대하여 풍자의 차가운 화살을 쏘아대었다.[8] "아무래도 분명하게 냉정하게 물어 보아야겠다. 당신들은 도대체 자유를 원하는가, 원하지 않는 것인가? 자유가 아니면 차라리 죽겠다더니 지금 당신들은 왜 목숨을 걸지 않는가?"

이번에는 2세까지도 갈 필요도 없이 반년 만에 히틀러 선생의 문하생들은 오스트리아에서 활동이 금지되자 당의 휘장마저 삼색 장미로 바꾸어 버렸다. 정말 재미있는 것은 구호를 외치지 못하게 하자 손으로 입을 가리는 '입 막기 방식'[9]을 썼다는 사실이다.

이것이야말로 위대한 풍자이다. 찌르는 대상이 누구인지는 물을 필요도 없을 터이지만, 풍자가 아직은 '잠꼬대'가 아님을 알 수 있다. 그런데 누런 얼굴의 양아들들에게 그것을 물어보면 어떻게 생각할지는 모르겠다.

6월 28일

주)______

1) 원제는 「華德焚書異同論」, 1933년 7월 11일 『선바오』의 『자유담』에 발표했다.

2) 1933년 히틀러는 정권을 잡은 후 문화진세징책을 시행하여 이른바 '비(非)독일'(나치즘에 부합하지 않는 것)적인 서적의 출판과 유통을 금지했다. 1933년 5월부터는 베를린 등지에서 서적을 불태우기도 했다.

3) 진시황(秦始皇, B.C. 259~210). 전국시대 진(秦)나라 군주. B.C. 221년 중국 역사상 첫 번째 중앙집권 봉건왕조를 건립했다. 『사기』(史記)의 「진시황본기」(秦始皇本紀)에는 시황 34년(B.C. 213) 승상 이사(李斯)가 당시 박사 가운데 군현제를 의심하고 과거를 잣대로 현재를 비난하는 자가 있자 진시황에게 "사관의 기록 가운데 진의 사관의 기록이 아니면 모두 불태우십시오. 박사가 아니면서 『시』(詩), 『서』(書), 제자백가의 어록을 소장하고 있으면 모두 관리들을 시켜 불태우십시오. 간혹 『시』, 『서』를 말하는 자가 있으면 거리에서 사형을 집행하십시오. 과거를 들어 현재를 비난하는 자는 삼족을 멸하십시오. 관리 중에 이를 보고서도 거론하지 않는 자는 같은 죄로 벌하십시오. 명령을 내리고 30일이 되어도 불태우지 않으면 묵형에 처하십시오. 태우지 말아야 할 책은 의약, 점복, 식물 관련 서적입니다. 만일 법령을 배워야 한다면 관리를 스

승으로 삼으십시오"라고 건의했다고 기록되어 있다. 진시황은 이사의 건의를 받아들여 진 이전의 농서와 의약서를 제외한 모든 고적을 불태우라고 명령했다.

4) 전국시대 각 제후국은 다른 나라 사람들을 관리로 임명하고 '객경'(客卿)이라 불렀다. 진시황의 승상 이사도 초(楚)나라 사람이다.

5) 『사기』의 「편작열전」(扁鵲列傳)에는 다음과 같은 기록이 있다. "편작의 명성은 천하에 유명했다. 한단(邯鄲)을 지나가다 (조나라 사람이) 여성을 귀하게 여긴다는 말을 듣고 냉대하 전문의사가 되었다……셴양(咸陽)에 들어가서 진나라 사람이 아이를 사랑한다는 말을 듣고 소아 전문의사가 되었다. 편작은 풍속에 따라 변신했던 것이다." 『사기』의 「진시황본기」와 「여불위열전」(呂不韋列傳)에는 진시황의 모친이 조나라 한단 지방의 '권문세가의 딸'이라 기록되어 있다.

6) 원문은 '극진'(劇秦)인데, 아주 단명한 역사를 가진 진나라 조정이라는 뜻이다. 한대(漢代) 양웅(揚雄)의 「극진미신」(劇秦美新)에 "2세에 망했으니 얼마나 심한가!"(二世而亡, 何其劇歟!)라고 했으며, 『문선』(文選)의 「극진미신」에 대해 당대(唐代) 이선(李善)은 "극(劇)은 대단히 촉급하다는 말이다"라고 주를 달았다.

7) 『사기』의 「진시황본기」에 다음과 같은 기록이 있다. "석(石), 장(丈), 척(尺)과 같은 도량형을 통일하고 두 수레바퀴 사이의 거리를 통일하고 문자를 통일했다." 전국시대는 제후들의 할거로 각국의 제도가 모두 달랐다. 진시황은 6국을 통일한 이후 수레의 넓이를 하나로 통일시키고, 진국의 소전(小篆)을 표준 자체(字體)로 정하여 전국에 시행했으며, 동시에 화폐와 도량형도 통일했다.

8) 1933년 6월 11일 『다완바오』의 『횃불』에는 파루(法魯)의 「도대체 자유를 원하는 것인가」라는 글이 실렸다. 글쓰기의 자유를 얻지 못해서 어쩔 수 없이 '에두르는' 방법으로 글을 쓰는 작가들을 조롱하는 내용이다.

9) 1933년 1월 히틀러는 독일-오스트리아 합병을 추진했다. 오스트리아의 나치스도 독일과의 조기 합병을 희망했다. 당시 오스트리아 총리였던 돌푸스(Engelbert Dollfuss)는 나치스의 합병운동을 반대하고, 5월에는 국기 외의 모든 정당 깃발을 내거는 것을 금지했다. 독일-오스트리아 관계의 긴장이 심화됨에 따라 오스트리아 정부는 6월에 오스트리아 나치스를 해산하고 정당의 휘장을 달지 못하게 하고 정당의 구호를 외치는 것도 금지했다. 이에 따라 몇몇 나치스당원은 당의 卐 표지를 검은색, 홍색, 백색의 삼색 장미꽃으로 대체하고, 똑바로 서서 오른손은 들고 왼손으로는 입을 막는 행동으로 구호를 외쳤다.

'타민'에 대한 나의 견해[1]

웨커越客

6월 29일자 『자유담』에서 탕타오[2] 선생은 저둥浙東의 타민墮民에 대해서 거론했다. 『타민외담』[3]에 근거하여 그들은 송宋의 장군 초광찬의 부하인데, 금에 항복했기 때문에 당시 사람들이 배척했고 명 태조 때 그들의 집 대문에 '개호'丐戶라는 편액을 붙여 놓은 이래로 고통과 경멸 속에서 생활하게 되었다고 했다.

나는 사오싱에서 태어났기 때문에 유소년 시절 타민을 자주 보았고 어른들로부터 그들이 타민이 된 까닭에 대해서도 같은 이야기를 들었다. 그런데 나중에 나는 의심이 생겼다. 왜냐하면 명 태조가 원나라 조정을 함부로 대하지 않았으므로[4] 전조前朝에서 금에 투항한 송나라 장군에 대해 신경 쓸 리가 없다는 생각이 들었기 때문이다. 하물며 그들의 직업을 보더라도 '교방'이나 '악호'[5]였다는 흔적이 분명히 있으므로 그들의 조상은 오히려 명초에 홍무나 영락 황제에게 반항한 충신의사[6]일지도 모를 노릇이다. 또 다른 측면도 있다. 훌륭한 사람의 자손이 고생할 수도 있고 매국노의 자손이 꼭 타민이 되란 법도 없기 때문이다. 최근의 비근한 예를 들자면 악비[7]의 후예는 아직도 항저우에서 악왕의 분묘를 지키며 실로 어렵고 비참하게 생활하고 있는데 반해, 진회와 엄숭[8] 등의 후손들은 어떻게 생활하고 있는가?

하지만 나는 지금 이 오래된 장부를 들추고 싶은 생각은 추호도 없다. 그저 사오싱의 타민은 이미 해방된 노비들이고, 옹정 연간에 해방되었을지도[9] 모른다고 말하고 싶을 따름이다. 그래서 그들은 물론 천한 직업이기는 하나 다른 직업을 가지게 된 것이다. 남자들은 고물을 모으거나 닭털을 팔거나 개구리를 잡거나 연극을 한다. 여자들은 설이나 명절이 되면 주인으로 여기는 집에 찾아가서 축하를 하고, 경조사가 있으면 일을 거들어주곤 한다. 이런 일에는 여전히 노비의 모습이 남아 있지만 일을 마치면 집으로 돌아갈 뿐만 아니라 자못 많은 보상을 받는 것으로 보아 일찌감치 해방되었음을 알 수 있다.

타민이 찾아가는 주인집은 정해져 있고 아무 데나 가지 않는다. 시어머니가 죽으면 며느리가 주인집에 가는데, 마치 유산인 양 후대로 전해진다. 너무 가난해서 찾아가는 권리마저 남에게 팔아 버리면 비로소 옛 주인과의 관계가 단절된다. 그런데 만일 까닭 없이 그만 오라고 한다면 그녀에게 엄청난 치욕을 주는 것이 된다. 민국혁명 이후에 나의 모친이 한 타민 여성에게 한 말을 나는 아직도 기억한다. "앞으로 우리는 모두 같은 신분이 되니 자네들은 오지 않아도 되네." 뜻밖에 그녀는 발끈 안색을 바꾸며 분노 섞인 대답을 했다. "마님은 무슨 말씀을 하시는 거예요? …… 저희는 대대손손 계속할 거라고요!"

하잘것없는 보상을 위하여 기꺼이 노비 노릇에 안주할뿐더러 보
다 광범위한 의미의 노비가 되고자 하고, 또 돈을 내어 노비가 될 권리
를 사기까지 한다. 이것은 타민이 아닌 자유인이라면 절대로 생각하
지 못하는 것이리라.

7월 3일

주)______

1) 원제는 「我談 "墮民"」, 1933년 7월 6일 『선바오』의 『자유담』에 실렸다.

2) 탕타오(唐弢, 1913~1992)는 저장(浙江) 전하이(鎮海) 사람. 작가. 저서로는 잡문집
『추배집』(推背集), 『단장서』(短長書) 등이 있다. 그는 1933년 6월 29일 『선바오』의 『자
유담』에 「타민」(墮民)을 발표하고 "나라를 욕보인 자의 자손이 타민이 되었으므로 나
라를 팔아먹은 매국노의 자손도 적어도 앞으로 타민이 될 것이다"라는 말을 했다. '타
민'은 사오싱부(紹興府)에 속하는 각 현(縣)의 일정한 지역에 모여 살던 사람들로서
과거시험을 칠 자격이 없었고 평민과 통혼하지 못했다.

3) 루쉰은 『타민외담』(墮民猥談)으로 썼지만 『타민외편』(墮民猥編)이 옳다. 작가는 미
상. 청대 전대흔(錢大昕)이 편찬한 『은현지』(鄞縣志) 권1 「풍속」(風俗)에 타민에 관한
이 책의 기록을 인용한 대목이 있다. "타민은 개호(丐戶; 동냥아치 집안)를 가리킨다.
…… 그들은 송나라 때의 죄수와 포로의 후손들인 까닭으로 배척당했다고 한다. 동
냥아치 당사자들의 말에 따르면 송의 장군 초광찬(焦光贊)의 부하들이 송을 배반하
고 금에 투항했기 때문에 배척당했다고 한다. …… 원나라 사람들은 '겁쟁이 집'(怯憐
戶)이라고 했고, 명 태조가 호적을 정리하면서 그들의 문에 '동냥아치'(丐)라는 편액
을 붙였다. …… 남자들은 개구리를 잡고 엿을 팔았다. …… 입동에는 도깨비를 잡았
는데, 수염에 꽃모자에 귀신 얼굴을 하고 종과 북을 치며 놀이로 문전걸식을 했다. 그
들의 부인들은 여자들의 쪽을 틀어 주고 솜털을 밀어 주거나 중매를 하거나 양갓집

색시의 들러리를 서 주고 머리를 빗겨 주었다." 명대 평민의 호적은 세습적 부역에 의
해 군호(軍戶), 민호(民戶), 장호(匠戶), 조호(竈戶)로 나뉘었는데, 여기에 속하지 않는
'타민'을 '동냥아치 집안'이라고 불렀다.

4) 명초에는 원나라 조정의 잔여 세력에 대하여 토벌 겸 무마 정책을 실시했다.『명사』
(明史)의 「태조본기」(太祖本紀)에는 다음과 같은 기록이 있다. 홍무(洪武) 3년(1370)
5월 장수 이문충(李文忠)이 잉창(應昌; 지금의 네이멍구자치구 커스커텅치克什克騰旗)
을 공격하여 원 황제의 아들 마이디리바츠(買的里八刺)를 생포하였다. 6월에 마이디
리바츠가 수도에 도착하자 여러 신하들이 '포로를 종묘에 바치려했다'(獻俘). 이에
명 태조는 허락하지 않고 마이디리바츠를 '숭례후'(崇禮侯)로 봉했다. 동시에 이문충
의 승전보가 지나치게 과장되었으므로 재상들에게 "원은 중국에서 백 년 동안 주인
노릇을 했다. 짐과 경들의 부모는 모두 그들의 양육에 의지했건만 어찌하여 이렇게
경박한 말을 하는가, 급히 그것을 고쳐야 한다"라고 했다. 홍무 7년 9월에는 마이디
리바츠를 돌려보냈고, 11년 4월에 원 황제 아이유스리다라(愛猷識理達臘)가 죽자, 명
태조는 6월에 사신을 파견하여 제사를 지냈다. 루쉰이 명 태조가 원 조정에 대하여
'함부로 대하지 않았다'라고 한 것은 이를 두고 한 말이다.

5) '교방'(教坊)은 당대부터 설치된 여악사들의 훈련을 주관하던 기구이다. '악호'(樂戶)
는 죄인들의 처자들 가운데서 악적(樂籍)에 기록된 자인데, 이 명칭은『위서』(魏書)의
「형벌지」(刑罰志)에 처음 보인다. '교방'과 '악호'는 실제로 모두 관기이며 청대 옹정
(雍正) 연간에 폐지되었다.

6) 영락(永樂) 황제에게 반항한 충신의사로는 제태(齊泰), 경청(景淸), 철현(鐵鉉), 방효
유(方孝孺) 등이 있다. 주원장(朱元璋) 사후에 황태손 주윤문(朱允炆)이 즉위했으니
곧 건문제(建文帝)이다. 오래지 않아 그의 숙부인 연왕(燕王) 주체(朱棣)가 병사를 일
으켜 제위를 탈취했으니 곧 영락제(永樂帝)이다. 당시 제태, 경청 등은 건문에게 충성
하고 영락에게 반항했기 때문에, 그들의 부인과 자식들, 친족들 중 다수가 죽임을 당
하거나 노예가 되었다(하지만 타민이 되었다는 기록은 없다). 홍무(洪武; 명 태조)에 반
항한 충신의사는 누구를 가리키는지 알 수 없다.

7) 악비(岳飛, 1103~1142). 자는 붕거(鵬擧), 샹저우(相州) 탕인(湯陰; 지금의 허난河南)
사람으로 남송의 명장. 금의 군대에 저항했기 때문에 항복파인 송 고종(高宗)과 진회
(秦檜)에 의해 살해당했다. 악비는 피살된 후 항저우 첸탕먼(錢塘門) 밖 황지에 매장
되었다가 송 효종(孝宗) 때 항저우 시후(西湖)의 서북쪽 언덕에 이장되었다.

8) 진회(秦檜, 1090~1155)의 자는 회지(會之), 장닝(江寧; 지금의 난징南京) 사람이다. 북
송 흠종(欽宗) 때 어사중승(御使中丞) 역임. 정강(靖康) 연간에 금나라 군대의 포로로
잡혀갔으나 금나라 주군의 신임을 받아 금방 풀려났다. 남송 고종(高宗) 때 재상을 지
내면서 금에 대한 항복을 주장했으며 악비를 살해한 주모자이다.
엄숭(嚴嵩, 1480~1567)은 자가 유중(惟中)이고 장시(江西) 펀이(分宜) 사람이다. 명
홍치(洪治; 효종 때의 연호)에 진사가 되고 세종(世宗) 때에 화개전대학사(華蓋殿大學
士), 태자태사(太子太師), 내각수보(內閣首輔) 등을 역임. 권력을 독점하여 여러 가지
악행을 저지르고 조정의 신하들을 죽였다.

9) 청대 장량기(蔣良騏)의 『동화록』(東華錄)에는 옹정 원년(1723) 9월 "저장 사오싱부
타민 동냥아치(墮民丐) 호적을 폐지하다"라는 기록이 있다.

서문의 해방[1]

타오추이桃椎

한 권의 책을 써서 "명산에 숨겨 후세 사람에게 전하"[2]는 것은 봉건시대의 일로서 일찌감치 과거지사가 되었다. 시절은 20세기 하고도 30년이 지났고 장소는 상하이 조계이다. 여기서는 매판 노릇을 하면 바로 영화를 누리지만 문학가 노릇을 하면 아무리 해도 금방 명리를 구할 수는 없다. 이리하여 술수가 존재하는 것이로다.

술수라는 것은 자신이 먼저 스스로를 문학가로 규정하는 것인데, 이들은 약간의 유산이나 수당이 있는 사람들이다. 이어서 스스로 서점을 열고 스스로 잡지를 만들고 스스로 자신의 문장을 싣고 스스로 광고하고 스스로 소식을 보도하고 스스로 온갖 술책들을 구상하고……. 그래도 안 되면 시詩의 해방[3]은 벌써 다른 사람이 했고 사詞의 해방[4]은 기껏 새나 속일 수 있을 뿐이므로 이리하여 '서문의 해방'이 제기되었다.

무릇 서문이라는 것은 자고로 있었으니 남이 지어 주기도 하고 스스로 짓기도 했다. 그런데 이런 방식은 너무 진부하기 때문에 '신시대'의 '문학가'[5]의 입맛에 부합하지 않았다. 자서는 허풍 떨기가 난감하고 다른 사람이 써 주는 것은 꼭 치켜세워 줄 것이라는 보장이 없기 때문이다. 그렇다면 당연히 해방, 해방하는 수밖에 없다. 다시 말하면 스스로가 다른 사람을 대신하여 자신의 글에 서문을 짓고,[6] 여기에 '보내온 편지 초록'이라는 말을 붙이니 정말 금상첨화가 따로 없다. '호평 한 다발'도 말미에 반드시 붙인다. 대서代序는 책을 펴자마자 한바탕 찬양을 보여 주는데, 흡사 명배우가 무대에 등장하자마자 온 객석에서 커다란 갈채를 보내며 얼마나 재미있는가, 라고 하는 것과 같다. 연극쟁이라면 우선 유성기를 여러 대 마련하여 스스로가 '좋아'라고 녹음해 놓고 무대에 오르면서 일제히 틀어 놓는 것이다.

그런데 이런 놀음이 까발려지면 어떻게 할 것인가? 그래도 술수가 있다. 바로 '불쌍'한 얼굴로 자신이 부당파無黨派이고 수의에 기대지 않고 또한 패거리도 없고 "이제껏 오만방자하게 군 적이 없"[7]으며, '좌담'[8]에서 머리와 꼬리를 흔들거나 자신의 처지를 잊고 자만한 적이 전혀 없다고 하고, 반대로 다른 사람들이야말로 반동파이고 살인방화주의이고 청방홍방[9] 등을 동원하여 문약하나 천재적인 공자公子님들을 기만하는 것처럼 말한다.

가장 효과적인 술수는 그가 공격을 당하는 것은 실은 "능력이 모자라서 벗들의 요구를 만족시켜 줄 수 없기" 때문이라고 말하는 것이다. 만약 우리가 이 '문학가' 분의 성별을 모른다면 당파나 패거리를 가진 여러 사람들이 그에게 수차례 돈을 빌리거나 그녀에게 용을 쓰며 구혼 같은 것을 하였으나 그들을 "만족시켜 줄 수 없었기" 때문에 마침내 억울한 보복을 당하는 것이라고 의심했을 것이다.

하지만 나는 나의 말이 여전히 '신시대'의 '문학가'에게 해가 되지 않기를 희망하면서, '호평'을 '초록해'서 '발문을 대신하'고자 한다.

'명산에 숨겨 후세 사람에게 전하'는 일은 벌써 과거지사가 되었다. 20세기에는 다른 술수가 존재하는도다. 사의 해방, 해방하고 해방하니 금상첨화요, 얼마나 재미있는가? 그런데 다른 사람이야말로 반동파로서 문약하나 천재적인 공자를 기만하지만, 실은 곧 '능력이 모자라서 벗들의 요구를 만족시켜 줄 수 없기' 때문에 마침내 억울한 보복을 당한 것이므로 '신시대'의 '문학가'에게는 해가 될 것이 없도다.

7월 5일

주)———

1) 원제는 「序的解放」, 1933년 7월 7일 『선바오』의 『자유담』에 실렸다.

2) 서한(西漢) 시대 사마천(司馬遷)의 「임소경에게 보내는 편지」(報任少卿書)에 "저는 진실로 이 책(『사기』)을 지어 명산에 숨겨서 후세 사람에게 전해 주고자 합니다"라는 구절이 나온다. 『문선』(文選) 권41에 이 글이 수록되어 있으며 당대 유량(劉良)이 "당시 그것을 보여 줄 성인이 없었으므로 명산에 깊이 숨겨 두고자 했다"라고 주를 달았다.

3) 5·4 신문화운동에서 후스(胡適) 등이 주장한 백화시운동을 가리킨다.

4) 1933년 쩡진커(曾今可)는 그가 주편한 『신시대』(新時代) 월간에서 소위 '사(詞)'를 해방하자'고 주장했다. 『신시대』 제4권 제1기(1933년 2월)는 '사 해방운동 특집호'로 출

간됐다. 거기에는 자신이 지은 「화당춘」(畵堂春)을 게재했는데, 내용은 다음과 같다. "일 년이 시작되니 연초가 길어, 객이 와서 나의 쓸쓸함을 위로해 준다. 어쩌다 심심풀이하는 건 문제 되지 않으니 마작이나 한번 놀자꾸나."

5) 쩡진커를 가리킨다. 그가 주관한 서점과 간행물에는 모두 '신시대'(新時代)라는 이름을 사용했다.

6) 쩡진커가 추이완추(崔萬秋)의 이름으로 자신의 시집 『두 개의 별』(兩顆星)에 「대서」(代序)를 쓴 일을 말한다. 같은 해 7월 2, 3일에 추이완추는 각각 『다완바오』의 『횃불』과 『선바오』에 광고를 실어 「대서」는 자신이 쓰지 않았다고 했다. '호평 한 다발'(好評一束)은 쩡진커가 『두 개의 별』의 「자서」에서 나열한 '독자의 호평'을 가리킨다.

7) 쩡진커는 1933년 7월 4일 『선바오』에 추이완추에게 답하는 광고를 실었다. "미천한 저는 당파로 호신부를 삼은 적이 없고 주의에 기대어 핑계 삼은 적도 없으며, 집단적인 배경 같은 것은 더욱이나 없으며, 이제껏 오망방자하게 군 적이 없습니다. 오로지 능력이 모자라서 벗들의 요구를 만족시켜 줄 수가 없기 때문에 마침내 지기에게 죄를 짓게 되었습니다……(비록 스스로는 다행히도 영혼을 팔아먹은 적은 없기 때문에 '패거리'가 없는 사람의 불쌍한 처지를 알 수 있을 따름입니다)."

8) 쩡진커는 일군의 사람들을 초청하여 '문예만담회'(文藝漫談會)를 개최했으며 잡지 『문예좌담』(文藝座談 ; 1933년 7월 1일판)을 주관했다.

9) '청방'(靑幇)은 청말에 대운하를 이용하여 남쪽에서 베이징으로 양미(糧米) 수송을 하던 노동자들이 항해의 위험을 방지하기 위해 조직한 비밀결사이다. 홍방(紅幇)도 청말에 결성된 비밀결사로서 홍문(洪門), 홍방(洪幇)이라고도 하며 천지회(天地會)의 대외적 명칭이다. 명 태조 주원장의 연호인 홍무(洪武)의 '홍'을 본뜬 것으로 반청복명(反淸復明)의 의미가 담겨 있다고도 한다. 여기서는 모두 집단 혹은 패거리라는 뜻으로 사용되었다.

불을 훔친 또 다른 사람[1]

딩멍丁萌

불의 기원에 대하여 그리스 사람들은 프로메테우스[2]가 하늘에서 훔쳐 왔기 때문에 제우스신이 분노하여 그를 높은 산에 가두고 매로 하여금 날마다 그의 살점을 쪼아 먹도록 명령했다고 생각한다.

아프리카 토인 니암웨지족[3] 역시 일찍부터 불을 사용했으나 그리스인들이 그들에게 전수한 것은 아니다. 그들은 불을 훔쳐 온 또 다른 사람에 대한 이야기를 가지고 있다.

사람들은 불을 훔친 사람의 이름을 모른다. 어쩌면 일찌감치 망각해 버렸는지도 모른다. 그는 하늘에서 불을 훔쳐 니암웨지족 조상들에게 전해 주었다. 이로 말미암아 달라스신의 분노를 샀다고 하는 대목은 그리스의 고대 전설과 흡사하다. 그런데 달라스의 방법은 달랐다. 그를 산꼭대기에 가둔 것이 아니라 비밀리에 아무도 모르게 어두운 토굴에 가두어 버렸다. 매가 아니라 모기, 벼룩, 빈대를 보내어 그의 피를 빨아 피부가 부어오르도록 만들었다. 그때 상처를 찾아내는 역할에 능수능란한 파리도 있었다. 윙윙거리며 필사적으로 빨아 대며 그의 피부에다 파리똥을 푸지게 싸질러 그가 얼마나 더러운 물 건인지를 입증했다.

그런데 니암웨지족 사람들은 이 이야기를 알지 못한다. 그들은 그저 불은 추장의 조상들이 발명하여 추장이 이단을 화형에 처하거나 집을 불태우는 데 사용하도록 전해 준 것으로 알고 있다.

운 좋게도 최근에는 교통의 발달로 아프리카 파리들도 중국에 날아 들어왔다. 나는 윙윙, 잉잉거리는 소리 속에서 이런 놈들의 소리 를 들을 수 있었다.

7월 8일

지식과잉[1]

위밍廈明

세계는 생산과잉으로 말미암아 경제공황이 발생했다. 한꺼번에 3천만 명 이상의 노동자가 굶주리고 있지만 식량과잉은 여전히 '객관현실'이다. 그렇지 않다면 미국이 밀가루를 외상으로 빌려 줄 리가 없고,[2] 우리도 '풍년재난'[3]이란 게 일어날 리가 없다.

그런데 지식도 과잉이 될 수가 있다. 지식과잉의 공황은 훨씬 심각하다. 듣자 하니, 중국의 시골에서는 현행 교육이 제창되면 될수록 농촌의 파산이 빨라지고 있다고 한다.[4] 이것은 아마도 지식의 풍년이 도리어 재난이 되어 버린 것이리라. 미국은 목화가 싸서 목화밭을 파내고 있다는데, 중국에서는 지식을 파내야 한다. 이것이야말로 서양에서 전해진 묘책이다.

서양인은 능력이 있다. 대여섯 해 전 독일에서는 대학생이 너무 많다고 아우성이었다. 정치가와 교육가들은 청년들에게 대학을 가지 말라고 큰소리로 권고했다. 현재 독일은 권고뿐만이 아니라 지식을 파내는 일을 시행하고 있다. 예를 들자면, 모든 서적을 불 질러 없애고 작가들에게는 자신의 원고를 뱃속으로 도로 삼키도록 한다.[5] 또한 일군의 대학생들이 병영에서 고된 노동을 하는 것을 가리켜 '실업문제를 해결했다'고 한다. 중국은 문과·법과 학생들의 과잉[6]을 떠들고 있지 않는가? 사실 어찌 문과·법과뿐이겠는가? 중학생도 너무 많다. '엄격한' 연합고사 제도[7]를 시행하여 쇠빗자루로 싹, 싹, 싹 쓸어버리듯 지식청년 대다수를 '민간'으로 돌려보내려고 한다.

지식과잉이 어째서 공황을 일으킬 수 있는가? 중국은 백분의 팔구십이 아직도 문맹이 아닌가? 그런데도 지식과잉은 시종일관 '객관현실'이며, 이로 말미암은 공황도 '객관현실'이다. 그런데 지식이 지나치게 많아졌다는 말은 동요가 아니면 심약에서 나온 것이다. 동요라면 터무니없는 생각일 수가 있고, 심약이라면 악랄한 수단을 쓰지 못한다. 이것의 결과는 사고가 침착힐 수 없거나 다른 사람의 짐작함을 방해하는 것이다. 이리하여 재난이 발생한다. 그러므로 지식은 파내지 않으면 안 된다.

하지만 그저 파내는 것으로는 아직 미흡하다. 반드시 실용에 적합한 교육을 해야 한다. 첫째는 명리학命理學이다. 천명에 순응한다면 운명이 고단하더라도 즐겨야 한다. 둘째는 눈치학이다. '눈치를 좀 보게 되면' 근대 무기의 이해利害를 알게 된다. 최소한 이 두 가지 실용에 적합한 학문은 하루빨리 제창해야 하는 것이다. 제창하는 방법은 아주 간단한다. 고대의 한 철학자는 유심론을 반박하며 당신이 이 보리밥 한 그릇의 물질이 존재하는지를 의심한다면 먹어 보고 배가 부른지를 보는 것이 제일 좋다고 말했다. 지금 이를 빌려서 말해 보자. 전기학을 알게 하려면 전기에 감전시켜서 아픈지 보게 하는 것이 제일 좋고, 비행기 등의 효용을 알게 하려면 머리 위에서 비행기를 몰아 폭탄을 터뜨려 죽는지……를 보게 하는 것이 제일 좋다.

이러한 실용교육이 있다면 지식은 과잉이 아니다! 아멘!

7월 12일

주)_______

1) 원제는 「智識過剩」, 1933년 7월 16일 『선바오』의 『자유담』에 발표했다.

2) 1933년 5월 국민당 정부 재정부장 쑹쯔원(宋子文)은 워싱턴에서 미국 부흥금융공사와 '면화보리차관'(綿麥借款) 협정을 맺었다. 500만 불 차관을 빌려 4/5는 미국 면화를 구매하고 1/5은 미국 보리를 구매하는 것이었다.

3) 1932년 창장(長江) 유역의 여러 성은 풍년을 거두었다. 그런데 제국주의, 국민당 정부, 지주, 상인 등의 개입으로 곡물가격이 크게 하락하여 풍년을 거둔 지방의 농민이 도리어 살기 힘들어졌다.

4) 1933년 7월 11일 『선바오』에 상하이시장 우톄청(吳鐵城)의 담화가 실렸다. 그는 농촌 파산의 주요 원인을 "현행 교육제도가 농촌 환경의 필요에 적합하지 않다"는 데로 돌리면서 "현행 교육제도가 시골에서 제창되면 될수록 농촌의 파산이 빨라진다. 그러므로 농촌의 발달을 추구하고자 한다면 반드시 실용에 적합한 교육을 실시해야 한다"라고 하였다.

5) 쑹칭링(宋慶齡)은 1933년 5월 13일에 발표한 「히틀러의 폭행에 대한 항의」(抗議希特勒暴行)라는 글에서 "소설가 한스 바우어는 자신의 원고를 삼키도록 강요받았다"고 했다.

6) 1933년 5월 국민당 정부 교육부는 각 대학에 문과·법과 학생의 모집을 제한하라고

명령하며 다음과 같이 말했다. "우리나라는 수천 년 동안 문을 숭상하는 관습이 있는데, 이를 답습하여 학문을 추구하는 자들은 이를 추세로 간주하며, 학교를 세우는 자들도 문과·법과 등은 설립이 비교적 간단하여 어려움을 피하고 쉬운 것을 좇아서 마침내 인문에 치중하고 생산을 경시하여 인재의 과잉과 결핍이라는 모순 현상이 나타나게 되었다."(『선바오』, 1933년 5월 22일)

7) 국민당 정부는 1933년부터 전국 각 소·중학생이 졸업하기 위해서는 교내 졸업시험 이외에 다른 학교 졸업생들과 함께 '연합고사'(會考)라고 하는 현지 교육행정기관이 주관하는 시험에 응시하여 합격하는 자만이 졸업할 수 있게 하는 제도를 실시했다.

시와 예언[1]

위밍

예언은 언제나 시이고, 시인은 태반이 예언가이다. 그런데 예언은 시에 불과할 따름이지만 시는 종종 예언보다 영험하다.

예컨대 신해혁명 때에 갑자기 이런 노래가 발견되었다.

강철도 아흔아홉 개를 쥐고, 오랑캐가 죄다 죽을 때까지 휘두른다.

이 구절은 『추배도』[2]에 나오는 예언으로 '시'에 불과한 것일 따름이다. 그때, 어찌 아흔아홉 개의 강철도만 있었겠는가? 아무래도 서양 소총과 대포가 훨씬 무시무시했으므로 서양 소총과 대포가 결국은 우위를 점하고 강철도만이 큰 피해를 입게 될 운명이었다. 게다가 당시의 '오랑캐'는 아직도 '죄다 죽지' 않고 살아 있을 뿐만 아니라 우대를 받고 있으며,[3] 요즘은 '괴뢰'僞 푸이가 폼 잡는[4] 날도 있다. 따라서 예언의 능력으로 보자면 이 노래는 아무런 효험이 없었다. 죽을힘을 다해 이 예언에 따라 행동하면 왕왕 벽에 부딪히고 만다. 예컨대, 얼마 전에 아흔아홉 개의 강철도를 특별히 벼려 전선의 전사에게 보낸 사람이 있었는데,[5] 결과는 구베이커우古北口 등지에서 피를 흘렸을 뿐 국난의 불가항력을 증명하는 꼴이 되고 말았다. 하지만 이 예언 노래를 '시'로 간주하면 그래도 "자기의 뜻으로 남의 뜻을 미루어 짐작함으로써 스스로 그것을 깨달았다고 말할"[6] 수 있게 된다.

시의 이면에는 확실히 깊이 있는 예언이 함축되어 있다. 예언을 찾아보려면 『추배도』를 읽느니보다는 시인의 시집을 읽는 것이 낫다. 아마도 올해도 무언가 발견되어야 할 때인 듯싶더니, 뜻밖에 이런 구절을 찾아내었다.

> 이리를 봉하고 미친개를 좇는 이들,
> 한평생 짐승 사냥인 양 사람 사냥을 하니,
> 만인의 분노는 돌이킬 수 없고,
> 반드시 태백이 그들의 목을 거는 것을 보게 되리.
> (왕징웨이의 『쌍조루시사고』에 실린 빅토르 위고의 「공화 2년의 전사」)[7]

실로 '탁자를 치며 놀랄' 만한 시가 아닌가? "이리를 봉하고 미친개를 좇다"라는 말은 자신이 분명 짐승임에도 불구하고 기어코 사람을 짐승처럼 대하고, 짐승이 사냥하니 사람이 도리어 잡힌다는 것이리라! '만인'의 분노는 확실히 돌이킬 수 없는 것이다. 위고의 이 시는 1793년(프랑스 제1공화정 2년)의 왕당파에 대해 말하고 있다. 그는

140년 후에도 이런 효험이 있으리라고는 생각하지 못했을 것이다.

왕 선생이 이 시를 번역할 당시에는 중국이 이삼십 년 후에 백화의 세계가 될 것이라고 생각하지 못했을 것이다. 최근 이런 문언시를 이해하는 사람이 점점 적어지고 있어서 정말 안타까울 따름이다. 그런데 예언의 절묘함은 바로 알듯 모를듯함에 있는 법이니, 영험함이 완전히 입증된 이후에야 비로소 '문득 대오^{大悟}'하게 한다. 이것이 이른바 '천기는 누설할 수 없다'는 것이다.

7월 20일

주)______

1) 원제는 「詩和預言」, 1933년 7월 23일 『선바오』의 『자유담』에 실렸다.

2) 『추배도』(推背圖)는 참위설(讖緯說)에 근거한 그림책이다. 『송사』의 「예문지」(藝文志)에는 오행가(五行家)의 저서로 나열하고 있는데, 편찬자의 이름은 없다. 남송 악가(岳珂)의 『정사』(程史)에는 당대 이순풍(李淳風)이 지었다고 했다. 현존하는 판본은 1권 60개의 그림으로 되어 있다. 59번째 그림까지는 후대 역사의 흥망과 변란을 예측한 것이며, 60번째 그림은 당대 원천강(袁天綱)이 이순풍이 예언을 못하도록 그의 등을 떠미는 동작이 그려져 있다. 이런 까닭으로 이순풍과 원천강의 합작으로 보기도 한다. 인용한 시는 「군빵 노래」(燒餅歌)에 나오는 구절이다. 신해혁명 시기 혁명당 사이에 이 구절이 널리 퍼졌는데, 만주족에 대한 원한을 나타낸다. 「군빵 노래」는 명대 유기(劉基 ; 백온伯溫)가 지었다고 전해지며 『추배도』 뒤에 부록으로 실리기도 했다.

3) 민국 초기에 청 황실이 우대받던 것을 가리킨다. 신해혁명 후 난징임시정부와 청 조정은 담판을 통하여 퇴위한 청 황제에게 특별한 대우를 하고 황제 칭호를 유지하도록 의결했다. 위안스카이(袁世凱)는 복벽을 시도하면서 "청 황실에 대한 우대조건은

영원히 변경되지 않음을 언명한다"라고 하기도 했다.

4) 1932년 3월 일본은 창춘(長春)에서 만주국을 세우고 청나라 폐제 푸이로 하여금 '집정'하게 했다. 1934년 3월 '만주제국'으로 이름을 바꾸고 푸이를 '황제'라고 불렀다.

5) 1933년 4월 12일 『선바오』에 상하이의 왕수(王述)라는 사람이 친지들과 함께 큰 칼 아흔아홉 개를 특별 제작하여 시펑커우(喜峰口) 등지를 지키는 쑹저위안(宋哲元) 부대에 보냈다는 기사가 실렸다.

6) 『맹자』의 「만장상」(萬章上)에 "『시』를 말하는 것은 한 글자를 가지고 한 구절을 해치지 않고, 한 구절을 가지고 뜻을 해치지 않는 것이다. 자기의 뜻으로 시의 뜻을 미루어 짐작하면 이것이 시를 깨닫는 것이다"라는 구절이 나온다. 원문은 "以意逆志, 自謂得之"라고 되어 있으나 『맹자』에는 "以意逆志, 是爲得之"라고 나온다.

7) 왕징웨이(汪精衛, 1883~1944). 이름은 자오밍(兆銘), 원적은 저장 사오싱, 광둥(廣東) 판위(番禺)에서 출생. 젊은 시절 동맹회(同盟會)에 참가했으며 국민당 정부 행정원장 등의 요직과 당부총재를 역임. 9·18사변 후 일본과의 타협을 주장했으며 1938년 12월 공개적으로 투항, 1940년 3월에는 난징에서 국민정부를 조직하여 주석을 맡았다. 1944년 11월 일본에서 사망. 그의 『쌍조루시사고』(雙照樓詩詞稿)는 1930년 12월 민신공사(民信公司)에서 출판되었다.

빅토르 위고(Victor Marie Hugo, 1802~1885). 프랑스 작가. 장편소설 『파리의 노트르담』(*Notre Dame de Paris*), 『레미제라블』(*Les Misérables*) 등이 있다. 1853년에 장시 「맹종을 꾸짖다」(정치풍자시집 『징벌시집』*Les Châtiments*에 수록)에서 1793년 프랑스 대혁명 시기 유럽의 봉건연맹국가의 무장 간섭에 항거한 공화국 사병들의 영웅적 업적을 노래하고 1851년 나폴레옹 3세의 정변을 추수한 자들을 꾸짖었다. 왕징웨이가 번역한 「공화국 2년의 전사」는 이 시의 제1절이다.

'밀치기'의 여담[1]

펑즈위

「제3종인의 '밀치기'」[2]라는 글을 보고 느낀 바가 있었다. 확실히 최근 '밀치기' 사업은 이미 박차를 가했고 범위도 확대되었다. 나도 30년 전 창장長江에서 자주 증기선 삼등실을 이용하곤 했지만, 당시에는 이렇게 힘껏 '밀치기'는 없었다.

그때도 물론 배표를 사야 했다. 그런데 이른바 '자리 구매'는 없었다. 살 때도 있었지만 그건 다른 경우이다. 만약 자리를 차지하지 못할까 걱정되면 아침 일찍 짐을 꾸려 배를 타러 가면 된다. 삼등실에는 서너 사람뿐 모든 자리가 비어 있기 때문이다. 그런데 빈자리에 짐을 부려 놓으려면 녹록지 않았다. 여기저기에 멜대와 노끈, 이편저편에 낡은 돗자리와 마고자가 놓여 있고, 사람들 중 누군가가 뛰어나와 자신이 맡아 둔 자리라고 말하기 때문이다. 하지만 그런 경우 회의를 열어 평화를 거론하면 그 자리를 살 수 있었고, 비싸도 8자오角 정도였다. 만약 싸움의 고수라면 정말 쉽게 처리할 수도 있었다. 일언반구도

하지 않고 근처에 앉아 있다가 징이 울리고 배가 출발할 즈음 자리확
보주의자들이 멜대와 낡은 돗자리 따위를 챙겨 팔다 남은 빈자리를
포기하고 슬금슬금 강기슭으로 달아나면 유유히 짐을 부리고 한숨 자
면 그만이다. 사람 숫자가 자리를 초과하여 수용할 수 없는 경우에는
자리 옆이나 고물에서 자더라도 '제3종인'이 '밀치'지는 않았다. 다만
이등실 문 앞에서 쉬는 사람들은 경리가 표 검사를 할 때 삼등실로 잠
시 피해 있어야 한다.

표를 못 산 사람들은 분명 '밀치기'를 당했다. 물품 압수 절차가
끝나면 돛대나 기둥 따위에 매달아 때리는 흉내를 냈다. 그런데 내가
목격한 바에 따르면 진짜 때리는 경우는 극히 드물었고, 이렇게 해서
가장 가까운 부두에 도착하면 그를 '밀쳐' 내리도록 했다. 심부름꾼의
말에 따르면, 짐칸으로 '밀쳐' 넣어 그가 배를 탔던 곳으로 되돌아가게
할 수도 있지만 그렇게까지는 하고 싶지 않다고 했다. 가장 가까운 부
두에 '밀쳐' 내려놓으면 그는 어쨌거나 한 부두만큼은 온 것이고, 한
부두 한 부두 '밀쳐'지면 비록 힘은 좀 들겠지만 결국에는 목적지에
도달할 수 있기 때문이라는 것이다.

과거의 '제3종인'은 오늘날보다 좀더 인자하고 선한 것 같다.

생활의 압박은 불평분자를 만들게 된다. 얼떨떨해서 원수가 누
구인지도 분간하지 못하고 집안 사람이나 행인이나 할 것 없이 모두
자신의 앞길을 막고 있다고 생각한다. 이리하여 '밀치는 것'이다. 이
는 자신을 보호하는 것일 뿐만 아니라 다른 사람을 증오하는 것이기
도 하다. 이런 사람들이 권세를 얻으면 길을 나설 때에 반드시 '길 청

소’[3]를 하려 한다.

나는 결코 과거에 연연하는 사람이 아니다. 최근 ‘밀치기’ 사업이 이미 박차를 가했고 범위도 확대되었음을 말하고 있는 것에 지나지 않는다. 그저 미래의 부호들이 나를 ‘반동’이라는 이름의 부두로 ‘밀치’지는 않았으면 하고 바랄 뿐이다. 그렇게만 된다면 심히 다행일지니.

7월 24일

주)＿＿＿＿＿

1) 원제는 「“推”的餘談」, 1933년 7월 27일 『선바오』의 『자유담』에 실렸다.

2) 「제3종인의 ‘밀치기’」(第三種人的“推”)는 1933년 7월 24일 『선바오』의 『자유담』에 다우(達伍; 즉 랴오모사廖沫沙)라는 필명으로 실렸다. 그가 말한 ‘제3종인’은 루쉰이 「밀치기」(推)에서 말한 ‘서양 나리’와 ‘상등’의 중국인을 제외한 나머지 사람을 가리킨다. 다우는 “이런 사람은 ‘상등’도 아니고 그렇다고 하등에 나열할 수는 없다. 그런데 그는 ‘상등’인을 ‘하등’인으로 밀쳐 넣는 식객이 되고자 한다”라고 했으며, 창장의 증기선의 상황을 예로 들어 “삼등실 표를 산 사람들은 이등실 사람들에 의해 밀쳐지고, 배표만을 사고 침대표를 사지 않은 사람들은 몸을 둘 자리가 없을 정도로 밀쳐진다. 배표마저 사지 못한 사람들은 주저 없이 강기슭이나 물속으로 밀쳐진다. 배가 출발한 뒤 발견되었다면 먼저 철저한 몸수색으로 옷자락이나 허리띠에서 1~2마오(毛)나 10퉁위안(銅元) 남짓 찾아내어 있는 대로 가져가 배표 값으로 충당한 뒤 배 밑 짐칸으로 밀쳐 버린다. …… 이런 일들은 배에서 일하는 ‘식객’들이 사용하는 방법으로 ‘제3종인의 밀치기’ 법이다”라고 했다.

3) ‘길 청소’(淸道)는 옛날 황제가 길을 나설 때 황제가 가는 길을 청소하고 감독하는 일을 말한다.

묵은 장부 조사[1]

뤼쉰

요 며칠 사이에 팅타오사에서 『육식가의 말』[2]을 출판했다. 이 책은 현 집권세력이 과거 재야에 있을 당시의 언설들인데, 사람들에게 "그의 말을 들려주고 그의 행동을 보여"[3] 줌으로써 전후로 어떤 차이점이 있는지 알게 해준다. 같은 출판사에서 출판한 주간 『파도소리』[4]에도 동일한 생각을 보여 주는 글이 실려 있다.

　이것은 묵은 장부를 조사하는 것이다. 장부를 펴고 주판을 두드려 결산하여 어찌 된 까닭으로 전후가 맞지 않는지를 묻는 것은 확실히 적절하고 분명하며 전용하지 못하도록 만드는 가장 좋은 방법이다. 그런데 이 방법은 오늘날 사용하기에는 아무래도 너무 '케케묵은 길'古道이라고 하지 않을 수 없다.

　옛사람들은 묵은 장부 조사를 두려워했다. 촉의 위장[5]은 곤궁에 빠지자 강개하고 격앙된, 좀 통속적인 언어로 「진부음」을 지어 사람들의 입에서 입으로 전해지게 했다. 그런데 그가 입신출세하자 이 시를 문집에 포함시키지 않으려 했을 뿐만 아니라 사람들의 필사본조차도 없애 버릴 궁리를 했다. 당시에 성과가 어땠는지는 알 수 없지만 청조 말년에 둔황의 동굴에서 필사본이 발굴된 것으로 보아 헛수고였음을 알 수 있다. 하지만 그의 고심은 충분히 짐작할 수가 있다.

그러나 이것은 고대 유명인의 일이다. 보통사람은 다르다. 보통사람이 묵은 장부를 없애려면 머리부터 잘리고 나서 다시 태어나는 수밖에 없다. 참수형을 받은 범인은 묶인 채로 사형장으로 끌려가며 큰소리로 말한다. "20년 지나 다시 호한好漢으로 태어나리!"[6] 부뚜막을 새로 만들고[7] 다시 사람 노릇을 하기 위해서는 20년은 반드시 지나야 한다. 정말 성가시기 짝이 없다.

그러나 이것은 고금의 보통사람의 일이다. 오늘날의 유명인은 또 다르다. 묵은 장부를 없애고 새롭게 사람 노릇 하는 이들의 방법은 보통사람에 비해 속도가 실로 편지와 전보만큼이나 차이가 있다. 조금 우회해도 괜찮다면 외국에 한번 나가거나 절 하나를 짓거나 한 차례 병이 나거나 며칠 산에 놀러 가면 된다. 서두르고자 한다면 회의를 한 차례 열거나 경전 한 권을 읽거나 한 차례 연설을 하거나 한 번 선언을 하거나 혹은 하룻밤 잠을 자거나 시 한 수를 지어도 된다. 더 서두르고자 한다면 자신의 두 뺨을 때리거나 눈물 몇 방울 흘리기만 해도 관례에 따라 '예전의 나'와 전혀 상관없는 다른 사람으로 변신할 수 있다. 정단 장군[8]은 몸을 한번 흔들어 붕어로 둔갑하여 요부들의 허벅지 사이를 들락거렸다고 하는데, 작가는 스스로 입신入神의 경지에 오른 글쓰기라고 생각했을지 모르겠지만 지금의 관점에서 보면 신기한 맛조차도 없다.

　이런 둔갑법조차도 성가시다고 느끼면 눈을 허옇게 뜨고 반문한다. "이게 나의 장부라고요?" 이것도 성가시다면 눈도 허옇게 뜨지 않고 묻지도 않는다. 요즘 유행하는 것은 대개 후자의 방법이다.

　요즘 세상에 어떻게 '케케묵은 길'을 다시 갈 수 있겠는가? 아직도 경전 읽기를 주장하는 사람이 있는데 정녕 무슨 속내인지 알 수가 없다. 그런데 하룻밤만 지나면 사람들에게 군대에 가라고 주장할지도 모르기 때문에 나는 아직 경전을 사지 않았다. 어쩌면 내일 군대도 꼭 가야 하는 것은 아닐지도 모른다.

7월 25일

주)＿＿＿＿＿＿

1) 원제는 「査舊帳」, 1933년 7월 29일 『선바오』의 『자유담』에 발표했다.
2) 루쉰은 『육식가의 말』(肉食者言)이라고 했지만, 원래 책 제목은 『식육가의 말』(食肉者言)이다. 마청장(馬成章)이 편집하여 1933년 7월 상하이 팅타오사(聽濤社)에서 출판했다. 우즈후이(吳雉暉)와 현대평론파 탕유런(唐有壬), 가오이한(高一涵), 저우경성(周鯁生) 등이 수년 전에 쓴 베이양(北洋)정부를 공격하는 글 10여 편이 실려 있다. 이들이 이 책을 출판한 목적은 예전의 자신과 완전히 달라졌음을 보여 주기 위해서였다. 당시 우즈후이는 장제스(蔣介石)와 협력하고 있었으며, 탕유런도 국민당 정부의 고관이 되었기 때문이다. '육식가'(肉食者)는 높은 지위의 월급을 많이 받는 사람을 가리키는데, 『좌전』(左傳)의 '장공(莊公) 10년'에 "육식가는 비루하고 멀리 내다보는 계책을 세우지 못한다"라는 말이 나온다.

3) 『논어』의 「공야장」(公冶長)에 "공자께서 가로되 '처음에 나는 사람에 대하여 그 사람의 말을 듣고 그 사람의 행동을 믿었는데, 지금 나는 사람에 대하여 그 사람의 말을 듣고 그 사람의 행동을 본다'"라는 말이 나온다.

4) 『파도소리』(濤聲)는 문예적 성격을 띤 주간지로, 차오쥐런(曹聚仁)이 편집했다. 1931년 8월 상하이에서 창간, 1933년 11월 정간되었다.

5) 위장(韋蔣, 약 836~910)은 자가 단기(端己), 징자오(京兆) 서링(杜陵; 지금의 산시陝西 시안西安) 사람, 만당(晚唐) 오대(五代)의 시인이자 사인(詞人). 오대 이전 촉(蜀)의 주군인 왕건(王建)의 재상이다. 당 희종(僖宗) 광명(廣明) 원년(880) 황소(黃巢)가 이끈 농민봉기군이 창안(長安)을 공격할 당시 위장은 마침 과거시험을 보기 위해 도성에 머무르고 있었다. 3년 후(883; 중화中和 3년)에 그는 당시에 보고 들은 혼란한 상황을 묘사하여 장편서사시 「진부음」(秦婦吟)을 지었다. 이 시는 대단히 널리 퍼져 많은 사람들이 만장에 써 붙였으며 그를 일러 '진부음' 수재'라고 했다. 시에는 황소가 창안에 들어오자, 허둥대는 공경(公卿)들과 백성들을 괴롭히는 관군의 모습을 묘사했다. 왕건은 당시 관군 양복광(楊復光) 부대의 장수였기 때문에 나중에 위장은 이 시를 없애려고 했으며, 「가계」(家戒)에서 특별히 가족들에게 '진부음' 만장을 걸지 말라'고 부탁하기도 했다(송대 손광헌孫光憲의 『북몽쇄언』北夢瑣言에 보임). 따라서 그의 동생 위애(韋藹)는 『완화집』(浣花集)을 편집하면서 이 시를 수록하지 않았다. 청 광서(光緖) 말년 영국인 스타인(Marc Aurel Stein, 1862~1943)과 프랑스인 펠리오(Paul Pelliot, 1878~1945)가 차례로 간쑤(甘肅) 둔황현(敦煌縣) 첸포둥(千佛洞)의 고문물을 조사할 당시 이 시의 불완전한 필사본이 발견되었다. 1924년 왕궈웨이(王國維)가 파리 도서관에 소장된 천복(天復) 5년(905) 장귀(張龜)의 사본과 런던 박물관에 소장된 정명(貞明) 5년(919) 안우성(安友盛)의 사본을 근거로 교정하여 원래의 시로 완전하게 복구했다.

6) 옛날 죄수들은 환생설에 따라 자신들이 사형을 당하더라도 20여 년이 지나면 다시 호한으로 태어날 수 있다고 믿었다. 루쉰의 「아Q정전」에도 아Q가 사형을 당하기 직전 이와 같은 말을 무심코 내뱉는 장면이 나온다.

7) '다시 부뚜막을 새로 만든다'(另起爐灶)는 말은 어떤 일을 새롭게 다시 시작한다는 뜻이다.

8) '정단사자'(淨壇使者)는 『서유기』(西遊記)의 저팔계를 가리킨다. 저팔계가 붕어(원래는 메기)로 변신하여 요부들의 허벅지 사이를 들락거린 이야기는 제72회에 나온다.

신새벽의 만필[1]

루뉴

장헌충[2]에 관한 전설이 중국 어디에나 있다는 사실에서 사람들이 그를 대단히 예사롭지 않은 인물로 간주한다는 것을 알 수 있다. 나도 예전에는 그를 예사롭지 않은 인물 중 하나라고 생각했다.

어릴 때 『무쌍보』[3]라는 책을 본 적이 있다. 청대 초기의 작품으로 역사적으로 둘도 없는 아주 특별한 인물을 모아서 각각의 초상화를 그리고 시를 쓴 것인데, 나쁜 사람은 없었던 것 같다. 이 책 덕분으로 후에 나는 역대로 중국인의 성질을 대표하는 아주 특별한 인물을 골라서 중국 '사람의 역사'를 지을 수 있을 것이라고 생각하기도 했다. 영국의 칼라일이 지은 『영웅과 영웅숭배』[4]나 미국의 에머슨이 지은 『위인론』[5]과 같은 책 말이다. 다만 좋은 사람과 나쁜 사람을 모두 포함시켜야 한다. 눈을 먹으며 고절苦節을 지킨 소무[6]도 있고 몸 바쳐 불법佛法을 추구한 현장[7]도 있고 '온몸을 나라를 위해 죽을 때까지 바치고자 한' 공명[8]도 있어야 하지만, '죽을 때까지' 고법古法을 맹신한 왕망[9]도 있고 농반진반으로 변법을 주장한 왕안석[10]도 있어야 하고, 장헌충도 당연히 포함되어야 한다. 그런데 지금은 붓을 들 생각이 터럭만치도 없어졌다.

『촉벽』[11]과 같은 책에는 장헌충의 살인이 퍽 상세하게 기록되어 있다. 그런데 좀 방만하여 그가 '예술을 위한 예술'과 흡사하게 오로지 '살인을 위한 살인'을 하고 있는 것처럼 보인다. 그는 사실 다른 목적이 있었던 것이다. 애초에는 그렇게 많이 죽이지 않았고 황제가 되려는 생각을 버린 적이 없었다. 후에 이자성李自成이 베이징으로 진격하고 계속해서 청나라 병사가 산하이관에 들어오자 자신에게는 몰락의 길만이 남았다는 사실을 알고 나서부터 죽이고, 죽이기……를 시작했던 것이다. 그는 이미 천하에 자신의 것은 없으며, 이제는 남의 것을 파괴하고 있음을 분명히 느끼고 있었다. 장헌충의 마음은 조대朝代 말기에 문아文雅한 황제들이 죽기 직전 조상들이나 자신이 수집한 서적, 골동품, 보배 따위를 모조리 불태우는 심정과 완전히 일치한다. 그에게 골동품 따위는 없었고 병사가 남아 있었기 때문에 죽이고, 죽이고, 살인하고 죽이고……했던 것이다.

그런데 그는 병사를 유지하려고도 했는데, 이는 사실 살인을 지속하려는 것에 불과했다. 그는 남아 있는 평민들이 없을 정도로 죽여 버렸다. 심복 여럿을 병사들 속으로 보내어 엿듣게 하고 원망하는 자가 있으면 뛰어나가 체포하고 한 집안 전체를 도륙하게 했다(그의 병사는 가솔이 있을 수도 있고 포로로 잡혀 온 부녀일 수도 있다). 살인으로 병사를 다스리고 병사로 살인을 집행했다. 자신도 끝장이 났지만 이렇게 함께 멸망하는 막다른 길에 이르고자 했던 것이다. 타인이나 공공의 물건에 대하여 우리도 마찬가지로 그다지 소중하게 여기지 않지 않은가?

따라서 장헌충의 행위는 얼핏 괴팍해 보이지만 실은 아주 평범하다. 괴팍한 쪽으로 치자면 오히려 죽임을 당한 사람들이다. 어떻게 하나같이 속수무책으로 그가 죽이기를 기다리고 있었던가? 청나라의 숙왕[12]이 와서 그를 쏘아 죽이고서야 비로소 노비의 자격으로 구원을 얻을 수 있었다. 그리고 이것은 운명적으로 정해진 것이라고들 한다. 이른바 "통소의 대나무를 제거하고, 화살을 당겨 가슴을 관통시킨다"[13]라는 것이다. 그러나 이 예언시는 후대 사람이 꾸며 냈을 것이다. 당시 사람들이 정말로 어떻게 생각했는지 우리는 알 수가 없다.

7월 28일

주)______

1) 원제는 「晨凉漫記」, 1933년 8월 1일 『선바오』의 『자유담』에 발표했다.

2) 장헌충(張獻忠, 1606~46)은 옌안(延安) 류수젠(柳樹澗; 지금의 산시 딩벤둥定邊東) 사람, 명말 농민봉기 영수. 숭정(崇禎) 3년(1630)에 봉기하여 허난, 산시 등지에서 싸웠다. 숭정 17년 쓰촨으로 들어가 청두(成都)에서 황제가 되고 국호를 대서(大西)라고 했다. 순치(順治) 3년(1646)에 쓰촨 북쪽 옌팅제(鹽亭界)에서 청나라 병사에 의해 살해당했다. 옛날 역사서와 잡기(雜記)에 그의 살인에 대한 기록이 많이 나온다.

3) 『무쌍보』(無雙譜)는 청대 김고량(金古良)이 편집하고 그린 것으로 한대부터 송대에 이르기까지 40명의 초상화를 그리고 각각의 인물에 대한 시를 쓴 책이다.

4) 칼라일(Thomas Carlyle, 1795~1881)은 영국의 평론가, 역사가이다. 저서로는 『의상철학』(*Sartor Resartus*), 『프랑스혁명사』(*The French Revolution : A History*), 『과거와 현재』(*Past and Present*) 등이 있고, 『영웅과 영웅숭배』(*Heroes and Hero Worship*; 한국어 번역본은 『영웅숭배론』)는 강연원고로서 1841년에 출판되었다.

5) 에머슨(Ralph Waldo Emerson, 1803~1882). 미국의 저술가. 저서로는 『에세이』(*Essays*), 『영국인의 성격』(*English Traits*) 등이 있다. 『위인론』(*Representative Men*)은 1847년 영국의 잉글랜드와 스코틀랜드에서 강연한 원고를 수정한 것으로서 1850년에 출판되었다.

6) 소무(蘇武, ?~B.C. 60)는 자는 자경(子卿), 징자오(京兆) 두링(杜陵; 지금의 산시 시안西安) 사람. 한 무제(武帝) 원년(B.C. 100)에 중랑장(中郞將)으로서 흉노에게 사신으로 갔다가 잡혀 지하에 갇혀 살면서 눈을 먹고 양탄자를 삼키며 목숨을 이었다. 후에 사람이 살지 않는 바이칼호로 보내져서 양을 치면서 살았으나 시종일관 굴복하지 않았다. 한 소제(昭帝) 시원(始元) 6년(B.C. 81)에 흉노와 한이 화해를 함에 따라 조정으로 돌아왔다.

7) 현장(玄奘, 602~664)은 성이 진(陳), 뤄저우(洛州) 거우스(緱氏; 지금의 허난 스거우스진師緱氏鎭) 사람, 당대의 고승이자 번역가. 수나라 말기에 출가했다. 그는 초기에 수입된 불전이 불완전하고 불전의 교의에 대한 해석이 일치하지 않는 점을 고려하여 불교 발원지인 천축국(고 인도)에 직접 가서 불법을 구하고자 했다. 정관(貞觀) 3년(629; 정관 원년이라는 설도 있음)에 창안을 출발하여 서쪽으로 간쑤(甘肅), 신장(新疆)을 거쳐 사막을 건너고 파미르 고원을 넘고 아프가니스탄을 지나 인도에 도달했다. 중인도 마가다국(Magadha)의 사원 날란다(Narlanda)에서 계현(戒賢)법사로부터 불전을 배우고 인도 반도의 동부와 서부를 두루 여행한 후 정관 19년 창안에 돌아왔다. 그는 불경 657부를 가지고 와서 제자들과 75부를 1335권으로 번역했다. 이외에 그가 여러 나라의 풍토를 구술한 것을 여러 스님들이 채록하여 『대당서역기』(大唐西域記)로 묶어 냈다.

8) 공명(孔明, 181~234). 성은 제갈(諸葛), 이름은 량(亮), 공명은 자이다. 랑예(琅琊) 양두(陽都; 지금의 산둥 이난沂南) 사람. 삼국 시기 촉한(蜀漢)의 승상을 지냈다. "온몸을 나라를 위해 죽을 때까지 바치고자"(鞠躬盡瘁, 死而後已)라는 말은 건흥(建興) 6년(228) 11월 촉의 후주(後主) 유선(劉禪)에게 올리는 상서에 나온다. 루쉰은 '췌'(瘁)를 '력'(力)으로 썼다. 이 상소는 「후출사표」(後出師表)로 칭해지며 『삼국지』의 「촉서(蜀書)·

제갈량전(諸葛亮傳)」에는 안 실려 있고, 남조 송 배송지(裴松之)의 주에서 진대(晉代)
습착치(習鑿齒)의 『한진춘추』(漢晉春秋)의 인용에 보이는데, 삼국 시기 오나라 장엄
(張儼)의 『묵기』(默記)에 나온다고 했다.

9) 왕망(王莽, B.C. 45~A.D. 23). 자는 거군(巨君), 둥핑링(東平陵 ; 지금의 산둥 리청歷城)
   사람. 서한(西漢) 말년 외척의 신분으로 대사마(大司馬)에서 차츰 '섭정 황제' 노릇을
   하며 조정을 농단했다. A.D. 8년 그는 어린 영(嬰)을 폐위하고 스스로 황제가 되어 국
   호를 신(新)이라고 하였다. 그는 즉위 후 고법을 모방하여 모든 제도를 고쳤다. 전국
   의 토지를 국유화하여 '왕전'(王田)이라 부르며 매매를 금지했고, 한 가족의 숫자가 8
   명이 안 되는 가구가 1정(井 ; 900무) 이상의 밭을 가지고 있으면 나머지 밭은 동족이
   나 마을에 나누어 주게 했고, 노비는 '사속'(私屬)이라 하고 매매를 금지했다. 그런데
   후에 왕망은 모든 새로운 정치제도를 차례로 폐지했으며, 농민봉기군의 진압에 실패
   한 뒤 피살되었다.

10) 왕안석(王安石, 1021~86)은 자가 개보(介甫), 푸저우(撫州) 린촨(臨川 ; 지금의 장시江
    西) 사람. 북송(北宋) 때의 정치가이자 문학가. 신종(神宗) 희녕(熙寧) 2년(1069)에 재
    상으로서 개혁을 실행하여 균수(均輸 ; 물자가 남아도는 지방에서 모자라는 지방으로
    이전시키는 제도), 청묘(靑苗 ; 농민에게 곡식이나 돈을 대출하는 제도), 면역(免役 ; 병
    역면제 제도), 방전균세(方田均稅), 보갑(保甲), 보마(保馬 ; 군마의 사육을 민간에 위탁
    하는 제도) 등의 신법을 실시했다. 수구파의 반대와 공격으로 실패했다.

11) 『촉벽』(蜀碧). 청 펑준사(彭遵泗)의 저서, 모두 4권. 장헌충이 쓰촨에 있을 때의 사적
    을 기록한 것으로 대부분이 살인에 관한 내용이다. 강희 21년(1682)에 지은 자서에
    서 어린 시절에 들은 장헌충의 이야기와 다른 사람들의 기록을 두루 수집하여 지은
    것이라고 했다.

12) 숙왕(肅王)은 호격(豪格, 1609~1648)으로 청 태종(太宗 ; 황태극黃太極)의 장자, 화석
    숙친왕(和碩肅親王)에 봉해졌다. 순치(順治) 3년(1646)에 청나라 군대를 이끌고 산
    시, 쓰촨을 공격하여 장헌충 부대를 진압했다.

13) 원문은 '吹簫不用竹, 一箭貫當胸'. 『촉벽』 권3에 실린 장헌충의 죽음에 관한 예언시
    이다. "원래 청두 동문 밖 강을 따라 10리쯤에 쒀장교(鎖江橋)가 있었다. 다리 옆 두
    둑에 후이젠탑(回瀾塔)이 있었는데, 만력(萬曆) 시기에 포정사(布政使) 여일용(余一
    龍)이 지은 것이다. …… (헌충은) 그것을 부수라고 명령하고 그 땅에 지휘대를 세우
    려고 했다. 구멍을 파고 벽돌을 끄집어내어 네 장(丈) 남짓 들어가다 옛날 비석을 발

견했다. 비석에는 전문(篆文)으로 '여일용이 탑을 세우고 장헌충이 탑을 무너뜨린
다. 갑을병의 해에 이 땅은 피로 물들 것이다. 요괴의 운세는 쓰촨 북쪽에서 끝나고
독기는 쓰촨 동쪽에 퍼진다. 퉁소에 대나무를 제거하고, 화살을 당겨 가슴을 관통시
킨다. 염흥(炎興) 원년 제갈공명이 기록하다'"라고 쓰여 있었다. 숙왕이 군대를 통솔
하여 헌충을 공격하고 시충(西充)에서 그를 쏘아 죽였으므로 '퉁소(簫)의 대나무를
제거하'면 '숙'(肅)이라는 글자가 된다. 『명사』(明史)의 「장헌충전」에는 장헌충의 죽
음에 대하여 다음과 같이 말했다. "순치 3년 헌충이 도성, 궁전, 집들을 모조리 불태
워 성 전체를 폐허로 만든 다음 군중을 이끌고 쓰촨 북쪽으로 갔다.…… 우리 대청
(大淸)의 군대가 한중(漢中)에 도착하여…… 옌팅제에 이르자 안개가 많이 끼었는
데 헌충이 아침에 이동하다가 펑황포(鳳凰坡)에서 맞부딪혔다. 화살에 맞아 말에서
떨어져 장작더미 아래를 기어가는 헌충을 우리 군대가 잡아 죽였다." 그런데 청대
곡응태(谷應泰)의 『명사기사본말』(明史記事本末) 권77에는 장헌충이 "촉(蜀; 쓰촨의
청두 일대)땅에서 병사했다"라고 되어 있어서 청대 관방에서 편찬한 『명사』와 내용
이 다르다.

중국인의 기발한 생각[1]

유광

외국인은 중국을 모르기 때문에 통상 중국인은 오로지 실제를 중시한다고 말한다. 사실은 결코 그렇지 않다. 우리 중국인은 기발한 생각이 제일 많은 사람들이다.

여러 여자를 거느리고 무조건 욕망을 좇는 남자는 나중에는 날마다 삼편주[2]를 마셔도 효험이 없고 그야말로 '천수(?)를 다하고 죽기' 마련임은 고금을 막론하고 모두가 아는 사실이다. 그런데 우리의 조상들은 '여자 위에 올라타'면 신선이 될 수 있다는 아주 기발한 생각을 가지고 있다. 그 예로는 여러 여자를 거느리고 몇백 살까지 살았던 팽조[3]가 있다. 이 비법은 연금술과 함께 유행했으며, 이와 관련된 온갖 제목이 기록된 고대의 도서목록은 아직도 전해진다. 그러나 실제로는 곧이곧대로 실행하지는 못했을 터이고 이제는 더 이상 믿는 사람도 없어진 듯하다. 엽색을 즐기는 영웅에게는 실로 불행이 아닐 수 없다.

그런데 또 다른 조금 기발한 생각이 있다. 그것은 바로 홍, 하는 소리로 콧구멍에서 한 줄기 백광을 쏟아내면 가까이 혹은 멀리 있는 원수나 적을 죽여 버릴 수 있다는 것이다. 게다가 백광은 다시 제자리로 되돌아오기 때문에 누가 죽였는지 찾아내지 못한다. 사람을 죽이고도 성가신 일이 안 생기니 얼마나 편안하고 자유로운 것인가. 재작년에는 이러한 재주를 갖기 위해 우당산[4]에 가려는 사람들도 생겨났다. 작년부터는 큰칼부대가 이런 기발한 생각을 대체하더니 요즘은 큰칼부대의 명성도 희미해졌다. 애국적인 영웅으로서는 십분 불행한 일이다.

그런데 우리는 최근 또 다른 아주 기발한 생각을 가지게 되었다. 그것은 구국의 방법이면서 돈도 벌 수 있는 것이다. 각종 복권[5]은 도박과 흡사하고 돈을 벌 수 있다는 것은 '희망'에 불과하다. 그런데 이 두 가지가 벌써부터 연결되었다는 것은 사실이다. 물론 세상에는 도박꾼들의 개평으로 살아가는 모나코 왕국[6]이 있기는 하다. 하지만 상식적으로 도박이란 것은 작게는 패가망신이요, 크게는 망국을 초래하는 것이다. 구국은 불가피하게 약간의 희생이 요구되므로 최소한 그것은 돈을 버는 길과는 아주 거리가 멀다. 그런데 양자 사이에서 일치점을 발견하고 있는 것이 지금 우리의 중국이다. 비록 아직은 시험단계에 있기는 하지만 말이다.

그런데 또 다른 조금 기발한 생각도 있다. 이번에는 한 줄기 백광이 아니라 몇 번의 광고를 이용한다. 익명의 편지 몇 통과 가명으로 쓴 글 몇 편으로 원수의 머리를 베어 땅에 떨어뜨리고, 피가 흘러도 자신의 양옥과 양복에는 묻히지 않는다.[7] 게다가 쓰고 쓰는 과정에서 명성과 이익을 얻기까지 한다. 이것도 아직은 시험단계에 있으므로 결과가 어떻게 될지는 모르겠다. 하지만 출판된 문예사를 들추어 보면 이와 비슷한 인물은 보이지 않으므로 아무런 보람도 없는 잔꾀를 부린 건 아닌가 싶다.

도박으로 구국하기, 욕망 좇아 신선 되기, 팔짱 끼고 죽이기, 헛소문으로 밭 사기. 『용문편영』[8]의 속편을 쓰려는 사람이 있다면, 이상 네 구절을 첨가하는 것도 괜찮겠다는 생각이다.

8월 4일

1) 원제는 「中國的奇想」, 1933년 8월 6일 『선바오』의 『자유담』에 발표했다.

2) '삼편주'(三鞭酒)는 세 가지 동물의 수컷 생식기를 우려내어 만든 약주이다.

3) 팽조(彭祖)는 전설상의 인물. 진대(晉代) 갈홍(葛洪)의 『신선전』(神仙傳) 권1에 "팽조의 성은 전(錢), 휘는 갱(鏗)으로 전욱(顓頊)의 고손자이다. 은나라 말에 767세였음에도 불구하고 노쇠하지 않았다"고 했다. 『신선전』에는 팽조의 다음과 같은 말이 나온다. "남녀가 함께 완성이 되는 것은 천지가 함께 완성이 되는 것과 같다.……천지는 낮에는 갈라지고 밤에는 합해지니 1년에 360번 만나서 정기가 합해지므로 만물을 끝없이 생산할 수 있는 것이다. 사람도 그렇게 하면 오래 살 수 있다."

4) 우당산(武當山)은 후베이(湖北) 쥔현(均縣) 북쪽에 있으며 산상에는 자소궁(紫霄宮), 옥허궁(玉虛宮) 등의 도교 사원이 있다. 『태평어람』(太平御覽) 권43에는 남조 송 곽중엄(郭仲嚴)의 『남옹주기』(南雍州記)를 인용하여 "우당산은 넓이가 삼사백 리이다.……도를 배우고자 하는 사람이 언제나 백 명을 헤아리며 끊어지지 않고 지속되

었다”고 했다. 구소설에는 검협들이 수련하는 신기한 장소로 묘사되어 있다.

5) 국민당 정부가 1933년부터 발행한 '항공도로건설복권'(航空公路建設獎券)을 가리킨
다. 당시 신문에서는 복권 구매는 "애국이기도 하고 당첨이기도 하다"라고 선전했다.

6) 모나코공국(The Principality of Monaco)은 프랑스 동남쪽 지중해변의 입헌군주국.
몬테카를로(Monte Carlo)에는 세계적인 도박장이 있으며 도박 수입이 정부의 주요
재정을 담당한다.

7) 『사회소식』(社會新聞), 『미언』(微言) 등에 발표한 글과 장쯔핑(張資平), 쩡진커 등의
광고를 가리킨다.

8) 『용문편영』(龍文鞭影)은 명대 소양우(蕭良友)의 편저. 고서에 나오는 이야기를 네 글
자를 한 구절로, 매 두 구절을 한 연으로 만들어 운보(韻譜)에 따라 나열하여 길게 엮
었다. 시숙에서 아동용 교과서로 많이 사용되었다. '도박으로 구국하기, 욕망을 좇아
신선 되기, 팔짱 끼고 죽이기, 헛소문으로 밭 사기'의 원문은 '狂賭救國, 縱欲成仙, 袖
手殺敵, 造謠買田'으로, 루쉰은 『용문편영』을 흉내 내어 네 글자로 썼다.

호언의 에누리[1]

웨이쒀

호언의 에누리란 실은 문학에서의 에누리이다. 무릇 작가의 말은 왕왕 반드시 에누리해서 보아야 한다. 형편없고 쓸데없다고 한 고백[2]조차도 결코 '정찰가격'은 아니다. 따라서 호언은 말해 무엇하겠는가.

선재仙才 이태백[3]이 호언에 능란했음은 말할 필요도 없다. 손톱을 길게 기르고 장작처럼 마른 귀재鬼才 이장길[4]조차도 "뤄예시의 검[5]을 샀으니 내일 아침 원공을 섬기러 가리라"라고 말했다니, 그야말로 분수도 모르고 자객을 배우고자 했던 것이다. 이 말은 영零으로 에누리해서 들어야 하는데, 그가 결국 배우러 가지 않았다는 것이 그 증거이다. 남송시대 국운이 험난하던 시절 육방옹[6]은 당연히 비분강개慷慨黨의 일원이었다. 그는 이렇게 말했다. "노자도 막다른 거대한 사막에 이른 적이 있거늘, 그대들은 어찌하여 신팅新亭을 마주하며 울고 있는가." 그는 사실 사막에 가지 않았으므로 이것 역시 영으로 에누리해야 한다. 그런데 나도 수중에 책이 없으므로 인용한 시에 착오가 있을 수 있으니, 마찬가지로 우선 여기서 에누리하고자 한다.

사실 유독 문인들만 일부러 호언을 하는 기질이 있는 게 아니다. 보통 사람이나 모리배들도 대단히 발달했다. 저잣거리에서 갑과 을이 싸울 때 지는 쪽은 대개 "내가 너를 인정하지!"라고 말하곤 한다. 그런데 여기에는 오자서[7]와 마찬가지로 장차 꼭 복수하겠다는 의미가 포함되어 있다. 하지만 결국은 복수를 하지 않는 사람이 많다. 지식인이라면 달리 음모를 꾸미겠지만, 무지렁이라면 이것이 바로 싸움의 결말이다. 말하는 사람도 악의 없고 듣는 사람도 개의치 않으니 시간이 지나면 저절로 싸움이 끝나는 일종의 의식儀式이다.

구소설가는 벌써 오래전부터 이런 상황을 간파했다. 창기와 부인이 싸우는 장면에 대한 묘사에서 관례대로 창기는 부인의 서방질을 공격한 뒤 자신에 대해 이렇게 말했다. "이몸으로 말할 것 같으면 손가락 위에 사람을 세울 수도 있고, 어깨 위에 말을 태울 수도 있다……."[8] 저의는 무엇인가? 창기는 부인이 에누리하도록 맡기는 것이다. 창기는 부인이 곧이곧대로 믿을 만큼 그렇게 어리석지 않다는 것을 알고 있지만 사뭇 이렇게 말하는 것이다. 가짜 약장수가 포장지에다 "고의로 세상을 속이는 것이라면 벼락 맞거나 불타 죽는다"라는 말을 꼭 새겨 넣는 것처럼, 그것은 일종의 의식이다.

그런데 시절이 달라진 까닭에 즉각 스스로 에누리하는 경우도 있다. 예컨대 우리는 광고에서 종종 "나는 앉아서도 이름을 바꾸지 않고 서서도 성을 바꾸지 않는 사람이다"라는 고백을 본다. 뜻밖에 『칠협오의』[9] 속의 인물을 만나기라도 한 것처럼 진정 어린 경의를 표하고 싶어진다. 하지만 이어서 "간혹 다른 필명을 사용했더라도 발표한 문장은 모두 내 책임이다"라는 말이 이어진다. 몸을 한번 비틀어 토행손[10]처럼 사라지는 꼴이다. 내가 어찌 '다른 필명 사용하기'를 좋아하겠는가? 나는 부득이해서일 따름이라는 것이다.[11] 상하이는 중국의 일부분이므로 당연히 공자의 가르침을 받은 곳이다. 계산대의 '정찰가격'이라는 금색표지가 종종 가게 밖의 '대대적 염가'라는 깃발과 서로를 비추기도 한다. 하지만 거기에도 늘 까닭은 있다. 국산품 제창 아니면 개점 기념이다.

그러므로 스스로 에누리한 것이라고 해도 여전히 충분히 에누리된 것은 아니다. 무릇 '노老상하이'[12]에서는 꼭 다시 한번 에누리해야 한다.

8월 4일

주)______

1) 원제는 「豪語的折扣」, 1933년 8월 8일 『선바오』의 『자유담』에 발표했다. 루쉰은 중국 사람들이 과장되게 호언장담하는 습관이 있는 것을 비판하고 있다. 중국인의 말은 곧이곧대로 들어서는 안 되고 반드시 '에누리'해서, 즉 깎아서 들어야 한다고 주장하는 내용이다.
2) 쩡진커를 가리킨다. 「서문의 해방」(序的解放) 참고.
3) 이태백(李太白, 701~762). 이름은 백(白), 자가 태백(太白)이며, 조적(祖籍)은 룽시(隴西) 청지(成紀; 지금의 간쑤 친안秦安), 후에 몐저우(綿州) 창룽(昌隆)으로 옮겼다. 당대 시인. 시가 호방표일(豪放飄逸)하여 '시선'(詩仙)이라 불린다. 북송의 송기(宋祁)

등은 "태백은 선재이고 장길은 귀재이다"(太白仙才, 長吉鬼才)라고 했다(『문헌통고』文獻通考의 「경적」經籍 69에 보임).

4) 이장길(790~816). 이름은 하(賀), 자가 장길. 창구(昌谷; 지금의 허난 이양宜陽) 사람, 당대 시인. 『신당서』(新唐書)의 「문예전」(文藝傳)에 "사람이 삐쩍 말랐고 일자 눈썹에 손톱을 길렀다"라고 했다. 그의 시는 상상력이 풍부하다. 여기에 인용된 두 구절은 그의 『남원』(南園) 23수 중 제7수에 해당하며 검술을 배우고자 한다는 내용이다. 시에 인용된 '원공'(猿公) 이야기는 『오월춘추』(吳越春秋) 권9에 나온다. 월나라에 검술을 잘하는 처녀가 있었는데 구천(勾踐)의 부름을 받아 가는 길에 원공이라고 자칭하는 노인을 만났다. 노인이 그녀에게 검술 겨루기를 요구했는데, 결과적으로 두 사람이 서로 적수가 되기에 충분하여 노인이 나뭇가지 위로 날아올라 가더니 흰 원숭이(白猿)로 변신하여 달아났다고 한다.

5) 뤄예시(若耶溪)는 사오싱의 유명한 하천으로 지금은 핑수이장(平水江)으로 불린다. 이곳의 물에 포함된 양질의 동으로 만든 검은 고대의 대표적인 명검으로 '뤄예시의 검'(若耶溪水劍)으로 불렸다.

6) 육방옹(陸放翁, 1125~1210). 이름은 유(游), 자는 무관(務觀), 스스로 방옹이라 불렀다. 산인(山陰; 지금의 저장 사오싱) 사람이다. 송말 금에 대한 저항을 주장했다. 시사(詩詞)는 강개하고 격앙되어 있다. 여기에서 인용한 두 구절은 「야박수촌」(夜泊水村)에 나오는데, 비록 연로하나 아직도 변경에서 적들을 쫓아낼 수 있고, 국사에 대하여 비관하지 말 것을 고무하는 내용이다. '신팅'(新亭)이라는 말은 『세설신어』(世說新語)의 「언어」(言語)에 나온다. 동진(東晉) 초년에 북방에서 젠캉(建康; 지금의 난징)으로 도망간 일군의 사대부들이 하루는 신팅(지금의 난징 남쪽)에서 연회를 베풀고 있었는데, 주의(周顗; 진晉 원제元帝 때의 상서좌복야尙書左僕耶)는 서진(西晉)의 수도 뤄양(洛陽)을 떠올리며 "풍경은 다르지 않은데 바로 산하의 차이가 있구나"라고 탄식하여 사람들이 "서로 쳐다보며 눈물을 흘렸다"고 한다.

7) 오자서(伍子胥, ?~B.C. 484). 이름은 원(員), 춘추시대 초나라 사람. 초 평왕(平王)이 그의 부친 오사(伍奢), 형 오상(伍尙)을 죽이자 오나라로 도망가서 복수를 다짐했다. 후에 오왕 합려(闔廬; 합려闔閭라고 쓰기도 함)를 도와 초의 수도 잉(郢; 지금의 후베이 장링江陵)을 공격하고 평왕의 묘지를 파내어 시체를 삼백 대 때렸다고 한다.

8) 『수호전』(水滸傳)에서 반금련(潘金蓮)이 한 말로서 제24회에 나온다. 원래는 "주먹 위에 사람을 세울 수 있고, 어깨 위에 말을 태울 수 있다"이다.

9) 『칠협오의』(七俠五義). 원명은 『삼협오의』(三俠五義), 청대 협의소설이다. 모두 120회. "석옥곤(石玉昆)이 기술하다"라는 서명이 있고, 광서 5년(1879) 출판되었다. 10년 후에 유월(兪樾)이 제1회를 고치고 전체를 수정하여 『칠협오의』라고 제목을 고쳤다. 등장인물이 "나는 앉아서도 이름을 바꾸지 않고 서서도 성을 바꾸지 않는 사람이다"라는 말을 자주 한다.

10) 토행손(土行孫)은 명대 신마소설 『봉신연의』(封神演義)의 인물. '지행술'(地行術)에 능통하여 "몸을 한번 비틀어 돌리더니 금방 보이지 않았다"라고 한다.

11) 『맹자』의 「등문공하」(滕文公下)에 "내가 어찌 변론을 좋아하겠는가? 나는 부득이해서일 따름이다"라고 했다.

12) '노'(老)는 '역사가 오래된' 혹은 '친근한'이라는 뜻이다.

발차기[1]

펑즈위

두 달 전에 '밀치기'에 대해 말한 적이 있는데, 이번에는 '발차기'를 가지고 왔다.

　　이달 9일 『선바오』에 다음 기사가 실렸다. 6일 저녁 칠장이 류밍산劉明山, 양아쿤楊阿坤, 구훙성顧洪生 등 세 사람이 프랑스 조계지 황푸탄黃浦灘 타이구太古 부두에서 바람을 쐬고 있었다. 마침 근처에서 도박판을 벌인 사람 몇 명이 있었는데, 순찰경찰이 다가와 쫓아냈다. 그런데 류와 구, 두 사람이 러시아 경찰[2] 때문에 물에 빠졌고 류밍산은 결국 익사하고 말았다. 러시아 경찰은 물론 '스스로 실족해서 물에 빠진'[3] 것이라고 말했다. 그러나 구훙성의 진술에 따르면 이렇다. "나와 류, 양 세 사람은 함께 타이구 부두에서 바람을 쐬고 있었다. 류는 철제 의자 아래 바닥에 앉아 있었고……나는 옆에 서 있었다……러시아 경찰이 다가와서는 우선 류를 발로 찼다. 류는 피하려고 일어났지만 다시 발에 차여 물에 빠지고 말았다. 내가 구하려고 했지만 이미 늦었다. 이에 몸을 돌려 러시아 경찰을 붙잡았지만 손으로 밀치는 바람에 나도 물에 빠졌는데 누군가 구해 주었다." 심판관[4]이 물었다. "왜 그 사람을 발로 찼을까?" 대답했다.

"모르겠는데요."

'밀치기'는 손을 들어 올려야 하는데, 하등인을 다루는 데 이런 힘을 들일 필요가 없다. 그리하여 '발차기'가 있는 것이다. 상하이에도 '발차기'의 전문가가 있다. 인도 경찰도 있고 베트남 경찰도 있고 요즘에는 차르 시절 유태인을 다루던 수단을 여기까지 와서 보여 주는 백러시아 경찰도 더해졌다. 우리는 실로 '중책을 위해서라면 치욕도 감내하는' 인민들이다. '강에 빠지지'만 않으면 대개는 '외제 소시지를 먹었다'[5]라는 골계적인 화법으로 웃어넘긴다.

대패한 묘족은 모두 산으로 달아났다. 우리의 선제先帝 헌원씨軒轅氏가 그들을 내몰았던 것이다. 남송이 패배하지 남은 사람들은 해변으로 달아났다. 듣자 하니 우리의 선제 칭기즈칸이 그들을 내몰았는데, 막판에는 어린 황제를 등에 업은 육수부[6]가 바다로 뛰어들기까지 했다고 한다. 우리 중국인은 원래부터 자고이래 '스스로 실족해서 물에 빠지'는 사람들이다.

비분강개가들은 세상이 가난뱅이에게 주는 것은 물과 공기밖에 없다고 말한다. 이 말은 사실 정확하지 않다. 실제로 가난뱅이들이 어디에서 보통사람과 똑같은 물과 공기를 얻을 수 있다는 말인가. 부두에서 바람을 쐬다가도 까닭 없이 '발차기'를 당해야 하고 물에 빠져 목숨을 잃어야 한다. 벗을 구하려고 흉악범을 붙잡았더라도 '손으로 밀쳐져서', 마찬가지로 물에 빠지게 되고 만다. 가령 사람들이 서로 도우면 '반제'反帝라는 혐의를 받게 된다. '반제'는 원래 중국에서 금지된 적이 없지만, 그럼에도 불구하고 '반동분자가 기회를 틈타 소란을 피우는 것'은 예방해야 한다. 따라서 그 결과 '발차기'와 '밀치기'를 당하지 않을 수 없고, 또한 끝내 물에 빠지게 되고 마는 것이다.

시대는 진보하고 있고 증기선과 비행기는 도처에 있다. 남송의 마지막 황제가 오늘날 태어난다면 결코 바다에 빠지는 지경에 이르지는 않을 것이다. 그는 외국으로 도망갈 수 있고, 어린 백성들이 그를 대신해 '물에 빠질' 것이기 때문이다.

이유는 간단하면서도 복잡하다. 그러므로 칠장이 구흥성은 이렇게 말했던 것이다.

"모르겠는데요."

8월 10일

주)———

1) 원제는 「踢」, 1933년 8월 13일 『선바오』의 『자유담』에 발표했다.

2) 당시 조계지 당국은 상하이 공동조계에 백러시아인을 경찰로 고용했다.

3) 1931년 만주사변 후 전국의 학생들은 장제스의 무저항정책에 항의하기 위해 궐기했는데, 12월 초 각지의 학생들은 난징에 모여 청원을 했다. 이에 국민당 정부는 12월 5일 전국에 청원금지명령을 내렸다. 17일에는 군경을 출동시켜 난징에서 청원시위를 하고 있는 학생들을 체포·살해했으며, 이때 자상을 입고 강에 버려진 학생들도 있었

다. 국민당 당국은 진상을 은폐하고, 학생들이 '반동분자들에 의해 이용당했다', 피해
학생은 '실족하여 물에 빠졌다'라고 했다.

4) '심판관'(推事)은 옛날 법원에서 형사, 민사상의 안건을 심리하던 관원을 가리킨다.

5) 중국어로 소시지는 '휘투이'(火腿)인데, 글자 그대로 해석하면 '넓적다리를 익힌 것'
이라는 뜻이 된다. 당시 중국인들은 서양인이 중국인의 엉덩이를 차는 것을 빗대어
'외제 소시지를 먹었다'고 말했다.

6) 육수부(陸秀夫, 1236~1279). 자는 군실(君實), 옌청(鹽城; 지금의 장쑤江蘇에 속한다)
사람, 남송(南宋) 때의 대신. 1278년 8세에 불과한, 송 도종(度宗)의 아들 조병(趙昺)
을 황제로 옹립하고 좌승상이 되었다. 상흥(祥興) 2년(1279) 원나라 군대가 야산(厓
山; 광둥 신후이新會 남쪽)을 습격하자 조병을 업고 바다에 투신하여 죽였다.

'중국 문단에 대한 비관'[1]

뤼쑨

문아文雅한 서생 가운데 유독 눈물을 잘 흘리는 사람들은 근래 중국 문단이 흡사 군벌할거처럼 혼란스러워 자신도 모르게 '오호라' 하게 되며,[2] 특히 모함 때문에 마음이 아프다고 했다.

사실 글을 써서 '명산에 숨겨 두던'[3] 시절은 지나가고, 싸우거나 심지어 욕하고 모함까지 하는 '단'壇이 생겨났다. 명나라 말기는 너무 옛일이라 언급할 필요가 없고, 청조 때를 살펴보면 장실재와 원자재,[4] 이순객과 조휘숙[5]은 서로 물불처럼 섞이지 못했다. 좀더 최근의 일로는 『민보』와 『신민총보』의 싸움[6]이 있고 『신청년』파와 모모파의 논쟁[7] 또한 아주 심각했다. 당시 논쟁의 밖에 있던 사람들이 고개를 저으며 탄식하지 않은 적이 있었던가. 그런데 승패가 분명해지고 시간이 차츰 흐름에 따라 싸움에서 흘린 피는 비와 이슬에 말끔히 씻겨 나가고 후대인들은 과거의 문단은 태평했다고 생각한다. 외국도 마찬가지다. 지금은 우리가 위고와 하웁트만[8]을 탁월한 문인으로 알고 있지

"

만 그들의 드라마가 공연되던 당시에는 극장에서 붙잡고 드잡이하던 일이 일어나기도 했다. 비교적 자세한 문학사에는 아직도 드잡이하는 그림들이 실려 있다.

따라서 중서고금을 막론하고 문단에는 언제나 문아한 서생들로 하여금 '비관'적으로 보게끔 하는 약간의 혼란이 있기 마련이다. 그럼에도 불구하고 결국은 소위 문인과 문장이라고 하는 것이 수없이 사라지고 살아남을 만한 것만이 끝내 살아남기 때문에 문단이라는 것도 여하튼 간에 자정능력이 있는 곳임을 증명한다. 혼란을 가중시키는 쪽은 오히려 몇몇 비관론자들이다. 그들은 조사도 않고 비판도 않으면서 다만 "저쪽도 잘잘못이 있고 이쪽도 잘잘못이 있다"[9]라는 논조로 모든 작가들을 '한통속'이라 비방할 따름이다. 이렇게 해서는 문단의 혼란은 영원히 수습될 수가 없다. 하지만 세상 사람이 결코 모두 그런 것은 아니고 시비를 분명하게 분별하는 사람들이 꼭 있기 마련이다. 문학혁명을 공격한 린친난[10]의 소설을 생각해 보면 시간이 결코 많이 흐르지도 않았는데 지금은 어디로 사라진 것인가?

근래에 벌어진 모함은 자못 색다른 양상인 듯하지만 사실 과거에 비해 훨씬 지독해진 것은 아니다. 청초에 대대적으로 벌어진 문자옥의 뒷이야기가 그 증거이다. 게다가 문자옥 놀이를 벌인 사람들이 실제로 전부 다 문인은 아니었다. 십중팔구는 물건도 없이 간판을 내걸고 하릴없이 암시장에서 인육만두를 파는 좀도둑들이었다. 개중에는 어쩌다 필묵을 희롱해 본 사람이 더러 섞여 있었지만 이때야말로 본색을 드러내어 자신의 몰락을 고백하고 있었던 것이다. 문단은 결코 이로 말미암아 혼란에 빠져들지 않는다. 오히려 더욱 또렷해지고 더욱 분명해지는 것이다.

역사는 결코 후퇴하지 않는 법이므로 문단에 대하여 비관할 필요가 없다. 비관의 유래는 사건의 바깥에 자신을 두고 잘잘못을 가리지도 않으면서 한사코 문단에 관심을 가지려 하거나, 하필이면 자신이 몰락하는 진영에 앉아 있는 데서 비롯된다.

8월 10일

주)______

1) 원제는 「中國文壇的悲觀」, 1933년 8월 14일 『선바오』의 『자유담』에 「비관무용론」(悲觀無用論)이라는 제목으로 발표했다.

2) 1933년 8월 9일 『다완바오』의 『횃불』에 샤오중(小仲)의 「중국 문단의 비관」(中國文壇的悲觀)이라는 글이 실렸다. 다음과 같이 말이 나온다. "최근 몇 년 동안 중국의 문단은 곳곳에서 혼란상을 드러내고 있다. 도처에 모두 정치 군벌이 할거하는 식의 축소판'이며, '문아한 서생은 모두 험상궂은 얼굴의 흉악범으로 변했'으며, '아무런 상관없는 모자를 억지로 씌우고서 …… 죽을 때까지 원통하게 군다!' 그리고 개탄하면서 말한다. '오호라! 중국의 문단이여!'"

3) 사마천(司馬遷)이 『사기』(史記)를 지으면서 한 말이다. 자신의 글을 동시대 사람들이 알아주지 않을 것을 알고 '명산에 숨겨 둠'(藏之名山)으로써 후대인들이 알아주기를 바라는 소망이 포함되어 있다.

4) 장실재(章實齋, 1738~1801). 이름은 학성(學誠), 자가 실재, 저장 콰이지(會稽; 지금의 사오싱) 사람. 청대 사학자. 원자재(袁子才, 1716~1798). 이름은 매(枚), 자가 자재, 저장 첸탕(錢塘; 지금의 항현杭縣) 사람, 청대 시인.
   원매 사후에 장학성은 「정사찰기」(丁巳札記)에서 원매의 성령(性靈)에 관한 시론과 여제자가 있었던 사실을 공격하며 "수치를 모르는 망령된 사람이다. 풍류를 자처하며 처녀 총각들을 유혹했다"라고 했다. 장학성의 글 중에 「부학」(婦學), 「부학편서후」(婦學篇書後), 「서방각시화후」(書坊刻詩話後) 등은 모두 원매를 공격하는 것이다.

5) 이순객(李純客, 1830~1894). 이름은 자명(慈銘), 자는 무백(憮伯), 호가 순객이며, 저장 콰이지 사람, 청말의 문학가. 조휘숙(趙撝叔, 1829~1884). 이름은 지겸(之謙), 자가 휘숙, 저장 콰이지 사람, 청말의 서화전각가이다.

　　이자명이 지은 『조만당일기』(趙縵堂日記)에 조지겸을 가리켜 '망령된 사람'(妄人)이라고 칭했으며, "무뢰하고 교활하며 본성이 책을 좋아하지 않"고 "요괴의 얼굴과 개돼지의 마음"을 가졌다고 공격했다(광서 5년 11월 29일 일기).

6) 청말 동맹회 기관지 『민보』(民報)와 량치차오(梁啓超)가 주편한 『신민총보』(新民叢報) 사이에 벌어졌던 민주혁명과 군주입헌을 둘러싼 논쟁을 가리킨다.

　　『민보』는 월간으로 1905년 11월 도쿄에서 창간했으며, 1908년 겨울 일본 정부에 의해 금지되었다가 1910년 초 일본에서 비밀리에 두 기를 더 간행한 뒤 정간했다. 『신민총보』는 반월간이며, 1902년 2월 일본 요코하마에서 창간했으며, 1907년 겨울 정간했다.

7) 『신청년』(新青年)이 신문화운동을 반대하던 복고파와 벌인 논쟁을 가리킨다. 『신청년』은 5·4시기 신문화운동을 창도하고 맑스주의를 전파한 종합적 성격의 월간지이다. 1915년 상하이에서 창간했으며 천두슈(陳獨秀)가 주편했다. 제1권은 『청년잡지』(青年雜誌)라는 이름으로 나왔고 제2권부터 『신청년』으로 이름을 바꾸었다. 1918년 1월부터 리다자오(李大釗), 후스(胡適) 등이 편집에 참가했으며 1922년 7월에 휴간했다.

8) 1830년 2월 25일 위고의 낭만주의 희곡 『에르나니』(Hernani)가 파리 극장에서 공연될 당시 낭만주의 문학을 옹호하는 문인들과 고전주의 문학을 옹호하는 문인들 사이에 첨예한 충돌이 일어나 갈채하는 소리와 반대하는 소리가 뒤엉켰다.

　　하웁트만(Gerhart Johann Robert Hauptmann, 1862~1946)은 독일의 극작가이다. 작품으로는 『직공』(織工, Die Weber), 『침종』(沉鐘, Die versunkene Glocke) 등이 있다. 1889년 10월 20일 하웁트만의 자연주의 희곡 『일출 전』(Vor Sonnenaufgang)이 베를린 자유극장에서 상연되었을 때도 옹호자들과 반대자들이 첨예하게 충돌했다.

9) 『장자』(莊子)의 「제물론」(齊物論)에 나오는 말이다.

10) 린친난(林琴南, 1852~1924). 이름은 수(紓), 자가 친난, 푸젠(福建) 민허우(閩侯; 지금

의 푸저우에 속한다) 사람. 번역가. 그는 구술자의 도움으로 구미의 문학작품 100여 종을 문언으로 번역했으며 영향력이 대단히 컸다. 후에 『임역소설』(林譯小說)로 묶었다. 만년에 5·4신문화운동을 반대한 수구파의 대표적인 인물이 되었다. 문학혁명을 공격하는 소설로는 「징성」(荊生)과 「요몽」(妖夢)(각각 1919년 2월 17일에서 18일까지, 3월 19일에서 23일까지 상하이 『신선바오』新申報에 게재)이 있는데, 전자는 이른바 '위대한 장부'(偉丈夫) 징성이 공자를 모욕하며 백화를 제창하는 사람을 비판하는 내용이고, 후자는 이른바 '나후라아수라왕'이 '백화학당'(베이징대학을 빗댄 것이다)의 교장, 교무를 먹어 치운다는 내용이다.

가을밤의 산보[1]

유광

벌써 가을이 왔지만 무더위는 여름 못지않아서 전등이 태양을 대신할 즈음이면 나는 여전히 거리를 어슬렁거린다.

위험? 위험은 긴장하게 만들고 긴장은 자신의 생명의 힘을 느끼게 한다. 위험 속에서 어슬렁거리는 것도 괜찮은 일이다.

조계지에도 한갓진 곳이 있으니, 주택지구이다. 그런데 중등 중국인의 소굴은 먹거리 봇짐, 후친胡琴, 마작, 유성기, 쓰레기통, 맨살을 드러낸 몸과 다리들로 후텁지근하다. 아늑한 곳은 고등 중국인이나 무등급 서양인이 거주하는 집의 대문 앞이다. 널찍한 길, 푸른 나무, 옅은 색 커튼, 서늘한 바람, 달빛이 있지만 개 짖는 소리도 들린다.

나는 농촌에서 자라서인지 개 짖는 소리를 좋아한다. 깊은 밤 먼 곳에서 개 짖는 소리가 들리면 기분이 상쾌해진다. 옛사람들이 '표범 같은 개 짖는 소리'[2]라고 말한 것이 바로 그런 것이다. 간혹 낯선 마을을 지나가다 미친 듯이 짖어 대는 맹견이 튀어나오는 경우에는 전투에라도 임하는 것처럼 긴장되는 것이 아주 재미있다.

그런데 유감스럽게도 여기서 들리는 것은 발바리 소리이다. 발바리는 요리조리 피하며 물러 빠진 소리로 짖는다. 깽깽!

나는 이 소리가 듣기 싫다.

나는 어슬렁거리며 차가운 미소를 짓는다. 주둥이를 막아 버릴 방법을 잘 알고 있기 때문이다. 개주인의 문지기에게 몇 마디 하거나 뼈다귀 하나를 던져 주면 된다. 이 두 가지 모두 할 수 있지만 나는 하지 않는다.

발바리는 언제나 깽깽거린다.

나는 이 소리가 듣기 싫다.

나는 어슬렁거리며 못된 미소를 짓는다. 손에 짱돌을 들고 있기 때문이다. 못된 미소를 거두고 손을 들어 내던져 개의 코를 명중시킨다.

깨갱 하더니 사라졌다. 나는 짧은 고요 속에서 어슬렁어슬렁거린다.

가을은 벌써 왔지만 나는 여전히 어슬렁거리고 있다. 짖어 대는 발바리는 아직도 있지만 요리조리 더 잘 피해 다닌다. 소리도 예전 같지 않고 거리도 멀찍이 떨어져서 개코빼기조차 보이지 않는다.

나는 더는 차가운 미소를 짓지도 않고 더는 못된 미소도 짓지 않는다. 나는 어슬렁거리며 편안한 마음으로 발바리의 물러 터진 소리를 듣는다.

8월 14일

주)______

1) 원제는 「秋夜紀游」, 1933년 8월 16일 『선바오』의 『자유담』에 발표했다.

2) 당대 왕유(王維)의 「산중에서 수재 배적에게 보내는 글」(山中與裴秀才迪書)에 "깊은
   골목 차가운 개, 표범 같은 개 짖는 소리"(深巷寒犬, 犬聲如豹)라는 말이 나온다.

'웃돈 쓱싹하기'[1]

웨이쒀

'웃돈 쓱싹하기'는 노비의 행실 전부를 설명해 주는 말이다.

이것은 '수수료를 받거'나 '소개료를 받는' 것이 아니다. 비밀리에 이루어지기 때문이다. 그렇지만 도둑질은 아니다. 원칙적으로 쓱싹하는 것이 그야말로 극히 미미하기 때문이다. 따라서 '장물 나눠 먹기'라고는 할 수 없고 기껏해야 '부정행위'라고 말할 수 있을지 모르겠다. 그런데 이것은 정정당당한 '부정행위'이다. 왜냐하면 쓱싹하는 것이 명문가, 부자, 권세가, 서양 상인의 물건이기 때문이다. 뿐만 아니라 기름이 넘치는 곳을 한번 쓱 닦아 내는 것처럼 쓱싹하는 양도 티끌에 지나지 않는다. 남한테 손해되지 않고 쓱싹하는 사람에게는 이익이 되고, 더구나 넘치는 데서 덜어 내어 모자라는 데를 보태 주는 정도正道에 어긋나지도 않는다. 수작을 부려 여성을 희롱하거나 틈을 봐서 슬쩍 만져 보는 것도 '웃돈 쓱싹하기'이다. 금전의 취득이라는 대의명분에는 미치지 못하지만 당하는 사람한테 그다지 손해가 안 된다는 점에서는 마찬가지이다.

쓱싹하기를 가장 분명하게 보여 주는 부류는 전차에 있는 매표원들이다. 표 파는 일이 능수능란해지면 그는 쥐와 매가 뒤섞인 노련한 눈빛으로 쓱싹할 만한 손님을 눈여겨보면서 동시에 불시에 닥치는 검표원을 주의한다. 그는 돈을 지불해도 표를 주지 않는다. 원래는 손님이 요구해야 하지만 요구하기도 어렵고 요구하는 사람도 거의 보지 못했다. 왜냐하면 그가 쓱싹하는 것이 서양 상인의 기름[2]이기 때문이다. 같은 중국인이므로 당연히 도와줄 의무가 있고, 표를 요구하면 바로 서양 상인을 도와주는 꼴이 되고 만다. 표를 요구하는 순간 매표원은 당신에게 증오의 눈빛으로 보답할 것이며 같은 차를 탄 승객들도 종종 당신을 세상사에 어두운 사람으로 간주하는 안색을 드러낼 것이다.

그런데 그때는 그때고 이때는 이때인 경우도 있다. 삼등 손님 중에 어쩌다 1퉁위안[3]이라도 모자라는 손님은 목적지 이전에 차에서 내리는 수밖에 없다. 이 순간 매표원은 융통성이라곤 없이 서양 상인의 충실한 노복으로 변신하기 때문이다.

상하이에서 경찰, 문지기, 서양인의 하수인 등과 잡담해 보면 그들도 대체로 양놈을 증오하고 그들 대다수는 애국주의자이다. 그런데도 그들은 양놈과 마찬가지로 중국인을 업신여기며 곤봉과 주먹과 경멸의 눈빛을 중국인의 몸에 쏘아 댄다.

'웃돈 쓱싹하'는 삶은 복된 삶이다. 이런 수단은 앞으로 더 이루어질 것이고 이런 품격은 앞으로 더 고상하게 변할 것이고 이런 행위는 앞으로 더 정당하게 생각될 것이고 이것은 앞으로 국민의 본분이자 제국주의자에 대한 복수로 간주될 것이다. 지붕창을 열어젖히고 까놓고 말해 보자. 사실 소위 '고등 중국인'이라고 하더라도 언제 이러한 모양새를 벗어난 적이 있었던가.

그런데 '바이샹 밥을 먹는' 친구처럼 매표원도 나름의 도덕이 있다. 만약 그가 돈을 받고 표를 주지 않았다는 사실이 검표원에게 발각되면 그는 즉시 묵묵히 시인한다. 결코 돈을 받은 적이 없다고 하며 손님에게 잘못을 전가하지는 않는다.

8월 14일

주)______

1) 원제는 「"揩油"」, 1933년 8월 17일 『선바오』의 『자유담』에 발표했다. 이 글의 제목 '揩油'를 글자 그대로 해석하면 '기름을 닦다'는 뜻인데, 기름이 많이 나는 곳에서는 한 번 쓱 닦아 낸다고 해서 기름이 모두 걷어지기는커녕 닦아 낸 표도 거의 나지 않는다. 따라서 '기름을 닦다'라는 데서 '중간에서 웃돈을 쏙싹하다'라는 의미로 발전한 것이다. 루쉰은 '기름을 닦다'라는 글자 그대로의 뜻을 가지고 노예와 같은 생활을 하는 중국인을 비판하고 있다.
2) 상하이 조계지에서 운행되던 전차는 영국 상인과 프랑스 상인이 투자한 두 전차회사에서 운영했다.
3) 퉁위안(銅元). 청말부터 1930년대 중반까지 통용된 동으로 만든 보조 화폐이다.

우리는 어떻게 아동을 교육했는가?[1]

뤼쑨

'쿵이지'[2]에 관한 이야기를 보다가 중국이 여태까지 어떻게 아동을 교육했는지에 관해 생각하게 되었다.

요즘은 다종다양한 교과서가 있지만 시골 서당에는 아직도 『삼자경』과 『백가성』[3]을 사용한다. 청조 말년에 일부 사람들은 "친자는 영웅호걸을 중시한다. 문장이 당신들을 가르치니, 기타 모든 것은 저급품이고 오로지 독서만이 최고이다"로 시작하는 『신동시』[4]를 읽었는데, '독서인'의 영광을 과장하고 있었다. 또 다른 사람들이 읽은 것은 "혼돈이 최초로 열리자, 건곤이 비로소 정해졌다, 가볍고 맑은 것은 위로 떠올라 하늘이 되고, 무겁고 탁한 것은 아래로 모여 땅이 되었다"로 시작하는 『유학경림』[5]인데, 고문 쓰기의 상투적 방법을 가르쳤다. 더 윗대 사람들은 무엇을 읽었는지 나는 잘 모른다. 그런데 듣기로는 당말 송초에는 『태공가교』[6]가 있었는데 오래전에 실전되었다가 나중에 둔황 석굴에서 발견되었다고 하고, 한대에는 『급취편』[7] 같은 것을 읽었다고 한다.

소위 '교과서'라는 것도 최근 30년 동안 너무나 많이 바뀌어서 도무지 알 수 없을 정도이다. 이렇게 말했다가 저렇게 말하고 오늘은 이것을 종지로 하고 내일은 저것을 주장한다. 따라서 '교육'을 하지 않으면 그만이지만, 일단 '교육'을 하면 학교는 모순으로 가득 찬 사람들을 길러 내게 된다. 게다가 그들은 과거의 사회적 관계로 말미암아 한편으로는 여전히 '혼돈이 최초로 열리자 건곤이 비로소 정해지'는 골동품이기도 하다.

중국은 작가가 필요하고 '문호'가 필요하지만 진정으로 학문에만 몰두하는 서생도 필요하다. 누군가 중국에서 역대로 아동을 교육해 온 방법과 교재를 분명하게 기록하여 옛사람으로부터 우리들에 이르기까지 어떻게 훈도되어 왔는지를 분명히 알게끔 해주는 역사책을 쓴다면, 그의 공덕은 우禹 ── 그가 혹 벌레에 지나지 않는다고 하더라도 ── 에 못지않을 것이다.[8]

『자유담』의 투고자들은 통상 고금에 두루 능통하므로 나는 이 사업을 능히 감당할 수 있는 이가 있을 것이라 생각한다. 여기에 뜻을 둔 사람이 있을지도 모르지 않는가? 지금 이 문제를 제기하는 것은 알기는 쉬워도 실천하기는 어려운 법이라 결과적으로 하릴없이 빈 입으로 빈말을 할 수밖에 없지만, 그래도 힘 있는 사람이 이 길을 개척해 주기를 소망하기 때문이다.

8월 14일

주)______

1) 원제는 「我們怎樣教育兒童的」, 1933년 8월 18일 『선바오』의 『자유담』에 발표했다.

2) 천쯔잔(陳子展)의 「쿵이지 다시 말하기」(再談孔乙己)를 가리킨다. 옛날 서당에서 사용한 습자용 글귀인 '상대인, 추(쿵)이지'(上大人, 丘[孔]乙己)에 관해 고증하고 해석한 내용으로 1933년 8월 14일 『선바오』의 『자유담』에 실렸다.

3) 『삼자경』(三字經)은 남송의 왕응린(王應麟)이 지은 것으로 전해진다(일설에는 송말 원초 사람 구적자區適子라고도 한다). 『백가성』(百家姓)은 송대 초기의 작품으로 전해진다. 모두 서당에서 사용한 식자용 교본이다.

4) 『신동시』(神童詩)는 서당에서 초급 도서로 사용되던 것 중 하나이며 북송 왕수(汪洙)가 지은 것으로 전해진다. 인용한 것은 이 책의 첫 문장이다.

5) 『유학경림』(幼學琼林)은 옛날 학동들의 초급 도서로서 명말 정윤승(程允升)이 편저했다. 천문, 인륜, 기물, 기예 등에 관련된 다양한 성어와 전고로 이루어졌으며 모두 변문(駢文)이다. 인용된 것은 첫 구절인 "기 중에서 가볍고 맑은 것은 위로 떠올라 하늘이 되고, 기 중에서 무겁고 탁한 것은 아래로 모여 땅이 되었다"에서 나왔다.

6) 『태공가교』(太公家教)는 옛날 학동들의 초급 도서로서 작자는 미상이다. '태공'은 증조부 혹은 고조부를 가리킨다. 당송 시기에 유행하다가 실전되었다. 청 광서 말년 둔황 밍사산(鳴沙山) 석실에서 사본 한 권이 발견되었다. 뤄전위(羅振玉)의 『명사석실고일서』(鳴沙石室古佚書) 영인본이 있다.

7) 『급취편』(急就篇)은 『급취장』(急就章)이라고도 하며 옛날 학동들의 식자 도서이다. 서한 사유(史游)가 지었다. 당대 안사고(顔師古)와 왕응린(王應麟)의 주가 있다. 성명, 의복, 복식, 기물 등의 분류에 따라 압운하여 엮었다. 대다수가 7자 1구로 되어 있다.

8) 당대 한유(韓愈)는 「맹상서에게 보내는 글」(與孟尚書書)에서 맹자를 칭찬하며 "그런데 맹씨가 없었다면, 모두 옷은 왼쪽으로 여미고 오랑캐의 말을 했을 것이다. 그러므로 더욱 맹씨를 추숭하는 것이며 그의 공이 우(禹)의 아래에 있지 않은 것은 이것 때문이다"라고 했다. 하(夏)의 시조이자 황허의 치수로 알려진 우임금이 벌레라는 것은 구제강(顧頡剛)의 주장이다. 그는 1923년 『고사변』(古史辨)에서 우에 대해 고증하면서 『설문해자』(說文解字)에서 '우'를 '충'(蟲)이라고 설명한 것을 근거로 하여 우는 '도마뱀류'의 '벌레'라고 했다.

번역을 위한 변호[1]

뤄원洛文

올해는 번역을 포위토벌하는 해이다.

'경역'이라고도 하고 '난역'이라고도 하고 "듣자 하니 요즘 많은 번역가가 있다…… 책을 펼치자마자 첫째 줄부터 곧장 번역에 들어가니 원작에 대한 이해는 더욱 말할 것도 없"고, 따라서 독자로 하여금 "무슨 말을 하는지 알 수 없"게 만든다고도 한다.[2]

이런 현상은 번역계에서 확실히 적잖게 일어나고 있고, 이런 병폐의 근원은 '앞다투기'에 있다. 중국인은 본시 '앞다투기'를 좋아하는 백성들이다. 전차 타고 내리기, 기차표 사기, 등기우편 보내기 등에서 하나같이 일등이 되기를 바란다. 물론 번역가도 예외가 될 수 없다. 출판사도 독자도 한 가지 텍스트에 대한 두 가지 번역을 용납할 아량도 물자도 없기 때문에 번역이 이미 나와 있으면 다른 번역본을 기꺼이 출판하고자 하는 출판사가 없다. 들리는 바에 의하면 이미 출판되었기 때문에 다시 구매하려는 사람이 없을 것이기 때문이란다.

한 가지 예를 들어 보자. 일본에는 이제는 고전이 된 다윈[3]의 『종의 기원』의 번역본이 두 종류가 있다.[4] 먼저 출판된 것은 착오가 많고 나중에 출판된 것이 좋다. 중국에는 마쥔우[5] 박사의 번역이 있는데, 일본의 나쁜 번역본을 바탕으로 했으므로 사실 다시 번역할 필요가 있다. 하지만 출판해 줄 출판사가 어디 있겠는가? 번역가가 부자여서 자비로 찍어 내는 경우를 제외하고 말이다. 하지만 부자 번역가라면 주판을 두드려 보고 더는 번역 놀음 같은 것을 하지는 않을 것이다.

또 다른 측면도 있다. 중국에서 유행은 그야말로 너무 빨리 지나가 버린다는 것이다. 어떤 학문이나 문예가 중국에 소개되더라도 길어야 일 년, 짧으면 반년이면 대개는 연기처럼 사라지고 만다. 번역으로 생활하는 번역가가 심혈을 기울여 퇴고를 한다면 퇴고할 즈음에는 사회적으로 관심을 갖는 사람이 없어진 지 이미 오래이다. 중국은 톨스토이, 투르게네프를 크게 떠들다가 나중에는 또 싱클레어를 떠들어 댔지만[6] 그들의 선집은 한 부도 나오지 않았다. 작년에 궈모뤄[7] 선생의 유명세 덕분에 다행히 『전쟁과 평화』가 출판되었으나 독서계와 출판계의 태만함을 만회하기에는 역부족이어서 결과적으로 독자도 싫증내고 번역자도 싫증내고 출판가도 싫증내는 지경에 이르러 끝내 완결되지 못할 것이라 생각된다.

번역이 나쁜 것에 대한 책임은 대부분 물론 번역가 탓이라고 해야 한다. 하지만 독서계와 출판계, 특히 비평가도 약간의 책임을 나누어 져야 한다. 쇠락하는 운명을 구원하고자 한다면 반드시 정확한 비평이 있어야 한다. 나쁜 번역을 지적하고 좋은 번역을 장려해야 한다.

좋은 번역이 없다면 비교적 좋은 것도 괜찮다. 그렇지만 이것이 어떻게 가능하겠는가? 나쁜 번역을 지적하는 일은 힘없고 용기 없는 번역자에 대해서는 문제 될 게 없다. 그런데 특별한 이력을 지닌 사람을 건드리기라도 한다면 빨갱이라고 뒤집어씌우면서 그야말로 목숨을 요구할 것이다. 이런 현상은 비평가로 하여금 하릴없이 대충 얼버무리게 만들어 버린다.

이외에, 최근 번역에 대한 가장 보편적인 불만은 몇십 줄을 읽어도 도무지 이해가 안 된다고들 하는 것이다. 하지만 여기에는 구분이 필요하다. 칸트[8]의 『순수이성비판』 같은 책은 독일인이 원문을 본다고 하더라도 전문가가 아니면 단숨에 이해하기 어렵다. 물론 "책을 펼치자마자 첫째 줄부터 곧장 번역에 들어가"는 번역가는 아주 무책임한 사람이다. 하지만 아무런 구분도 하지 않고 어떤 번역본이든 간에 책을 펼치자마자 첫째 줄부터 곧장 이해하려는 독자라면 똑같이 너무 무책임하다고 하지 않을 수 없다.

8월 14일

주)______

1) 원제는 「爲飜譯辯護」, 1933년 8월 20일 『선바오』의 『자유담』에 발표했다.

2) 1933년 7월 31일 『선바오』의 『자유담』에 린이즈(林翼之)의 「'번역'과 '편술'」("飜譯與"編述")이라는 글이 실렸는데, 다음과 같은 내용이 있다. "어디선가 경역(硬譯), 난역(亂譯)을 하고 있는 사람들이 직업을 바꾸어 편찬, 저술 일을 한다면 능히 감당할

수 있지 않을까?……듣자 하니 최근 많은 번역가들은 원작을 처음부터 끝까지 한 번 보는 일도 하지 않고 책을 펼치자마자 첫째 줄부터 곧장 번역에 들어간다고 하니 원작에 대한 이해는 더 말할 것도 없다." 같은 해 8월 13일 『자유담』에 유다성(有大聖)의 「번역에 관한 말」(關於飜譯的話)에는 "목전에 우리의 출판계에서 나온 대부분의 번역 작품은 가르침을 청할 수 없을 만큼 지나치게 조잡하다. 어떤 번역 작품이든지 간에 서너 쪽을 읽어 보아도 무슨 말을 하고 있는지 알 수가 없다"라고 했다. '경역'은 중국어 문장의 유려함보다는 원문에 대한 충실성을 우선시하는 루쉰의 번역을 공격하며 사용한 말이다.

3) 다윈(Charles Robert Darwin, 1809~1882). 영국의 생물학자, 진화론의 기초를 세운 사람. 『종의 기원』(*On the Origin of Species*)은 생물진화론의 기초를 세운 저술로서 1859년에 출판되었다.

4) 먼저 출판된 것은 메이지(明治) 38년(1905) 8월 도쿄 가이세이칸(開成館)에서 나온 것으로 오카 아사지로(丘淺次郎)가 교정했다. 나중에 출판된 것은 다이쇼(大正) 3년(1914) 4월 도쿄 신초샤(新潮社)에서 나왔으며, 오스기 사카에(大杉榮)가 번역했다.

5) 마쥔우(馬君武, 1882~1939). 이름은 허(和), 광시(廣西) 구이린(桂林) 사람이다. 일본 유학 시절 동맹회에 참가했고, 후에 독일 베를린대학에서 공학박사학위를 받았다. 쑨중산(孫中山) 임시정부의 실업부 차장과 상하이 중국공학(中國公學), 광시대학 교장 등을 지냈다. 그가 번역한 다윈의 『종의 기원』은 1920년 중화서국(中華書局)에서 출판되었다.

6) 톨스토이(Лев Николаевич Толстой, 1828~1910). 러시아 작가, 장편소설 『전쟁과 평화』(Война и мир), 『안나 카레리나』(Анна Каренина), 『부활』(Воскресение) 등이 있다. 투르게네프(Иван Сергеевич Тургенев, 1818~1883). 러시아 작가. 장편소설 『사냥꾼의 수기』(Записки охотника), 『아버지와 아들』(Отцы и дети) 등을 썼다. 싱클레어(Upton Beall Sinclair, 1878~1968). 미국 작가, 장편소설 『정글』(*The Jungle*), 『석탄왕』(*King Coal*) 등이 있다.

7) 궈모뤄(郭沫若, 1892~1978). 쓰촨 야오산(樂山) 사람, 문학가, 역사학자, 사회활동가. 창조사(創造社)의 주요 인물. 시집 『여신』(女神), 역사극 『굴원』(屈原), 역사논문집 『노예제 시대』(奴隷制時代) 등이 있다. 그가 번역한 톨스토이의 『전쟁과 평화』는 1931년에서 1933년까지 상하이 문예서국에서 출판했으며, 모두 3권으로 미완이다.

8) 칸트(Immanuel Kant, 1724~1804). 독일 철학자. 『순수이성비판』(*Kritik der reinen*

Vernunft)은 1871년에 출판. 독일 작가 하이네는 「독일의 종교와 철학의 역사에 대하여」(Zur Geschichte der Religion und Philosophie in Deutschland)에서 다음과 같은 말을 했다. "『순수이성비판』은 칸트의 주요 저작이다.…… 이 책이 한참이나 지나서 사람들의 공인을 받게 된 까닭은 일반적이지 않은 형식과 졸렬한 문체 때문일 것이다.…… 회색의 무미건조한 포장지 같은 문체로『순수이성비판』을 지었다.…… 경직되고 추상적인 형식을 부여했는데, 이러한 형식은 비교적 낮은 지능을 가진 계층의 접근을 냉정하게 거절한다. 그는 당시의 평이함을 추구하는 통속적인 철학자들과 엄격하게 구분하고자 했으며, 뿐만 아니라 그의 사상에 궁정과 같은 냉담한 공문 용어의 외피를 입히고자 했다."

기어가기와 부딪히기[1]

쉰지荀繼

전에 량스추 교수가 가난뱅이는 어쨌거나 기어가야 하고, 부자의 지위를 얻을 때까지 기어올라 가야 한다고 말한 적이 있다.[2] 가난뱅이뿐만 아니라 노예도 기어야 하는데, 기어올라 갈 수 있는 기회를 얻게 되면 노예도 자신을 신선으로 생각하고 천하는 자연스럽게 태평해진다는 것이다.

기어올라 갈 수 있는 사람이 아주 드물더라도, 개개인은 그 사람이 바로 자신이라고 생각한다. 이렇게 해서 자연스럽게 모두 안분지족하며 밭을 갈고, 씨를 뿌리고, 인분을 치거나 차가운 의자에 앉아도 근검절약하며 고난의 운명을 등에 지고 자연과 분투하며 목숨을 걸고 기어가고, 기어가고, 기어갈 것이다. 그런데 기어가는 사람은 그토록 많은데 길은 단 한 길이므로 아주 북적거릴 수밖에 없다. 착실하게 규정에 따라 곧이곧대로 기어가다가는 태반이 기어오르지 못한다. 총명한 사람은 밀치기를 하기 마련이다. 누군가를 밀치고 밀쳐 넘어지면 발바닥으로 밟고 어깨와 정수리를 걸어차면서 기어올라 갈 것이다. 그런데 대다수는 그저 기어갈 뿐이다. 자신의 원수가 위쪽이 아니라 옆에서 함께 기어가는 사람들 속에 있을 것이라 확신한다. 그들 대부분은 모든 것을 인내하며 두 손 두 발로 땅을 짚고 한 걸음 한 걸음 비집고 올라갔다가 다시 밀려 내려온다. 쉼 없이 밀려 내려오고 다시 비집고 올라간다.

그런데 기어가는 사람은 너무 많고 기어오른 사람은 너무 적다. 따라서 선량한 사람의 마음에 실망감이 차츰 파고들면서 적어도 무릎 꿇기라는 혁명이 발생한다. 이리하여 기어가기 외에 부딪히기가 발명된다.

자신이 너무 고생했음을 분명히 알고 나면 땅에서 일어나고 싶어진다. 그래서 당신의 등 뒤에서 느닷없는 외침이 들린다. 부딪혀 보자. 아직도 떨리는 마비된 두 다리는 부딪히며 나아간다. 이것은 기어가기보다 훨씬 쉽다. 손도 꼭 쓸 필요가 없고 무릎도 꼭 움직일 필요가 없다. 그저 몸을 비스듬히 한 채로 휘청휘청 부딪히며 나아가면 그만이다. 잘 부딪히기만 하면 다양大洋 50만 위안,[3] 아내, 재산, 자식, 월급 모두 생긴다. 잘못 부딪힌다 해도 기껏해야 땅에 넘어지는 것이 전부다. 그게 뭐 대수이겠는가? 원래부터 땅을 기어가던 사람이었으므로 그대로 기어가면 되는 것이다. 게다가 부딪히며 놀아 본 것에 지나지 않으므로 근본적으로 넘어지는 것을 겁낼 까닭이 없다.

기어가기는 예로부터 있었다. 예컨대 동생[4]에서 장원 되기, 망나니에서 컴프러더[5] 되기가 그것이다. 그런데 부딪히기는 근대의 발명인 듯하다. 고증을 해보자면 다만 옛날에 '아가씨가 비단공을 던지는 것'[6]이 부딪히게 하는 방법과 흡사하다. 아가씨의 비단공이 던져질 즈음 백조 고기를 먹고 싶어 하는 남자들은 고개를 쳐들고 입을 벌리고 게걸스러운 침을 몇 자나 질질 흘리고…… 애석하게도 옛사람은 필경 미련했던 탓인지 이런 남자들에게 밑천을 좀 내놓으라고 요구하지 않았다. 그랬더라면 반드시 몇억쯤은 거두어들일 수 있었을 것이다.

기어올라 갈 수 있는 기회는 갈수록 적어지고 부딪히려는 사람은 갈수록 많아진다. 일찌감치 위로 기어오른 사람들은 날마다 부딪힐 기회를 만들어 주고 밑천 약간을 쓰게 만들어 명리를 겸비한 신선 생활을 예약해준다. 따라서 잘 부딪힐 수 있는 기회는 기어오르기에 비하면 훨씬 적지만 모두들 해보고 싶어 한다. 이렇게 해서 기어와서 부딪히고 부딪히지 못하면 다시 기어가기를…… 온몸을 다 바쳐 죽을 때까지 한다.[7]

8월 16일

주)______

1) 원제는 「爬和撞」, 1933년 8월 23일 『선바오』의 『자유담』에 발표했다.

2) 량스추(梁實秋)는 1929년 9월 『신월』(新月) 월간 제2권 제6, 7호 합간에 「문학은 계급성이 있는 것인가?」(文學是有階級性的嗎?)를 발표하여 "프롤레타리아 가운데서 전도가 유망한 사람은 고생스럽고 성실한 일생을 보내야만 얼마간 그에 상당한 재산을 가질 수 있게 된다"라고 했다.

3) 국민당 정부가 발행한 '항공도로건설복권'의 일등에게는 50만 위안이 주어졌다.

4) '동생'(童生)은 명청시대 생원 시험에서 낙방한 사람을 가리키는 말이다.

5) 원문은 '康白度'인데, 'Comprador'의 음역으로 매판을 뜻한다.

6) 구소설이나 희곡에 묘사된 관료나 귀족들이 데릴사위를 정하는 방법이다. 이들은 자신의 딸들이 던진 비단공에 맞는 남자를 데릴사위로 삼았다.

7) 원문은 '鞠躬盡瘁, 死而後已'인데, 제갈량의 「후출사표」(後出師表)에 나오는 말이다.

각종 기부금족[1]

뤄원

청대 중엽에 관리가 되고자 하면 기부를 통해서도 될 수 있었으니 '기부금족'이라는 것이 이들이다. 재산가의 도련님들은 기름 바른 머리에다 반질거리는 얼굴로 먹고 놀다가 갑자기 며칠 바쁘게 지내면 머리에는 수정 꼭지가 달리고 가끔은 남색 화령[2]도 덧달고 걸핏하면 관화官話를 사용하는데, 말하는 것은 '오늘 날씨 참 좋다'이다.[3]

민국이 되면서 관리 중에 드디어 기부금족이 없어졌다고 말할 수 있다. 그런데 기부금족의 길은 실은 도리어 확대되어 '학사나 문인'들마저도 이 길을 따라서 딩다이頂戴를 얻을 수 있게 되었다. 전제 조건은 물론 돈이 있어야 한다는 것이다. 돈이 있으면 무엇이든 쉽게 처리할 수가 있기 때문이다. 예컨대 기부금 학자가 되려고 한다면, 골동품을 구매하여 몇몇 문객들과 안면을 트고 일꾼 몇 명을 고용하여 골동품의 문양이나 문자를 탁본하고 유리인쇄하여 '무슨 집고록集古錄'이니 '무슨 고고록考古錄'이니 하는 이름을 붙인 책을 만들면 된다.

이부손은 금석 연구자들의 것을 묶어 『금석학록』을 지었다.[4] 그런데 이 책은 '순장용 인형 만들기'[5] 꼴이 되어 버렸다. 문객들로 하여금 하나하나 보텔 수 있게 하고 범위를 더 넓혀 골동품을 소장하거나 골동품을 파는 도련님과 상인도 통틀어 집어넣고는 '금석가'라 지칭했다.

기부로 '문학가'가 되는 데도 어떤 새로운 술책이 필요한 것은 아니다. 서점을 열어서 작가 몇몇을 끌어들이고 식객들을 고용하여 타블로이드판 신문을 발행하면 된다. '오늘 날씨 참 좋다'라는 말도 반드시 할 줄 알아야 한다. 글을 쓰고 인쇄하여 신문쟁이에게 넘겨주면 반년 혹은 일 년이 채 지나지 않아도 틀림없이 성공한다. 그런데 골동품의 문양과 문자의 탁본은 사용하지 말고 영화배우나 모던 걸의 사진으로 대체해야 한다. 이것이야말로 신시대의 예술이기 때문이다. '미인을 사랑하'는 인물은 중국에 널리고 널려 있다. '문학가'나 '예술가'도 이렇게 해서 생겨난다.

기부금 관리는 백성들의 고혈을 짜낼 희망이 있고, 기부금 학자나 문인도 본전을 까먹지는 않는다. 인쇄물로 현금을 살 수 있는 것은 물론이거니와 골동품도 앞으로 양놈들이 비싼 가격으로 기꺼이 사고자 할 것이기 때문이다.

이를 일러 '명리名利의 겸비'라고 한다. 그런데 우선 '투자'를 할 수 있어야 하므로 일반 사람들은 하지 못한다. 그렇지 않다면 문인이나 학자라는 것도 그다지 값어치가 없을 것이다.

그런데 아직은 값어치가 있기 때문에 서둘러 인명사전을 만들고 문예사를 쓰고 작가론을 내고 자서전을 엮는 사람들이 있다. 역사서를 쓴다면, 문인을 낭만파와 고전파로 분류하는 것처럼 별도로 '기부금족'파도 있어야 한다고 나는 생각한다. 역사는 '진실'해야 하니까 증오를 불러일으키더라도 버티는 수밖에 없다. 그렇지 아니한가?

8월 24일

주)______

1) 원제는 「各種捐班」, 1933년 8월 26일 『선바오』의 『자유담』에 발표했다.

2) '수정 꼭지'(水晶頂). '남색 화령'(藍翎)은 모두 청대 관원의 등급을 구분하기 위해 사용한 모자의 장식이다. 오품관원의 모자에는 밝은 백색의 수정 꼭지를 달았다. 모자 뒤에는 각각 공작 깃털(오품 이상)이나 꿩의 남색 깃털(육품 이하)을 달았다. 부유한 집 자제들은 관에 기부를 해서 이런 '딩다이'(頂戴)를 얻을 수 있었다.

3) '관화'(官話)는 청대 관리 사이에 통용되던 표준말이다. 루쉰은 기부금족들이 관리가 되어 표준말을 사용한답시고 기껏 하는 말이라는 게 '오늘 날씨 참 좋다'에 지나지 않는다고 풍자하고 있다.

4) 이부손(李富孫, 1764~1843). 자는 향지(薌沚), 청대 자싱(嘉興) 사람. 저서에 『금석학록』(金石學錄), 『한위육조묘명찬례』(漢魏六朝墓銘纂例) 등이 있다.
   금석(金石)에서 '금'은 청동기물, '석'은 비석을 가리킨다. 고대에는 청동기물과 비석의 표면에 글자를 녹여 넣거나 새겨 넣어 사건을 기록했으며, 이러한 역사적 문물을 '금석'이라 칭했다.

5) 『맹자』의 「양혜왕상」(梁惠王上)에 "공자께서 가로되, 처음으로 순장용 인형을 만든 사람은 후손이 없다"라는 말이 나온다. 공자는 산 사람의 순장은 물론이고 순장용 인형으로 대체하는 것도 반대했다. 훗날 어떤 나쁜 일을 처음으로 하는 것을 비유하여 '순장용 인형을 만든다'(作俑)라고 했다.

사고전서 진본[1]

펑즈위

요즘 군사논쟁, 정치논쟁 등 말고도, 한가한 사람이 아니면 그리 주목하지 않을 영인본 『사고전서』 중의 '진본'珍本 논쟁[2]이 벌어지고 있다. 국영상업계는 원래의 형식에 따라 서둘러 인쇄하려고 하는 반면, 학계는 사고본四庫本에 첨삭과 착오가 있으므로 구할 수 있는 다른 판본이 있으면 다른 '선본'善本으로 대체해야 한다고 한다.

하지만 학계의 주장이 통과될 리가 없고 최종적으로는 당연히 『흠정사고전서』欽定四庫全書에 근거하게 될 것이다. 이유는 아주 분명하다. 되도록 빨리 해야 하기 때문이다. 4성省을 본척만척하고 9도島를 팔아먹은 일[3]은 제쳐두고서라도, 황허의 이탈[4]에 대한 조치만 해도 하루하루가 아슬아슬하여 장사를 하려면 되도록 서둘러야 한다는 생각이 들게끔 한다. 게다가 '흠정'이라는 두 글자는 지금까지도 위엄을 발휘하고 있고 '어의'御醫 '공단'貢緞 같은 말도 남다른 의미를 내포하고 있다. 오래전에 공화국이 된 프랑스의 경매시장에서도 나폴레옹의 장서는 평민들의 장서보다 값어치가 있고, 유럽의 저명한 '지나학자'들이 중국에 관해 강론할 때면 『흠정도서집성』[5]을 인용한다. 이 책은 중국의 고증학자들이 만지고 싶어 하지 않는 물건이지만, 외국에서 장사하려면 '흠정'이 찍혀 있는 '진본'이 '선본'보다 좀 낫다는 것을 알 수 있다.

　중국에서 하는 장사라도 아무래도 '진본'이 나을 것이다. 진본은 과시를 할 수 있지만 '선본'은 실용에 적합할 따름이기 때문이다. 가난한 서생은 이런 책을 살 수 있기를 결코 바랄 수조차 없다. 따라서 팔려 간 뒤에는 반드시 응접실에 진열될 것임을 알 수 있다. 이런 구매자는 상주商周의 고정古鼎도 사서 진열할 수 있지만, 부득이한 경우에는 가짜 고정이라도 사서 진열하지 질그릇이나 가마솥을 사서 자단 테이블에 올려놓지는 않을 것이다. 그의 목적이 '선'善이 아니라 '진'珍에 있고 더우이 실용성의 어부는 개의치 않기 때문이다.

　명말 사람들은 명성을 좋아해서 고서 간행이 유행이었다. 그런데 종종 자신이 이해하지 못하는 것은 오자로 간주하고 함부로 고쳤다. 고치지 않았으면 괜찮았을 터인데 고친 것이 도리어 잘못 고친 것이 되고 말아서 후대의 고증학자로 하여금 고개를 저으며 탄식하며 "명나라 사람들이 고서 간행을 좋아해서 고서가 없어졌다"[6]라고 말하게 만들었다. 이번 논쟁에서 『사고전서』 중의 '진본'은 영인한 것으로 잘못 고친 것과 같은 병폐는 없지만 그것의 원본에는 무의식적인 오자와 고의적으로 수정한 부분이 있다. 뿐만 아니라 새로운 판본이 유포되면 선본은 더욱 인멸되기 쉬울 것이다. 미래의 성실한 독자가 우연

히 이 판본을 얻게 되면 아마도 반드시 '고개 저으며 탄식하기 제2회'
를 하게 될 것이다.

그럼에도 불구하고 최종적으로 『흠정사고전서』에 근거하게 될
것이다. '미래'의 일은 지금의 국영상업과 상관없기 때문이다.

8월 24일

주)______

1) 원제는 「四庫全書珍本」, 1933년 8월 31일 『선바오』의 『자유담』에 발표했다.

2) 『사고전서』(四庫全書)는 청 건륭(乾隆)이 명하여 편찬한 총서로서 경(經), 사(史), 자
(子), 집(集)의 4부로 되어 있고 3,000여 종의 책을 수록했다. 청의 통치를 옹호하기
위하여 의도적으로 훼손하거나 수정한 책들이 있다. 1933년 6월 국민당 정부 교육부
는 당시 중앙도서관 준비처와 상우인서관(商務印書館)이 계약을 체결하여 베이징고
궁박물관이 소장한 문연각본(文淵閣本) 『사고전서』를 영인하라고 지시했다. 베이징
도서관 관장 차이위안페이(蔡元培)는 구각본과 구초본으로 사고전서관 신하들의 수
정을 거친 사고본(四庫本)을 대체하자고 주장했다. 장서가 푸쩡샹(傅增湘), 리성둬
(李盛鐸)와 학술계의 천위안(陳垣), 류푸(劉復) 등이 차이위안페이와 같은 주장을 했
다. 그런데 교육부장 왕스제(王世杰)가 반대했고, 당시 상우인서관 편역소 소장 장위
안지(張元濟)도 사고본에 따라 인쇄할 것을 주장했다. 최종적으로 상우인서관은 관
방의 의견에 따라 1934년부터 1935년까지 231종의 책을 골라서 『사고전서진본초
집』(四庫全書珍本初集)을 간행했다.

3) 1931년 만주사변 이후 일본은 차례로 동북의 랴오닝(遼寧), 지린(吉林), 헤이룽장(黑
龍江), 러허(熱河) 등 네 성을 침략했다. 프랑스는 만주사변을 틈타 시사(西沙) 군도와
난사(南沙) 군도를 병탄하고자 했으며, 1933년 7월 중국의 난사 군도의 아홉 개 섬을
침략했다. 이에 대하여 민중들이 항의하고, 중국 정부도 외교 경로를 통해서 프랑스
당국에 엄정하게 교섭할 것을 제안했다.

4) 1933년 8월 황허(黃河)의 제방이 터져 허베이, 허난, 산둥, 산시, 안후이에서 장쑤 북부까지 범람하는 재해가 발생했다.

5) 『흠정도서집성』(欽定圖書集成). 『고금도서집성』(古今圖書集成)을 가리키며, 중국의 대형 유서(類書) 중 하나이다. 청 강희 45년(1706)에 진몽뢰(陳夢雷)가 편했고, 초명(初名)은 『도서휘편』(圖書滙編)이었다. 옹정 초년, 황제의 명을 받들어 장정석(蔣廷錫)이 편집, 교정하면서 진몽뢰의 이름을 삭제하고 '흠정'이라는 글자를 덧붙였으며 옹정 3년(1725)에 완성했다. 역상(歷象), 방여(方輿), 명륜(明倫), 이학(理學), 경제(經濟) 등 6편으로 나누어지며 총 1만 권이다.

6) 청대 육심원(陸心源)은 『의고당제발』(儀顧堂題跋) 권1의 「육경아언도변발」(六經雅言圖辨跋)에서 명나라 사람들이 고서를 함부로 고쳐 간행한 것에 대하여 "명나라 사람들의 서박본(書帕本 ; 명대 관리가 간행한 서적)이 대체로 이러하다. 소위 책의 간행으로 책이 망실되었다는 것이다"라고 말했다.

초가을 잡기[1]

뤼쑨

대문 밖의 크지 않은 진흙땅에서 두 개미부대가 전쟁을 하고 있다.

동화작가 예로셴코[2]의 이름은 최근 들어 독자들의 기억에서 점점 흐려지고 있다. 이 시점에서 나는 도리어 그의 독특한 우수가 생각난다. 그가 베이징에 있을 때 한번은 진지하게 나에게 말했다. "저는 무섭습니다. 미래에 무슨 방법을 강구해 낼 사람이 있을지 모르겠지만, 이렇게 가다가는 사람들이 모두 전쟁의 기계가 될 겁니다."

실은 방법이 강구된 지는 오래되었다. 조금 까다로울 뿐이지 '이렇게 가는' 걸로 끝장나지는 않을 것이다. 우리는 외국의 아동용 서적과 완구 중에 무기 교육을 목적으로 하는 것이 있음을 보고는 이것이야말로 전쟁의 기계를 만들기 위한 사전 준비이고, 이 일은 반드시 천진난만한 아이들부터 시작해야 한다는 것을 알게 되었다.

사람뿐만 아니라 곤충도 알고 있다. 개미 중에 무사개미가 있는데, 혼자서는 집짓기도 못하고 먹이를 구하지도 못한다. 일생의 사업은 오로지 다른 종류의 개미를 공격하고 유충을 약탈하여 노예로 만들어 부역을 하게 만드는 것이다. 그런데 이상한 것은 무사개미가 교화가 힘들다는 이유로 결코 성충을 약탈하지 않는다는 점이다. 반드시 유충과 번데기에 한해서 약탈하여 도둑소굴에서 자라게 하여 과거를 전혀 기억하지 못하는 영원토록 아둔한 노예로 만들어 버린다. 노예개미는 부역에 동원될 뿐만 아니라 무사개미가 약탈하러 나갈 때면 함께 나가 침략당한 동족의 유충과 번데기를 옮기는 일을 돕는다.

그런데 인류는 이처럼 간단하게 일률적으로 만들어지지 않는다. 이것이야말로 인류가 '만물의 영장'인 까닭이다.

하지만 만드는 사람도 결코 수수방관하지 않는다. 우리는 아이가 성장하면 천진함도 잃고 머리도 둔해진다는 사실을 시시때때로 목격한다. 경제의 피폐로 말미암아 출판계는 대작의 학술문예서적의 간행을 꺼리게 되었다. 교과서나 아동서적이 물꼬 트인 황허처럼 아이들을 향해 흘러갔다. 그런데 그런 책들이 말하고 있는 것은 무엇인가? 장차 우리의 아이들을 어떤 사람으로 만들려는 것인가? 그러나 아직까지도 전투적 비평가의 언급은 보이지 않는다. 어느새 미래에 대해 주목하는 사람이 많이 없어진 때문일 성싶다.

신문에서 반전회의[3]에 관한 뉴스를 많이 볼 수 없는 것에서 전쟁도 중국인의 기호임을 알 수 있다. 반전회의에 대한 냉담한 태도는 바로 그것이 우리의 기호를 위반했다는 증거이다. 물론, 전쟁은 싸워야 하는 것이다. 무사개미를 좇아서 패배한 유충을 옮기는 것도 노예의 승리라고 하지 않을 수 없다. 하지만 인류는 필경 '만물의 영장'이므로 이것으로 어찌 만족할 수 있겠는가. 전쟁은 물론 싸워야 하는 것이다. 전쟁의 무기를 만드는 개미무덤을 때려잡고 아동에게 해로운 약과 음식을 때려잡고 미래를 침몰시키는 음모를 때려잡아야 한다. 이것이야말로 사람의 전사가 해야 할 임무이다.

8월 28일

주)_______

1) 원제는「新秋雜識」, 1933년 9월 2일『선바오』의『자유담』에 발표했다.

2) 예로센코(Василий Яковлевич Ерошенко, 1889~1952). 러시아 시인이자 동화작가. 어린 시절 병으로 두 눈이 실명됐다. 1921년에서 1923년까지 중국에서 지내면서 루쉰과 교류했으며, 루쉰은 그의『연분홍 구름』(桃色的雲),『예로센코 동화집』(愛羅先珂童話集)을 번역했다.

3) 세계반제국주의전쟁위원회가 1933년 9월 상하이에서 소집한 원동(遠東)회의를 가리킨다. 회의에서는 일본의 중국 침략 반대, 국제적 평화 쟁취 등의 문제를 토론했다. 개회 전 국민당 정부와 프랑스 조계, 공동조계 당국은 중국인 거주지역과 조계 내에서 회의를 개최하는 것을 반대했다. 당시 중국공산당 상하이지하당의 지지 아래 비밀리에 거행되었다. 영국 말리(Marley) 공작, 프랑스 작가이자『뤼마니테』(L'Humanité)의 주필 바이앙 쿠튀리에(Paul Vaillant-Couturier, 1892~1937), 중국의 쑹칭링(宋慶齡) 등이 회의에 참석했으며, 회의준비 기간 동안 지지를 표명하고 경제적인 도움을 주었던 루쉰은 주석단의 명예주석으로 추대되었다. 루쉰은 1934년 12월 6일 샤오쥔(蕭軍)의 편지에 대한 답신에서 "회의는 열렸고 힘이 많이 들었습니다. 많은 소식이 신문에 잘 실리지 않아서 중국에서는 아는 사람이 매우 적습니다. 결과는 결코 나쁘다고 할 수 없고 각국의 대표는 귀국한 뒤에 회의 보고를 하여 세계적으로 중국의 실정이 더 잘 알려지게 되었습니다. 내가 참가했습니다"라고 했다.

식객법 폭로[1]

타오추이

키르케고르[2]는 덴마크의 우울한 사람이고 그의 작품에는 늘 비분이 서려 있다. 그런데 그중에도 매우 흥미로운 것이 있다. 나는 이런 구절을 보았다.

극장에 불이 났다. 어릿광대가 무대 앞으로 와서 관객들에게 알리자, 사람들은 어릿광대의 우스개로 생각하고 갈채를 보냈다. 어릿광대는 재차 화재라고 알려 주었다. 그런데 사람들은 더욱더 박장대소하며 갈채를 보냈다. 나는 생각한다. 인생이란 우스개로 간주하는 즐거운 사람들의 대대적 환영 속에서 끝나고야 마는 것이리라.

그런데 내가 흥미롭다고 느낀 까닭은 원문 때문이 아니라 이로 말미암아 식객들의 술수에 대한 생각에 미쳤기 때문이다. 식객은 주인이 바쁘면 돕는다. 주인이 흉악한 일을 저지르느라 바쁘면 당연히 졸개로 자처한다. 그런데 그의 도움 법은 유혈 사건이지만 핏자국도 없고 피비린내도 없는 것이다.

예를 들어 보자. 어떤 심각한 사건이 발생했다고 치자. 사람들도 처음에는 이 사건을 심각하게 생각한다. 그런데 그가 어릿광대의 신분으로 출현하여 이 사건을 골계로 바꾸거나 심각함과는 무관한 점을 유독 떠벌려 사람들의 주목을 끈다. 이것이 이른바 '즉흥익살'이다. 살인 사건이라면 현장의 형편과 탐정의 노력에 대해 말한다. 죽은 사람이 여성이라면 더욱 좋다. '요염한 사체'라 명명하거나 그녀의 일기를 소개하기도 한다. 암살이라면 연애다, 소문이다……등등 사자死者의 생전의 이야기를 늘어놓는다. 사람들의 열정이란 애초부터 언제까지나 이완되지 않는 것은 아니다. 찬물을 좀 끼얹거나 '청차'清茶라고 멋지게 이름 붙이면 자연스럽게 급속도로 차가워진다. 그런데 이 즉흥익살 배역은 문학가로 바뀌었다.

성실하게 경고하는 사람이 있으면 당연히 흉악범으로서는 손해가 된다. 다만 사람들이 아직까지 죽어 자빠진 상황은 아니어야 한다. 그런데 이 순간 그는 어릿광대 신분으로 출현한다. 여전히 즉흥익살을 사용하며 곁에서 귀신 같은 얼굴로 분장한 채로 경고하는 사람이 사람들의 눈에 어릿광대로 보이게 하고 그 사람의 경고가 사람들의 귀에 우스개로 들리도록 만들어 버린다. 곤궁한 척 어깨를 웅크린 채 상대의 호사를 부각시키고, 천한 몸을 한탄하며 상대방의 오만을 암시한다. 이렇게 함으로써 사람들로 하여금 마음속으로 '경고하고 있는 사람이 위선자구나'라는 생각을 하게 한다. 다행히도 아직은 식객들 중 태반은 남자이다. 그렇지 않다면 경고하고 있는 사람이 자신에게 어떻게 집적거렸는지를 말할 것이다. 대중들 앞에서 음란한 말을 나열한 뒤 자살로써 수치스러운 상황을 입증할지도 모른다. 사방에서 수작을 부리고 있으므로 아무리 엄숙한 화법으로도 힘을 잃게 되고 흉악범에게 불리한 사정은 의심과 웃음소리 속에서 사라지게 된다. 그는? 이번에 그는 도덕가이다.

이런 사건이 없으면 이레에 한 번씩 열흘에 한 번씩 폐기물을 모아 독자들의 머릿속으로 집어넣는다. 반년, 일 년 보고 나면 머릿속은 온통 어떤 권세가가 어떻게 패를 잡았느니, 어떤 배우가 어떻게 재채기를 했는지에 관한 전고典故로 가득 차게 된다. 즐거움은 물론 즐거운 것이다. 그런데 인생도 즐거움을 환영하는 이런 즐거운 사람들 속에서 끝나고 마는 것이리라.

8월 28일

주)_______

1) 원제는 「帮閑法發隱」, 1933년 9월 5일 『선바오』의 『자유담』에 발표했다.

2) 키르케고르(Søren Aabye Kierkegaard, 1813~1855). 덴마크의 철학자. 인용한 글은 『이것이냐 저것이냐』(Enten-Eller)의 「서막」에 나온다. 원서의 주석에 따르면 1836년 2월 14일 피터 대제 궁에서 발생한 사건이라고 한다. 루쉰의 인용문은 일본의 미야하라 고이치로(宮原晃一郎)가 번역한 『우수의 철학』(憂愁の哲理)을 근거로 했을 것이다.

등용술 첨언[1]

웨이쒀

장커뱌오[2] 선생이 『문단등용술』이란 책을 썼다. 선약 때문이기도 했지만 예외 없이 빈둥거리느라 배독拜讀의 행운을 놓치고 『논어』[3]에 실린 광고와 해제, 후기를 보았을 따름이다. 그런데 어디에서 비롯된 '인스피레이션'[4]인지 정녕 알 수 없으나 해제의 시작 부분 첫 단락은 절묘한 명문이다.

등용은 승룡으로 해석할 수 있으므로[5] 용 되기 기술은 용 타기 기술이 된다. 그것은 말 타기, 차 몰기와 비슷한 것이다. 그런데 보통 승룡은 사위를 의미한다. 문단이 여성은 아닌 것 같고, 또한 데릴사위를 맞이할 지경에 이르지는 않았다. 그렇다면 이런 해석은 사람들의 오해를 불러일으킬 위험이 있는 것 같다…….

분명, 광고에 있는 목록을 살펴보면 '사위 되기'라는 항목은 없다. 그런데 이것은 '지자智者의 천 가지 고려'[6] 중 한 가지 실수라고 말하지 않을 수 없으므로 조금 보충해야 좋을 것 같다. 문단이 비록 '데릴사위를 맞이할 지경에 이르지는 않았다'고 하더라도 사위는 문단에 오르려고 할 것이기 때문이다.

기술이란 가로되, 문단에 오르려고 한다면 부자 부인이 있어야 하고 유산도 필수적이고 소송을 두려워하지 않아야 한다는 것이다. 문단에 기어오르려고 하는 가난뱅이 자식은 어쩌다 요행을 만나더라도 필경은 많은 노력을 기울여야 한다. 수필이나 차화茶話 따위로 한 밑천 잡을 수도 있지만 결국은 남이 시키는 대로 움직여야 한다. 제일 좋기로는 부자 처가, 부자 부인을 둬서 지참금으로 문학의 밑천을 삼고 남들이야 욕하든지 말든지 졸작이라면 자비로 인쇄하면 된다. '작품'이 나오면 직함이 저절로 따른다. 데릴사위는 처가에서 무시당할 수 있지만, 일단 문단에 오르면 이름값이 열 배 뛰게 되므로 부인도 기뻐하여 마작하느라 눈길도 주지 않는 지경에 이르지는 않을 것이다. 이것이 바로 '상호 사용'이라는 것이다. 그런데 문인이 된 사람은 반드시 유미파여야 한다. 와일드[7]의 생전 사진을 한번 보라. 꽃받침 단추와 상아 지팡이가 얼마나 아름다운가. 누가 보더라도 멋지므로 부인은 말해 무엇하겠는가.[8] 그런데 애석하게도 그의 부인은 부자가 아니었다. 와일드는 소년들과 함부로 놀고 이국땅에서 비참하게 죽었다. 돈이 있었다면 어찌 그 지경이 되었겠는가. 따라서 용이 되고자 한다면 용을 타야 한다. '책 속에 황금 저택이 있다'[9]라는 말은 오래전에 옛말이 되었다. 이제는 '황금 속에 문학가가 있다'라는 말이 우리 시대에 적합하다.

그런데 문단에서 출발하여 사위가 될 수도 있다. 기술은 이렇다. 시시각각 염두에 두고 돈 좀 있는 집안에 '아아, 나의 비애여'라고 몇 마디 쓸 줄 아는 여사를 찾아내어 그녀를 '여성 시인'[10]이라 존중하는 글을 신문에 게재하는 것이다. 그녀에게 '지기知己라는 느낌'이 생길 즈음 영화에서처럼 한 무릎을 꿇고 '나의 생명아, 아아, 나의 비애여!'라고 말한다. 다시 말하자면 용 되기에서 용 타기로, 또 용 타기에서 다시 용 되기로, 굉장히 완벽하다. 하지만 부유한 여성 시인이 가난한 남성 문인을 사랑하리라는 법은 없으므로 확신을 갖기가 아주 어렵기는 하다. 그러므로 이 방법은 「등용술 첨언」의 부록에 불과한 셈이지만 청컨대 가벼이 여기지 않기를 소망한다.

8월 28일

주)______

1) 원제는 「登龍術拾遺」, 1933년 9월 1일 『선바오』의 『자유담』에 발표했다.

2) 장커뱌오(章克標). 저장 하이닝(海寧) 사람. 일본 유학을 했다. 상하이에서 사오쉰메이(邵洵美)와 합작하여 『십일담』(十日談) 순간(旬刊)을 주편했다. 그의 『문단등용술』(文壇登龍術)은 기회를 틈타 교활한 수단을 쓰는 문인들을 조롱한 책이다. 1933년 5월 상하이에서 '뤼양탕'(綠楊堂)이라는 이름으로 자비 출판했다.

3) 『논어』(論語)는 린위탕(林語堂) 등이 1932년 9월 상하이에서 창간한 반월간 문예지이다. 생활 속의 '유머와 한적함'을 제창하였고, '성령'(性靈)이 있는 소품문 창작을 목적으로 하였다. 1937년 8월 정간되었다가 1946년 12월에 재창간되었고 1949년에 다시 정간되었다. 『논어』 제19기(1933년 6월 16일)에 『문단등용술』의 「해제」와 「후

기」가 실렸고, 제33기(1933년 8월 16일)에 이 책의 광고와 목록이 실렸다.

4) 원문은 '煙土披里純'이다. 루쉰은 영감을 뜻하는 'inspiration'의 음역 한자를 그대로 쓰고 있다.

5) '등용'(登龍)은 '높은 지위에 올라가서 용이 되다'는 뜻이고, '승룡'(乘龍)은 '높은 곳에 있는 용을 탄다'는 뜻이다. '등'과 '승'의 의미가 유사한 데 착안한 것이다. 그런데 '승룡'은 관용적으로 '용과 같은 훌륭한 사위를 얻다'라는 의미로 사용되기도 한다.

6) 『사기』의 「회음후열전」(淮陰侯列傳)에 "지혜로운 사람은 천 가지 생각 가운데 반드시 한 가지 실수가 있기 마련이고, 어리석은 사람은 천 가지 생각 중에 반드시 한 가지 얻을 만한 것이 있다"는 말이 나온다.

7) 와일드(Oscar Wilde, 1854~1900). 영국의 유미주의 작가. 작품으로는 『도리언 그레이의 초상』(*The Picture of Dorian Gray*), 『윈더미어 부인의 부채』(*Lady Windermere's Fan*), 『살로메』(*Salomé*) 등이 있다. 1895년 동성애로 기소되어 2년 복역한 뒤 파리에서 방랑하다 비참하게 죽었다.

8) 원문은 '人見猶憐, 而況令闈'. 남송 우통(虞通)의 『투기』(妒記)에는 진대(晋代) 환온(桓溫)이 이세(李勢)의 딸을 첩으로 삼았는데, 질투가 심한 환의 아내가 이 사실을 알고서 칼을 들고 시녀 수십 명을 대동하여 이씨를 죽이러 갔으나 만나 본 뒤에는 이씨의 용모와 언사에 감동하여 칼을 버리고 "내가 보기에도 역시 아리땁구나, 하물며 저 늙은이는 말해 무엇하겠는가!"(我見汝亦憐, 何況老奴)라고 말했다는 기록이 있다. 『세설신어』(世說新語)의 「현원」(賢媛)에 대한 유효표(劉孝標)의 주에 인용되어 있다. 원문은 이를 변용한 것이다. '闈'은 문지방을 뜻하는데, 고대 여성들이 거주하던 내실을 지칭했으며, 여기서는 여성의 대명사로 사용되었다.

9) 『권학문』(勸學文; 송 진종眞宗 조항趙恒이 지었다고 전해짐)에 "읽고 읽고 읽어라. 책 속에 황금 저택이 있다. 읽고 읽고 읽어라. 책 속에 봉록이 있다. 읽고 읽고 읽어라. 책 속에 옥 같은 명예가 있다"는 말이 나온다.

10) 상하이의 거대 매판 위차칭(虞洽卿)의 손녀 위슈윈(虞岫雲)을 가리킨다. 그녀는 1930년 1월 위옌(虞琰)이라는 필명으로 시집 『호수바람』(湖風; 상하이현대서국 초판)을 출판했다. 시집은 '아프다'(痛阿), '비수'(悲愁) 등의 단어들로 채워져 있다. 일부 문인들은 이 시집을 치켜세우기도 했다. 탕쩡양(湯增敭), 쩡진커가 쓴 「위옌의 『호수바람』—우리들의 여성시인을 소개하다」(虞琰的『湖風』—介紹一位我們的女詩人), 「여성시인 위슈윈 방문기」(女詩人虞岫雲訪問記) 등이 있다.

귀머거리에서 벙어리로[1]

뤄원洛文

의사들은 벙어리의 대다수가 목구멍과 혀로 말을 못 하는 게 아니라 어려서부터 귀가 멀어 어른의 말이 들리지 않아 배울 수 없었기 때문에 누구나 모두 입을 벌려 우우야야 할 뿐이라고 생각하고 자신도 따라서 우우야야 할 수밖에 없게 된다고 한다. 따라서 브란데스[2]는 덴마크 문학의 쇠퇴를 탄식하며 다음과 같이 말했다.

> 문학 창작이 거의 완전히 사멸할 지경이다. 인간세상 혹은 사회의 그 어떤 문제도 흥미를 불러일으키지 못하고, 뉴스나 잡지 이외에는 결코 어떤 논쟁도 야기하지 못한다. 우리는 강렬하고 독창적인 창작을 볼 수 없다. 뿐만 아니라 외국의 정신생활을 배우는 일에 대해서도 이제는 거의 고려조차도 않는다. 따라서 정신적인 '귀머거리'는 그것의 결과로 '벙어리'를 불러들이고 말았다.(『19세기 문학의 주조』 제1권 자서)

이 몇 마디는 중국의 문예계에 대한 비평으로 옮겨 올 수 있다. 이 현상은 전적으로 억압자의 억압 탓으로 돌려서는 결코 안 되고, 5·4 운동 시대의 계몽운동가와 그후의 반대자들이 함께 책임을 나누어 져야 한다. 전자는 사업 성과에 급급하여 끝내 가치 있는 서적을 번역 하지 못했고, 후자는 일부러 분풀이로 번역가를 매파媒婆로 매도했으며,3) 이에 편승한 일부 청년들은 한동안 독자가 참고하도록 인명과 지명 아래 원문 주석을 다는 것조차 '현학'衒學이라고 비난하기도 했다.

지금은 도대체 어떠한가? 세 칸짜리 서점이 쓰마로4)에 적지 않 게 있다. 그런데 서점의 서가에 가득한 것은 얇은 소책자들이고 두꺼 운 책은 모래에서 금을 채취하는 것만큼이나 찾기 어렵다. 물론 크고 튼실하게 태어났다고 해서 위인은 아니고 많고 번잡하게 썼다고 해 서 명저는 아니다. 하물며 '스크랩'이란 것도 있음에랴. 하지만 '무슨 ABC'5)처럼 얄팍한 책에 모든 학술과 문예를 망라할 수는 없다. 한 줄 기 탁류가 맑고 깨끗하고 투명한 한 잔의 물보다 못한 것은 당연하지 만, 탁류를 증류한 물에는 여러 잔의 정수淨水가 들어 있는 법이다.

여러 해 공매매6)를 해온 결과 문예계는 황량해지고 말았다. 문장 의 형식은 좀 깔끔해졌지만 전투적 정신은 과거에 비해 진보가 없고 퇴보만 있다. 문인들은 기부금을 내거나 서로 치켜세워 재빨리 명성 을 얻지만 애쓴 허풍으로 말미암아 껍데기는 커지고 속은 도리어 더 욱 텅 비고 말았다. 따라서 이러한 공허를 적막으로 착각하고 아주 그 럴싸하게 독자들에게 이야기하고, 심한 사람은 내면의 보배인 양 문 드러진 자신의 마음을 드러내기도 한다. 문인들의 동산에서 산문은 성공을 거둔 셈이다. 그런데 올해 나온 선집을 살펴보면, 제일 우수한 세 명마저도 "담비가 부족하니 개꼬리가 이어진다"[7]는 느낌이 든다. 쭉정이로 청년을 양육해 봤자 결코 건장하게 성장할 리 만무하고, 미래의 성취는 더욱 보잘것없어질 것이다. 이런 모습에서 니체가 묘사한 '말인'[8]을 볼 수 있다.

그런데 외국사조에 대한 소개와 세계명작의 번역은 무릇 정신의 양식을 운송하는 항로이다. 하지만 지금은 거의 모두 귀머거리와 벙어리를 만들어 내는 사람들로 가로막혀 서양인의 주구와 부호의 데릴사위조차도 흥흥거리며 냉소하는 지경이 되었다. 그들은 청년의 귀를 막아 귀머거리에서 벙어리가 되게 하고 시들고 보잘것없는 '말인'으로 자라게 하여 기어코 청년들이 다만 부잣집 자제와 부랑아들이 파는 춘화를 보도록 만들어 버리려 한다. 기꺼이 진흙이 되려는 작가와 번역가의 분투는 이미 한시도 늦출 수 없게 되었다. 분투란 바로 절실한 정신의 양식을 힘껏 운송하여 청년들의 주위에 놓아두는 것이며, 한편으로는 귀머거리와 벙어리를 만드는 사람들을 검은 굴과 붉은 대문집[9]으로 되돌려 보내는 것이다.

8월 29일

주)________

1) 원제는「由聾而啞」, 1933년 9월 8일『선바오』의『자유담』에 발표했다.

2) 브란데스(Georg Brandes, 1842~1927). 덴마크 문학비평가. 그의 주요 저술로는『19세기 문학의 주조』(6권)가 있으며 1872~1890년에 출판되었다. 루쉰은 이 책의 일역본을 구매했다.

3) 1921년 2월 궈모뤄는『민탁』(民鐸) 잡지 제2권 제5호에 리스천(李石岑)에게 보내는 편지를 발표하며 "나는 국내의 인사들이 매파를 중시하는 반면 처녀를 중시하지 않고, 번역을 중시하는 반면 창작을 중시하지 않는다고 생각한다"라고 했다.

4) 쓰마로(四馬路)는 현재 상하이의 푸저우로(福州路)를 가리킨다. 당시에 서점들이 많이 있던 거리이다.

5) 당시 상하이의 세계서국 등은 각 방면의 입문서 'ABC 총서'를 출판했다.

6) 상업 투기 행위의 하나이다. 매매할 물건의 시가 변동을 짐작하고 그 차액을 이득으로 하기 위한 매매 거래이며 차금의 수수는 있으나 실물의 수수는 하지 않는다. 차금(差金)매매라고도 한다.

7) 『진서』(晉書)의「조왕륜전」(趙王倫傳)에 나온다. 사마의(司馬懿)의 아홉째 아들 사마륜(司馬倫)이 작위를 남발하여 하인과 심부름꾼조차도 이를 풍자했다고 한다. "매번 조회 때마다 관리들의 모자 장식이 자리에 가득한 것을 두고 당시 사람들은 '담비가 부족하니 개꼬리가 이어진다'라고 했다"는 내용이 나온다.

8) '말인'(末人, Der Letzte Mensch)은 니체(Friedrich Nietzsche, 1844~1900)의『차라투스트라는 이렇게 말했다』(Also sprach Zarathustra)의「서언」에 나온다. 희망 없고 창조적이지 않고 평범하고 두려움 많고 천박하고 보잘것없는 사람을 가리킨다. 루쉰은 이 글의「서언」을 번역하여 1920년 6월『신조』(新潮) 제2권 제5호에 발표했다.

9) '붉은 대문집'(朱門)은 지위가 높은 벼슬아치의 부유한 집을 가리킨다.

초가을 잡기(2)[1]

뤼쉰

8월 13일 밤 여기저기서 별안간 빠빠빠방거리기 시작했다. 순간 따져 보지도 않고 '저항'이 또 시작된 모양이라고 생각했지만, 바로 폭죽 터 뜨리는 소리임을 알아차리고 마음을 놓았다. 계속해서 다시 '아마도 또 무슨 날인가 보지……?'라고 생각했다. 이튿날 신문을 보고서야 어제 저녁이 월식이었고, 빠빠빠방 소리는 우리의 동포와 이포異胞(우리는 모두 황제의 자손이라 자칭하지만, 치우[2]의 자손들이 죄다 죽었다고 할 수는 없으므로 이들을 '이포'라고 부르겠다)들이 달을 천구[3]의 입에서 구출해 내기 위해 시위한 것임을 알게 되었다.

　머칠 전날 밤도 아주 시끌벅적했다. 거리와 골목 여기저기에 분식과 수박을 차린 탁자가 늘어져 있었다. 파리, 나방, 모기 따위가 수박을 물어뜯고, 웅얼웅얼 염불을 외는 스님도 있었다. "후이주뤄푸미야훙![4] 안야훙! 훙!!" 방염구와 시아귀[5]를 하고 있는 중이다. 우란분절[6]이 되었다. 아귀와 아귀 아닌 것들이 모두 저승에서 뛰쳐나와 이

거대한 세상 상하이를 구경하고, 이때 선남선녀들은 이곳 사람으로서의 성의를 표하며 스님에게 '안야훙' 염불을 외며 쌀 몇 알을 뿌려 귀신들을 청해 모두 한바탕 포식을 하게 해달라고 부탁한다.

　나는 속인인지라 여태까지 하늘이니 저승이니 하는 것에 그리 주의하지 않았다. 하지만 매번 이때가 되면 아직은 인간세상에서 살고 있는 우리의 동포와 이포들의 고매하고도 온당한 배려를 느끼지 않을 수 없다. 다른 것은 논외로 치더라도 만 2년도 채 안 되는 새에 벌써 크게는 4개의 성四省, 작게는 9개의 섬九島의 깃발 색이 모두 바뀌었다. 머지않아 8개의 섬도 그렇게 될 것이다. 구하려 해도 구할 수 없거니와 설령 구할 생각을 한다손 치더라도 입을 떼는 순간 자신이 위험해질지도 모른다(이 구절은 '형세 역시도 불가능한 점이 있다'로 인쇄되었다). 그러므로 가장 그럴듯한 방법은 달을 구하는 것이다. 아마도 하늘을 뒤흔드는 폭죽소리 때문에 전구가 와서 물 리는 만부하고 달 속의 추장(추장이 있다면)도 나와서 금지하거나 반동으로 지목할 리가 없을 것이다. 사람을 구하는 것도 마찬가지이다. 전쟁, 가뭄, 풀무치[7] 재해, 수재……등으로 인한 이재민은 부지기수이다. 요행히 잠시 재앙을 모면한 서민들이 달리 무슨 구할 방법이 있겠는가? 그러므로 혼령을 구원하는 것이 훨씬 낫다. 그것은 일은 덜고 공덕은 많이 쌓은 것으로 제단을 만들고 탑을 세운 대인 선생[8]의 공덕과 맞먹는다. 이것이야말로 소위 "사람은 멀리 생각하지 않으면 반드시 가까운 근심거리가 생긴다"[9]는 것이다. 그리고 "군자는 크고 먼 것에 힘쓴다"[10]는 말 또한 이를 일컫는다.

하물며 "요리사가 요리를 못한다고 제사장이 제기를 방치하고 요리를 대신하지는 않는다"[11]라는 말도 고대 성현의 명훈明訓임에랴. 국사國事는 나라를 다스리는 자가 있으므로 서민이 소란을 피울 필요는 없다. 그러나 역대로 현명한 제왕은 결코 서민을 얕보지 않았고 도리어 훨씬 초월적인 자유와 권리를 부여하였다. 곧 우주와 영혼을 구원하도록 전적으로 맡기는 것이었다. 이것이 태평의 근간으로서 고금 이래로 폐지됨이 없이 이어졌고 앞으로도 생각해 보면 반드시 먼저 폐지되지는 않을 것이다. 작년의 일로 기억하고 있다. 상하이전쟁이 처음으로 멈추었을 때 일본 군대는 차차 군함으로 돌아가고 병영으로 퇴각했다. 그런데 어느 날 밤 또 이렇게 빠빠빠방거렸다. 때는 여전히 '장기저항'[12] 중이었는데, 우리의 국수國粹를 잘 모르던 일본인은 모某 부대가 실지失地를 회복하러 온 줄로 알고 즉각 보초를 세우고 출병을 하는……등 한바탕 소동을 피우고 나서야 비로소 우리가 달을 구하고 있었고 그들이 엉뚱한 일을 벌인 것임을 깨달았다. "아아! 나루호도[13](Naruhodo=그거였구나)!" 경탄하고 탄복한 나머지 그리하여 평화로운 원래의 상태를 회복했다. 올해는 어떠한가. 보초조차도 세우지 않았는데, 아마도 벌써 중국의 정신문명에 감화된 모양이다.

요즘도 침략자와 억압자들 가운데 아직도 노비들에게 바보 되기와 꿈꾸기조차도 허락하지 않는 고대의 폭군 같은 사람이 있을까……?

8월 31일

주)______

1) 원제는 「新秋雜識(二)」, 1933년 9월 13일 『선바오』의 『자유담』에 「추야만담」(秋夜漫談)이라는 제목, 위밍(虞明)이라는 필명으로 발표했다. 루쉰은 『풍월이야기』를 편집하면서 '뤼쑨'(旅隼)이란 필명으로 고쳐 썼다.

2) '치우'(蚩尤)는 구려족(九黎族)의 수령으로 줘루(涿鹿)에서 황제(黃帝)와 싸우다 패하여 죽었다고 전해지는 전설상의 인물이다.

3) '천구'(天狗)는 일식, 월식을 일으키는 흉신(凶神)이 산다고 전해지는 천구성(天狗星)을 가리킨다.

4) 원문은 '回豬玀普米呀咩.' 산스크리트어 음역으로 『유가집요염구시식의』(瑜伽集要焰口施食儀)에 나오는 주문이다. '豬玀'는 『유가집요염구시식의』에 '資囉'로 되어 있다.

5) '시아귀'(施餓鬼)는 밤에 열리는 아귀에게 먹을 음식을 베푸는 법회를 가리킨다. 악도(惡道)에서 굶주리고 있는 무연(無緣)의 망령을 위하여 독경하고 공양하는 의식이다.

6) '우란분'(盂蘭盆)은 산스크리트어 'Ullambana'의 음역으로 '극도의 곤궁을 해결해 주다'는 뜻이다. 음력 7월 15일이 불교의 우란분절(도교의 중원절中元節이기도 하다)이다. 이날 밤 스님들은 경을 읽고 시아귀하며 사자(死者)들을 축복하는데, 이를 방염구(放焰口)라 칭한다. 염구는 아귀의 이름이다.

7) 메뚜깃과의 곤충으로 잡초를 먹고 살며 농작물에 큰 피해를 입히기도 한다.

8) 원문은 '打醮'. 승려와 도사들이 제단을 세우고 경을 읽으며 법사를 행하는 것을 가리킨다. 만주사변 이후 국민당 관리 다이지타오(戴季陶) 등은 당시의 판첸 라마를 내세워 천재와 전쟁으로 죽어 간 영혼을 위로한다는 명분으로 난징 부근의 바오화산(寶華山) 룽창사(隆昌寺)에서 '보리법회'(普利法會), '인왕호국법회'(仁王護國法會) 등을 거행했다. '탑을 쌓았다'는 것은 다이지타오가 1933년 5월 난징에서 탑을 세워 쑨중산(孫中山)이 남긴 저서와 필사본을 보관한 일을 가리킨다.

9) 『논어』의 「위령공」(衛靈公)에서 공자가 한 말이다.

10) 『좌전』(左傳) '양공(襄公) 31년'에 "군자는 큰 것 먼 것을 알기 위해 힘쓰고, 소인은 작은 것 가까운 것을 알기 위해 힘쓴다"라는 말이 있다. 춘추시대 정(鄭)나라 자피(子皮)가 자산(子産)에게 한 말이다.

11) 『장자』의 「소요유」(逍遙游)에 나오며 각자 자신의 본분에 맞는 일을 한다는 뜻이다.

12) 만주사변 때 장제스(蔣介石)는 동북군에게 '저항하지 말고 충돌을 피하라'는 명령을 내렸다. 1·28사변이 폭발하자 국민당은 뤄양(洛陽)에서 열린 제4차 이중전회 선언

에서 "중앙은 장기저항을 결심했다"고 했으며, 이 밖에도 '심리저항'과 같은 화법을
자주 사용했다.
13) 나루호도(なるほど). 루쉰은 '成程'이라고 표기했다.

남성의 진화[1]

위밍

금수의 교합을 연애라고 하는 것은 아무래도 좀 모독이다. 그러나 금수도 성생활이 있다는 사실은 부인할 수 없다. 춘정발동기가 되면 암컷과 수컷은 서로를 건드리고 한바탕 '속살속살'거린다. 물론 암컷이 튕길 때도 있다. 몇 걸음 달아니다 다시 돌아보고, '동거의 사랑'이 이루어질 때까지 울기도 한다. 금수의 종류가 많고 그들의 '연애' 방식이 복잡하다고 하더라도 의문의 여지가 없는 것이 하나 있다. 그것은 바로 수컷이 무슨 특권을 가지고 있다고 할 수 없다는 것이다.

인간은 만물의 영장이고 무엇보다 남성은 재주가 많다. 태초에는 그저 그랬다. 정말인지 "어머니는 알고 아버지는 몰랐"[2]던 까닭에 일찍이 아녀자들이 한 시대를 '통치'했다. 당시 조모는 대개 후대의 족장보다 더 위풍이 있었다. 훗날 어찌 된 영문인지 여성들의 운수가 사나워졌다. 목, 손, 다리 모든 곳에 쇠사슬이 채워지고 올가미와 고리가 걸렸다. 수천 년이 지나 올가미와 고리의 대부분은 금, 은으로 바뀌고

진주와 다이아몬드로 장식하게 되었다. 그럼에도 불구하고 목걸이, 팔찌, 반지 등은 지금까지도 노예여성의 상징이다. 여성은 노예이므로 남성은 꼭 여성의 동의를 얻고 나서 '사랑'할 필요가 없게 되었다. 고대시대 부락 간의 전쟁으로 포로는 노예가 되고 포로여성은 강간당하기 마련이었다. 당시는 아마도 춘정발동기라는 것이 '없어진' 지 오래되었을 것이다. 언제 어디에서라도 주인남성은 포로여성과 노예여성을 강간할 수 있었다. 현대에 들어와 강도와 악한 무리들이 여성을 사람 취급 하지 않는 것은 실은 대부분 추장식 무사도의 유풍이다.

그런데 강간의 재주에 있어서 인간이 금수보다 한 발짝 '진화'했다고 하더라도 필경 이때까지는 반半개화에 지나지 않는다. 홀쩍이는 여성의 손발을 비트는 것이 무슨 재미가 있었겠는가? 그런데 돈이라는 보배가 출현하면서 남성의 진화는 정말 굉장해졌다. 천하의 모든 것을 사고 팔 수 있으므로 성욕 또한 예외가 아니었다. 남성은 몇 푼의 더러운 돈만 쓰면 여성의 몸에서 얻고자 하는 바를 얻을 수 있다. 뿐만 아니라 남성은 여성에게 이렇게 말할 수도 있다. "나는 결코 너를 강간하는 게 아니야. 이건 네가 원한 거야. 네가 몇 푼이라도 얻기를 바란다면 이렇게 저렇게 고분고분해야 해. 우리는 공평한 거래를 하고 있는 거라고!" 여성을 유린할 뿐만 아니라 "고맙습니다, 도련님"이라고 말하도록 요구한다. 이런 일을 금수가 할 수 있는 것이겠는가? 따라서 매음은 남성의 진화에서 상당히 높은 단계가 되었다.

이와 동시에, 부모의 명령과 매파의 말에 따라 이루어진 구식 결혼은 매음에 비하면 훨씬 고명하다. 이 제도 아래에서 남성은 영원히,

종신토록 살아 있는 재산을 얻게 되었다. 신부가 신랑의 침상에 놓이던 시절 여성은 다만 의무가 있을 뿐이고 가격을 거론할 자유조차도 없었으므로 연애는 말해 무엇하겠는가? 사랑과는 상관없이, 주공[3]과 성현 공자의 명분 아래 죽을 때까지 한 사람을 섬기고 정조를 지켜야 했다. 남성은 언제라도 여성을 사용할 수 있었지만, 여성은 성현의 예교를 준수해야 하고 "마음속으로 나쁜 생각을 하는 것만으로도 간음을 저지른 것으로 취급되었다".[4] 만약 수캐가 암캐에게 이런 교묘하고도 엄격한 수단을 쓴다면 암케는 분명 '월담하기'에 바쁠 것이다. 그런데 사람은 기껏해야 우물에 뛰어들어 절부節婦, 정녀貞女, 열녀가 될 수 있을 따름이다. 여기에서 혼인예교의 진화의 의미를 짐작할 수 있다.

남성은 '가장 과학적'인 학설을 들먹이며 여성으로 하여금 예교를 배우지 못했더라도 기꺼이 일부종사할 수 있게 하고, 뿐만 아니라 성욕은 '짐승의 욕정'이라 깊이 믿으며 연애의 기본조건으로 간주하지 않도록 만든다. 이것은 물론 문명 진화의 정점이다.

오호라, 인간 —— 남성 —— 이 금수와 다른 까닭이로구나!

필자주 : 이 글은 도를 옹호하는 글이다.

9월 3일

주)______

1) 원제는 「男人的進化」, 1933년 9월 16일 『선바오』의 『자유담』에 '뤼쑨'이라는 이름으로 발표했다. 루쉰은 『풍월이야기』를 편집하면서 '위밍'이라는 필명으로 고쳐 썼다.

2) 원시사회의 잡혼제에서 일어나는 현상을 가리킨다. 『여씨춘추』(呂氏春秋)의 「시군람」(恃君覽)에 "옛날 태고에는 임금이 없었다. 백성들은 한데 모여 생활하고 무리를 지어 살았다. 어머니는 알고 아버지는 몰랐다"라는 말이 나온다.

3) 주공(周公). 성은 희(姬), 이름은 단(旦), 주(周) 무왕(武王)의 동생이다. 무왕을 도와 상(尙)을 멸망시키고 성왕(成王)의 집정을 도왔으며, 주대 전장(典章) 제도의 수립에 커다란 역할을 했다. '육경'(六經) 중의 『예경』(禮經 ; 『의례』儀禮)은 주공이 지었다고도 하고 공자가 정했다고도 한다. 『예경』 중 특히 혼례에 관한 규정은 봉건사회의 혼인 제도에 커다란 영향을 미쳤다.

4) 『신약전서』 「마태오의 복음서」 5장에 "나는 너희에게 이렇게 말한다. 누구든지 여자를 보고 음란한 생각을 품는 사람은 벌써 마음으로 그 여자를 범했다"라는 말이 있다.

동의와 설명[1]

위밍

상사가 행동하는 데 부하의 동의를 구할 필요가 없다는 것은 천지간의 불변의 진리이다. 하지만 상사가 부하에게 설명을 하는 경우도 있다.

세계적으로 유명한 한 신진 인사는 다음과 같이 말했다. "원시인 시대에는 권위가 있었다. 예컨대 인간은 동물들에게 인간의 의지에 복종하도록 강요했다. 그리고 자유로운 생활을 포기하도록 하는 데 동물의 동의를 구할 필요가 없었다."[2] 이것은 철저하게 맞는 말이다. 그렇지 않았다면 우리가 어떻게 소고기를 먹고 말 타기를 할 수 있었겠는가? 인간이 인간을 대하는 것도 이러하다.

최근 일본 예수교회[3]의 주교는 일본이 성경에서 말하는 천사라고 선언했다. "하나님은 일본을 이용하여 여태까지 유태인을 도살한 백인을 정복하고……무력으로 유태인을 해방시킴으로써 『구약』의 예언을 실현하려 한다." 이 말 또한 분명 백인의 동의를 구한 것이 아닌데, 이는 유태인을 도살한 백인이 유태인의 동의를 구한 적이 없다는 사실과 마찬가지이다. 일본의 대인大人 나리들은 중국에 '국난'國難을 일으키면서 중국 인민의 동의를 구하지 않았다. 일부 지방의 신동紳董들이 지방 치안의 유지를 부탁하며 일본 대인들의 동의를 구하러 간 일에 대해서는 별도로 논의해야 할 것이다. 요컨대 자유롭게 소고기 먹기, 말 타기 등을 하고자 한다면 반드시 자신이 상사이고 다른 사람은 부하임을 선언해야 한다. 혹은 다른 사람을 동물에 비유하거나 자신을 천사로 간주해야 한다.

그런데 여기서 가장 중요한 것은 아무래도 '무력'이지 결코 이론이 아니다. 사회학이건 기독교 이론이건 간에 모두 어떤 권위를 생산하기에는 충분하지 않다. 원시인의 동물에 대한 권위는 활과 화살 따위의 발명에서 생산된 것이다. 이론이라는 것은 뒤이어 생각해 낸 설명에 불과하다. 설명의 역할은 자신의 권위를 만들어 내는 종교적·철학적·과학적·세계적 조류를 근거로 들어 노예와 소, 말로 하여금 이 세계 공통의 법칙을 불현듯 깨닫게 하여 전복에 관한 모든 꿈을 포기하도록 만드는 것이다.

상사가 부하에게 설명을 할 때 부하인 당신에게 동의를 구하고 있다고 오해해서는 절대로 안 된다. 당신이 결코 동의하지 않는다 해도 그는 여전히 자신의 일을 할 것이기 때문이다. 그는 자신의 꿈이 있다. 금은의 재화, 비행기와 대포의 위력이 그의 수중에 있는 한 그의 꿈은 실현되기 마련이고, 당신의 꿈은 끝내 꿈에 지나지 않는다. 만에 하나 실현된다고 하더라도 그는 여전히 당신이 그의 동물주의에 관한 익숙한 문장을 표절했다고 말할 것이다.

들자 하니 최근의 세계 조류는 바로 방대한 권력을 가진 정부가 출현한다는 것인데, 이는 19세기의 인사들이 꿈에도 생각하지 못한 것이다. 이탈리아와 독일은 말할 것도 없고, 영국의 국민정부도 "그것의 실권은 역시 완전히 보수당 일당에게 속해 있다", "미국의 새 대통령이 획득한 경제 부흥을 위한 권력은 전쟁이나 계엄 시기보다 훨씬 더 강력하다."[4] 모든 사람들이 동물 노릇을 하고 있으므로 상사로 하여금 어떠한 동의도 구할 필요가 없게 하는 것, 이것이 바로 세계적 조류이다. 아름답고도 성대하도다. 이렇게 좋은 본보기를 어찌 배우지 않을쏜가?

그런데 나의 이런 설명에도 흠결이 있다. 중국에도 진나라 시황제의 분서갱유가 있었고, 한퇴지[5] 등은 "백성이 쌀, 조, 삼, 비단을 생산하여 윗사람을 섬기지 않으면 곧 처벌받는다"라고 말했다. 이런 생각은 본래 국산품이었던 것이다. 따라서 굳이 민족주의를 배반하면서까지 외국의 학설과 사실을 인용하여 타인의 위풍을 키워 주고 자신의 사기를 죽일 필요가 있겠는가?

9월 3일

주)______

1) 원제는 「同意和解釋」, 1933년 9월 20일 『선바오』의 『자유담』에 발표했다.

2) 1933년 9월 초 히틀러가 뉘른베르크 국가사회주의독일노동자당 대회 폐막 때 한 연설 중 일부이다.

3) 1933년 9월 3일 『다완바오』는 로이터 통신 도쿄발 소식을 실었다. 일본 예수교회의 책임자 나카타(中田)가 "「이사야」(『구약전서』의 「이사야」 제55장)에 나오는 네가 알지 못하는 나라와 또한 너를 알지 못하는 나라와 「요한의 묵시록」 제7편(『신약전서』의 「요한의 묵시록」 제7장)에 천사가 동방으로부터 내려와 하나님의 옥새를 잡는다고 한 것은 모두 일본을 가리켜 한 말이다"라고 하고, 또 "하나님은 장차 일본으로써 여태까지 유태인을 도살한 백인을 정복하고자 한다.……일본은 무력으로 유태인을 해방하여 『구약』의 예언을 실현한다"라고 했다는 내용이다.

4) 당시 세계경제회의에 참석한 국민당 정부 재정부장 쑹쯔원이 귀국하여 1933년 9월 3일 난징에서 한 말이다. 그는 서방 각국 정부의 '지대한 권력'은 "19세기 인사들이 꿈에서도 생각하지 못한 것이다"라고 하며, 중국은 이와 같은 '좋은 본보기'를 배워야 한다고 선전했다. '미국의 새 대통령'은 1933년 3월 취임한 제32대 프랭클린 D. 루스벨트(Franklin Delano Roosevelt, 1858~1919)를 가리킨다.

5) 한퇴지(韓退之, 768~824). 이름은 유(愈), 자가 퇴지, 허양(河陽 ; 지금의 허난 멍현孟縣) 사람. 당대 문학가. 스스로 군망창려(郡望昌黎)라고 했으며, 저서로 『한창려집』(韓昌黎集)이 있다. 인용구는 그의 산문 「원도」(原道)에 나오는데, 원문은 다음과 같다. "백성이 조, 쌀, 삼, 비단을 생산하고 그릇을 만들고 재화를 유통시킴으로써 윗사람을 섬기지 않으면 곧 처벌을 받는다."

문인 침상의 가을 꿈[1]

유광

봄날의 꿈은 뒤죽박죽이다. '여름밤의 꿈'은? 셰익스피어[2]의 희곡을 보아하니 마찬가지로 뒤죽박죽이다. 중국에서는 가을의 꿈을 예로부터 '숙살'[3]이라고 했다. 민국 이전의 사형수는 모두 '입추 뒤 집행'이었는데, 이는 천시天時에 순응하기 위해서였다. 하늘이 인간에게 이렇게 가르쳤으므로 인간은 따라하지 않을 수 없다. 소위 '문인'도 물론 예외일 리 만무하다. 배불리 먹고 침상에 누우면 음식물이 채 소화되기도 전에 꿈을 꾼다. 그런데 이제 다시 가을이 왔으므로 하늘은 인간의 꿈에 위엄을 갖추게 한다.

2권 31기(8월 12일 출판)의 『파도소리』에 '린딩'林丁이라 서명한 어떤 선생이 편집자에게 보낸 편지가 실렸다. 그중 한 단락은 이렇다.

……의 논쟁에서 누가 옳고 누가 그른지는 외부인이 자세히 말할 수 있는 바가 아니다. 그렇지만 상호 간의 비방은 방관자가 보기에도 문

단 전체의 불행으로 받아들이지 않을 수가 없다…… 나는 각각 균등
하게 볼기 100대를 때려 일벌백계로 삼고 나머지 일은 일괄적으로
거론하지 말아야 한다고 생각한다……

이틀 전에도 모某 타블로이드에 서명이 없는 사설이 실렸는데,
일전에 위와 자오 사이에 벌어진 표절 문제에 관한 논쟁[4]에 대하여
마찬가지로 대단히 분노하고 있었다.

……만약 나로 하여금 하루아침에 대권을 장악하도록 해준다면, 나
는 반드시 이런 것들을 체포하여 그들에게 10년 독서라는 중노동으
로 벌할 것이다. 이렇게 하면 중국 문단에도 어쩌면 그래도 맑게 갤
날이 있을지도 모른다.

장헌충은 자신이 몰락하는 처지였으므로 '누가 옳고 누가 그른
지' 불문하고 그저 죽이기만 했다. 청조에는 관원들이 원고와 피고 양
측[5]에게 청홍, 흑백을 불문하고 각각 볼기 100대 혹은 50대를 때리는
경우가 분명 간혹 있었다. 이것은 만주족이 착취할 노예가 필요했기
때문인데, '린딩' 선생의 오래 묵은 꿈이기도 하다. 모 타블로이드의
무명씨 선생은 비교적 개명한 축에 든다. 최소한 그는 상하이공부국[6]
이 하등 중국인을 '벌주는' 방법을 알고 있었던 것이다.
    그런데 첫번째 문제는 어떻게 해야 '하루아침에 대권을 장악'할
수 있는가이다. 생기 없는 문약한 서생이 어떻게 권신權臣이 될 수 있

겠는가? 예전에는 부마로 뽑혀 단번에 벼락출세하기를 기대할 수 있었지만, 이제는 황제가 없으므로 얼굴에 콜드크림으로 떡칠을 해도 공주의 주목을 받을 수 없게 되었다. 기껏해야 부잣집 사위가 되기를 희망할 수 있을 따름이다. 기부금 관리가 되는 방법도 없어진 지 오래이다. 따라서 '대권'에 대해서는 높은 곳에 달린 포도를 쳐다보기만 하는 여우처럼 휜 코[7]를 쳐들고 바라보는 것 외에 다른 방법이 없다. 온전하고 깨끗한 문단을 기대하는 것은 그야말로 너무 아득하기만 한 듯하다.

5·4시기 출판계는 '문인거지'文丐를 발견했고 이어서 다시 '문인깡패'文氓를 발견했다. 그런데 이런 위풍당당한 인물을 나는 올 가을 상하이에서 새롭게 발견한 것이다. 이름이 아직 없으므로 잠시 '문인관리'文官라고 칭하기로 하자. 문학사를 살펴보면 문단이 온전하고 깨끗한 시기가 있기는 하다. 그런데 일찍이 문단의 맑음이 '문인관리'들과 터럭만큼이라도 관련이 있었던 것을 본 사람이 있는가?

그런데 꿈은 좌우지간에 꿀 수 있는 것이고 다행히도 별문제 되지 않으므로 꿈을 써 보는 것도 재미있겠다. 편히들 쉬시게나, 후보[8] 신분의 젊은 대인大人들이여!

9월 5일

1) 원제는 「文床秋夢」, 1933년 9월 11일 『선바오』의 『자유담』에 발표했다.

2) 셰익스피어(William Shakespeare, 1565~1616). 유럽 문예부흥 시기의 영국 극작가. 그의 희곡 『한여름 밤의 꿈』(*A Midsummer Night's Dream*)은 1600년에 출판되었다.

3) '숙살'(肅殺)은 '소슬한 가을 기운이 나무나 풀을 말려 죽인다'는 뜻이다. 구양수(歐陽修)의 「추성부」(秋聲賦)에 다음과 같은 구절이 있다. "대개 가을은 형관(刑官)에 해당하고, 계절로 보면 음(陰)이고 전쟁의 상(兵象)이며, 오행으로 보면 금(金)이다. 이것을 일러 천지의 의기(義氣)라고 하며, 항상 숙살을 핵심으로 삼는다."

4) 위(余)와 자오(趙)는 위무타오(余慕陶)와 자오징선(趙景深)을 가리킨다. 1933년 위무타오가 러화서국(樂華書局)에서 출판한 『세계문학사』(世界文學史)의 상, 중 두 권의 내용 대부분은 자오징선의 『중국문학소사』(中國文學小史)와 기타 다른 사람들이 저술한 중외문학사, 혁명사를 표절한 것이다. 자오징선 등이 『자유담』에서 이 점을 지적하자 위무타오는 재차 강변하며 그의 책은 '정리'한 것이지 표절이 아니라고 말했다.

5) 『상서』(尙書)의 「여형」(呂刑)에 "(원고, 피고) 양측이 모두 왔으니 법관은 오형(五刑) 조례에 따라 처리하겠다"라는 구절이 있다. 상나라 이래 '오형'은 묵(墨; 낙인찍기), 의(劓; 코 베기), 비(剕; 발 베기), 궁(宮; 거세하기), 대벽(大辟; 사형) 등 다섯 가지 형벌을 가리키다 수당부터 태(笞; 매질), 장(杖; 고문), 도(徒; 징역), 유(流; 유배), 사(死; 사형) 등으로 바뀌었다.

6) '공부국'(工部局)은 영국, 미국, 일본 등이 상하이, 톈진 등의 조계지에 설치한 행정기관이다.

7) '흰 코'(白鼻子)는 원래 '어릿광대'를 뜻한다. 옛날 연극에서 어릿광대가 콧날에 흰색을 색칠한 데서 유래하며, 후에 '교활한 사람', '매국노'를 지칭하는 말로 사용되기도 했다.

8) '후보'(候補)는 '관직에 결원이 생기기를 기다리는 관리 후보생'을 가리킨다.

영화의 교훈¹⁾

루뉴

내가 고향 마을에서 중국의 구극舊劇을 보던 시절은 교육으로 '독서인'이 되기 전이고 친구들은 대부분 농민이었다. 즐겨 보던 것에는 공중제비, 호랑이춤, 불덩이가 있었고 도깨비가 나타나기도 했다. 줄거리는 우리와 별 관계가 없었다. 다몐과 라오성의 땅 빼앗기, 샤오성과 정단²⁾의 만남과 이별은 모두 그들의 일이지 호밋자루 잡고 사는 집안의 아이들은 자신이 연단에 오르는 장군이 되거나 과거 보러 상경하는 일은 결코 없을 것이라는 사실을 알고 있었다. 그런데 감동적인 연극 한 편은 아직도 기억하고 있는데, 「참목성」³⁾이라고 했던 것 같다. 한 고관대작이 억울한 누명을 뒤집어쓰고 살해될 처지에 있었는데, 그의 집에 있던 생김새가 아주 닮은 늙은 종이 그를 대신해 '사형을 받는다'는 내용이다. 비장한 동작과 노래가 관객의 마음을 실로 감동시켜 그들로 하여금 자신의 좋은 모범을 발견하게 했다. 우리 고향의 농민들 중 일부는 농번기가 지나면 대부호집에 가서 일을 도왔기 때문이다. 그럴싸하도록 사형집행 직전 마님은 으레 '머리를 감싸고 대성통곡'해야 하고, 그런데 종의 발길에 차인다. 이 순간에도 명분은 엄수해야 충복이자 의사義士이자 호인好人이라고 할 수 있다.

그런데 상하이에서 영화를 볼 때 나는 이미 '하등 중국인'이 되어 있었다. 이층에 앉아 있는 백인과 부자, 아래층에는 중등과 하등의 '중화의 후예'들이 줄지어 있었다. 은막에는 백색 병사들의 전쟁, 백색 나리의 돈 벌기, 백색 아가씨들의 결혼, 백색 영웅의 탐험이 상영되었다. 관객들은 감동하고 부러워하고 공포에 떨며 자신들은 못 하는 일이라고 느꼈다. 그런데 백색 영웅이 아프리카를 탐험할 때는 언제나 길을 열고 부역을 하고 목숨 바쳐 싸우고 대신 죽음으로써 주인이 무사히 귀향하도록 도와주는 흑색 충복이 있었다. 그는 2차 탐험을 준비하면서 충복을 구하지 못하자 죽은 이를 생각하며 얼굴빛이 무거워지고 은막에는 기억 속의 흑색의 얼굴이 나타났다. 황색 얼굴의 관객들도 대부분 희미한 불빛 아래 얼굴빛이 무거워졌다. 그들은 감동했던 것이다.

다행히 국산영화도 발버둥치기 시작했다. 높은 담장으로 뛰어올라 솟구쳐 손을 들고 비검飛劍을 날렸다. 하지만 19로군[4]과 함께 상하이에서 퇴출당하고 지금은 투르게네프의 「봄의 조수」[5]와 마오둔의 「봄누에」[6]의 상영을 준비하고 있다. 물론 이것은 진보이다. 그런데 이때 먼저 상영된 「요산염사」[7]가 엄청나게 선전했다.

이 영화의 주제는 '요족 개화'이고 관건은 '부마 모집'으로 「사랑이 모친을 찾아보다」[8]와 「쌍양공주가 적을 추격하다」[9]와 같은 희곡을 떠올리게 한다. 중국의 정신문명이 전 세계를 주재한다는 거대한 담론은 근래에는 자주 들리지 않았다. 개화를 하자면 당연히 묘족이나 요족들이 사는 곳으로 물러날 수밖에 없고, 이런 대사업을 성공시키자면 우선 '결혼'을 해야 한다. 흑인들과 마찬가지로 황제의 자손들도 유라시아 대국의 공주와 혼인할 수 없으므로 정신문명이 전파될 수가 없다. 이것은 모두들 이 영화로 말미암아 잘 알 수 있는 것이다.

9월 7일

주)______

1) 원제는 「電影的敎訓」, 1933년 9월 11일 『선바오』의 『자유담』에 발표했다.

2) '다몐'(大面), '라오성'(老生), '샤오성'(小生), '정단'(正旦)은 중국 전통극의 배역을 가리킨다. '다몐'은 '다화롄'(大花臉)이라고도 하며 원로, 대신, 재상 등으로 분장하는 역이고, '라오성'은 재상, 충신, 학자 등 중년 이상의 남자로 분장하는 역이며, '샤오성'은 젊은 남자 배역이고, '정단'은 여주인공 배역이다.

3) 「참목성」(斬木誠)은 이 글에 소개된 줄거리에 따르면 청대 이옥(李玉)이 지은 전기(傳奇) 「일봉설」(一捧雪)에서 나온 것이다. 원문에 '목성'이라고 되어 있으나 '막성'(莫誠)이라고 해야 하며 등장인물 '막회고'(莫懷古)의 노복이다.

4) 원래 국민당의 국민혁명군 제11군이었으나 1930년대에 제19로군으로 재편되었다. 1931년 9·18사변 후 상하이에 주둔했으며, 1932년 1월 28일 일본군이 상하이를 진공할 당시에 저항했다. 국민당 당국과 일본이 '상하이정전협정'을 체결한 뒤에는 푸젠(福建)에 가서 '공산당 포위토벌'을 맡았다. 1933년 11월 이 군의 지도자는 국민당의 리지선(李濟深) 등과 연합하여 푸젠에서 '중화공화국인민혁명정부'를 세워 홍군과 더불어 항일, 반(反)장제스 협정을 맺었으나 얼마 못 가 장제스 군대의 공격을 받아 실패했다. 1934년 1월 부대 번호가 취소되었다.

5) 「봄의 조수」(Вешние воды)는 투르게네프(Иван Тургенев)의 중편소설. 1933년 상하이 헝성영화사(亨生影片公司)는 이 소설에 근거하여 동명의 영화를 촬영했다.

6) 「봄누에」(春蠶)는 마오둔(茅盾)의 단편소설. 1933년 상하이 밍싱영화사(明星影片公司)에서 이 소설을 개편하여 동명의 영화를 촬영했다.

7) 「요산염사」(瑤山艶史)는 상하이 이롄영화사(藝聯影業公司)가 출품한 영화. 요족(瑤族) 지구에서 '개화' 사업에 종사한 남자 주인공이 요왕의 딸에게 구애하고 '산에서 나오'지 않기로 결심하는 내용이 있다. 영화사는 1933년 9월 초 상하이에서 개봉될 당시 각 신문에 대대적인 광고를 했다. 이 영화는 국민당 중앙당부에서 주는 '요족 개화'라는 글자가 쓰여진 상장을 받았다.

8) 「사랑이 모친을 찾아보다」(四郞探母)는 경극으로 내용은 다음과 같다. 북송과 요(遼)의 교전에서 송나라 장군 양사랑(楊四郞; 연휘延輝)이 포로로 잡혀 부마가 된다. 후에 사랑의 모친 사태군(佘太君)이 병사를 거느리고 요를 정벌하고, 사랑은 어머니가 그리워 송의 군영에 몰래 들어와 문안한 뒤 요나라도 돌아간다.

9) 「쌍양공주가 적을 추격하다」(雙陽公主追狄)는 경극이며, 내용은 다음과 같다. 북송의 대장 적청(狄靑)이 서쪽을 정벌하는 도중에 길을 잃어 단단국(單單國)으로 들어갔다가 속임수에 걸려 단단왕의 딸 쌍양공주와 결혼하게 되었다. 후에 적청은 도망 나와 계속 서쪽으로 가는데 펑훠관(風火關)까지 공주가 추격해 와서 그의 배신을 힐난했다. 이에 적청이 사실대로 말하자 공주가 감동하고 그를 놓아주었다.

번역에 관하여(상)[1]

뤄원洛文

나의 짧은 글로 말미암아 무무톈[2] 선생의 「「번역을 위한 변호」로부터 러우 번역의 『이십 세기의 유럽문학』을 말하다」(9일 『자유담』에 게재)라는 글이 발표되었다. 이는 나로서는 아주 영광스러운 일일뿐더러 그가 지적한 모든 것들이 진짜 착오였는지도 모른다는 생각이 들었다. 그런데 필자의 주석을 보고 나는 내키는 대로 이야기해도 결코 무의미하지는 않을 문제가 생각이 났다. 그것은 다음 단락이다.

199쪽에 "이 소설들 가운데 최근 학술원(옮긴이: 저자가 소속된 러시아공산주의학원을 가리킨다)이 선정한 루이 베르트랑[3]의 불후의 작품들이 가장 우수하다"는 말이 있다. 나는 여기서 말한 'Academie'라는 것은 당연히 프랑스한림원을 가리킨다고 생각한다. 소련이 학문과 예술이 발달한 나라로 일컬어진다고 하더라도 제국주의 작가를 위해서 선집을 만들 리는 없지 않겠는가? 나는 왜 러우 선생이 그렇게 부실하게 주석을 달았는지 모르겠다.

　도대체 어느 나라의 Academia[4]를 말하는 것인가? 나는 모른다. 물론, 프랑스한림원으로 보는 것이 백 번 옳다고 하더라도 우리가 소련의 대학원이 "제국주의 작가를 위해서 선집을 만들 리는 없다"고 단정할 수는 없다. 10년 전이라면 그럴 리가 없다고 단정할 수도 있다. 물자의 부족 때문이기도 하고 혁명의 신생아를 보호하기 위해서이기도 하다. 자양분이 있는 식품, 무익한 식품, 유해한 식품 같은 것들을 구분하지 않고 함부로 그들 앞에 둘 수는 없기 때문이다. 지금은 괜찮아졌다. 신생아는 이미 장성했을뿐더러 건장하고 총명해졌다. 아편이나 모르핀을 보여 준다 해도 그리 큰 위험이 되지 않는다. 하지만 말할 필요도 없이 한편으로 흡입하면 중독될 수 있고 중독되고 나면 폐물이나 사회의 해충이 된다고 지적하는 선각자가 반드시 있어야 한다.

　실제로 나는 소련의 Academia에서 새로 번역하고 인쇄한 아랍의 『천일야화』, 이탈리아의 『데카메론』, 그리고 스페인의 『돈키호테』, 영국의 『로빈슨 크루소』를 본 적이 있다. 신문에는 톨스토이선집을 찍고 보다 완전해진 괴테전집을 내고 있다는 기사가 실리기도 했다. 베르트랑은 가톨릭 선전가일 뿐만 아니라 왕조주의의 대변인이다. 그런데 19세기 초 독일 부르주아지 문호 괴테와 비교하면 그의 작품이 더 해로운 편도 아니다. 따라서 나는 소련이 그의 선집을 내는 것도 실은 가능한 일이라고 생각한다. 하지만 이런 서적의 앞부분에는 자세한 분석과 정확한 비평을 덧붙인 상세한 서문이 반드시 있을 것이라 생각된다.

　무릇 작가가 독자와 인연이 없을수록 그 작품은 독자에게 더욱 무해하다. 고전적이고 반동적이며 이데올로기가 이미 많이 다른 작품들은 대개 새로운 청년들의 마음을 감동시키지 못하지만(물론 정확한 가르침이 있어야 한다), 그것들로부터 묘사의 재능과 작가의 노력을 배울 수는 있다. 흡사 커다란 비상 덩어리를 보고 나서 그것의 살상력과 결정의 모양 같은 약물학과 광물학적 지식을 얻게 되는 것과 같다. 오히려 무서운 것은 소량의 비상을 음식에 섞어 청년으로 하여금 부지불식간에 삼키도록 하는 것이다. 예컨대 사이비의 소위 '혁명문학'과 격렬함을 가장하는 소위 '유물사관적 비평' 같은 것이 이런 종류들이다. 이런 것이야말로 반드시 조심해야 하는 것이다.

　나는 청년들도 '제국주의자'의 작품을 보아도 괜찮다고 주장한다. 이것이야말로 바로 고어에서 말하는 소위 '시피시기'이다. 청년들이 호랑이나 이리를 보려고 맨주먹으로 깊은 산속에 뛰어드는 것은 물론 바보 같은 짓이다. 하지만 호랑이나 이리가 무섭다고 철책으로 둘러싸인 동물원에도 감히 못 간다면 가소로운 멍청이라고 하지 않을 수 없다. 유해한 문학의 철책이란 무엇인가? 비평가가 바로 그것이다.

9월 11일

덧붙임: 이 글은 발표되지 못했다.

9월 15일

주)________

1) 원제는 「關於飜譯(上)」, 잡지에 게재되지 못했던 글이다. 루쉰은 이 글의 첫 문장('나의 짧은 글로 말미암아'부터 '착오였는지도 모른다는 생각이 들었다'까지)을 「번역에 관하여(하)」의 앞부분으로 옮겨 발표했다. 그런데 『풍월이야기』를 편집하면서 다시 원래 발표하고자 했던 그대로 「번역에 관하여(상)」, 「번역에 관하여(하)」로 엮었다.

2) 무무톈(穆木天, 1900~1971)은 지린(吉林) 이퉁(伊通) 사람. 시인이자 번역가, 창조사에 참가했으며 '좌련'에 가입했다. 그의 글에서 말하고 있는 『이십 세기 유럽문학』은 소련의 프리체(Владимир Максимович Фриче, 1870~1929)의 저서이며, 러우젠난(樓建南; 스이適夷)의 중국어 번역본은 1933년 상하이 신생명서국(新生命書局)에서 출판되었다.

3) 루이 베르트랑(Louis-Jacques-Napoléon 'Aloysius' Bertrand, 1807~1841). 『밤의 가스파르』(Gaspard de la nuit) 등의 작품을 남긴 그는 이후 프랑스 상징주의 시인들에게 영향을 주었다.

4) 라틴어로 과학원을 뜻하며 프랑스어로 'Académie'라고 쓴다. 이 글에서 '프랑스한림원'은 아카데미 프랑세즈(Académie Française)를 가리킨다. '소련의 대학원'은 소련 과학원(CCCP)을 가리킨다.

번역에 관하여 (하)[1]

뤄원

그런데 내가 「번역을 위한 변호」에서 비평가에게 바란 것은 사실 다음 세 가지였다. 첫째는 단점을 지적하는 것, 둘째는 장점을 장려하는 것, 셋째는 장점이 없다면 상대적으로 좋은 점이라도 장려하는 것이었다. 그리고 무무톈 선생이 실천한 것은 첫번째이다. 앞으로는 어떠할 것인가? 다른 비평가가 그다음 글을 쓸 수도 있겠지만, 생각해 보면 이것도 아주 의심스럽다.

따라서 나는 다시 몇 마디 보충하고자 한다. 상대적으로 좋은 점조차 없다면 나쁜 번역본을 꼬집어 낸 다음 그중 어떤 곳들은 그래도 독자에게 이점이 있을 수 있음을 밝혀 주어야 한다는 것이다.

번역계는 앞으로 퇴보할 것 같다. 국민의 궁핍과 재정의 파탄은 잠시 거론하지 않기로 하고 면적과 인구만 해도 4개의 성省은 일본이 앗아 가고 넓은 땅덩어리가 수몰되고 또 다른 넓은 땅덩어리는 가뭄에 시달리고 또 다른 넓은 땅덩어리는 전쟁 중이므로 어림짐작으로도 독자들이 아주 많이 감소했음을 알 수 있다. 판로가 줄어들면서 출판계는 투기와 사기가 훨씬 심해지고, 붓을 든 사람들도 이로 말미암아 더더욱 투기와 사기를 일삼을 수밖에 없다. 사기를 치고 싶지 않은 사람도 생계의 압박 때문에 결국은 상대적으로 조잡하게 마구 만들어 내어 전에 없던 결함이 늘어나게 되었다. 조계지의 주택지 근방의 거리를 걷노라면 세 칸짜리 과일가게의 투명한 유리창 안에는 선홍의 사과, 샛노란 바나나, 이름 모를 열대과일들이 진열되어 있다. 그런데 잠시 걸음을 멈추어 보면 이곳에 들어가는 중국인이 거의 없고 또 살 수도 없음을 알게 된다. 우리 대부분은 동포들이 늘어놓은 과일 난전 에서 몇 푼의 돈으로 문드러진 사과 하나를 살 수 있을 따름이다.

사과는 문드러지면 다른 과일보다 더 맛이 없지만 그래도 사는 사람이 있다. 그런데 우리는 이와 상반된 성격을 가지고 있기도 하다. 머리장식은 '24K 순금'이어야 하고, 사람은 '완전한 사람'이어야 한다 는 것이다. 하자가 있으면 전부를 포기하는 때도 있다. 아내의 몸에 종 기가 몇 군데 났다고 해서 변호사를 불러 이혼을 요구하지는 않는다. 그런데 작가, 작품, 번역에 대해서는 늘 상대적으로 엄격하다. 버나드 쇼[2]는 거선을 타고 다녔으므로 나쁘고, 앙리 바르뷔스[3]는 최고의 작 가라고 할 수 없으므로 나쁘고, 번역자가 '대학교수, 하급관리'[4]이므 로 더욱 나쁘다. 좋은 번역이 다시 나오지 않으면 어떻게 해야 하는 가? 내 생각에는 그래도 비평가들에게 문드러진 사과를 먹는 방법으 로 응급처치를 좀 해달라고 부탁해야 할 것 같다.

이제까지 우리의 비평 방법은 "이 사과는 문드러진 상처가 있어,

안 돼"라고 말하며 단번에 내던지는 것이었다. 그런데 가진 돈이 많지 않은 구매자는 너무 억울하지 않겠는가? 하물며 그는 앞으로 더욱 궁핍해질 것임에랴. 따라서 만약 속까지 썩지 않았다면 "이 사과는 문드러진 상처가 있지만, 썩지 않은 곳이 몇 군데 있으니 그럭저럭 먹을 만하다"라고 몇 마디 덧붙이는 게 제일 좋을 듯하다. 이렇게 하면 번역의 장점과 단점이 분명해지고 독자의 손해도 조금은 덜어 줄 수 있게 된다.

그런데 이런 비평이 중국에는 아직 많지 않다. 『자유담』에 실린 비평을 예로 들면, 『이십 세기 유럽문학』에 대하여 오로지 문드러진 상처만 지적하고 있다. 예전에 저우타오펀 선생이 엮은 『고리키』[5]를 비평한 단문도 몇 가지 결점을 지적한 것 외에는 다른 말이 없었던 것도 생각난다. 전자는 내가 보지 못한 까닭에 달리 취할 만한 점이 있는지 말할 수 없다. 하지만 후자는 한번 훑어본 적이 있는데, 비평가가 지적한 결점 외에도 작가의 용감한 분투와 하급관리들의 비열한 음모 등이 많이 묘사되어 있어서 청년작가들한테 매우 유익한 작품이라고 생각된다. 그럼에도 불구하고 문드러진 상처가 있다는 이유로 광주리 바깥으로 내던져졌던 것이다.

그러므로 나는 각고의 노력을 기울이는 비평가들이 사과의 문드러진 곳을 도려내는 일을 하기를 희망한다. 이것은 '이삭줍기'와 마찬가지로 아주 수고롭지만, 그럼에도 불구하고 필요하고 사람들에게 유익한 일이다.

9월 11일

주)______

1) 원제는「關於飜譯(下)」, 1933년 9월 14일 『선바오』의 『자유담』에 발표했다.

2) 버나드 쇼(George Bernard Shaw, 1856~1950)는 1933년 세계일주를 하던 중 2월 17
   일 상하이를 경유했다.

3) 앙리 바르뷔스(Henri Barbusse, 1873~1935). 프랑스 작가. 저서로는 장편소설『전선』
   (*Le Feu*), 『광명』(*Clarté*), 『스탈린전』(*Staline: Un monde nouveau vu à travers un
   homme*) 등이 있다.

4) 사오쉰메이(邵洵美)는『십일담』(十日談) 잡지 제2기(1933년 8월 20일)에 발표한「문
   인무행」(文人無行)에서 다음과 같이 말했다. "대학교수, 하급관리들은 당국이 월급을
   체불할 경우 공무 틈틈이 평소 소일거리로 읽은 외국소설을 한두 편 번역해서 원고
   료를 타는 수밖에 없다……."

5) 저우타오펀(鄒韜奮, 1895~1944). 장시(江西) 위장(余江) 사람. 정론가이자 출판가.『생
   활』(生活) 주간을 편집하고 생활서국을 세웠으며 저서로는『평종기어』(萍踪寄語) 등
   이 있다.『고리키』(高爾基; 원래 제목은『혁명문호 고리키』革命文豪高爾基이다)는 미국의
   알렉산더 카운(Alexander Kaun)이 지은『고리키와 그의 러시아』(*Maxim Gorky and
   His Russia*)를 편역한 것으로 1933년 7월 상하이서점에서 출판되었다. 여기서 말하
   는 비평 단문은 린이즈(林翼之)가 1933년 7월 17일『선바오』의『자유담』에 실은「『고
   리키』 읽기」(讀『高爾基』)를 가리킨다.

초가을 잡기(3)¹⁾

초가을 잡기(3)[1]

뤼쉰

"가을이 왔다!"

가을이 정말 왔다. 맑은 대낮은 그냥저냥 괜찮지만 밤에는 옥양목 셔츠로는 으슬으슬하다. 신문에는 가을을 맞이하다, 가을을 슬퍼하다, 가을을 애달파하다, 가을을 탓하다……등의 '가을'에 관한 길고 짧은 글들로 가득하다. 유행을 좇기 위해서라도 그렇게 써 보려고 했지만 끝내 써지지가 않았다. 생각건대, '가을을 슬퍼하다' 따위를 하고 싶어도 그만한 복이 있어야 할 터이므로 정녕 너무 부럽기만 하다.

어린 시절, 나를 사랑하고 보호해 주던 부모가 있던 시절, 가장 재미있었던 일은 작은 병을 앓는 것이었다. 큰 병은 고통스럽고 위험하므로 걸려서는 안 된다. 작은 병에 걸려 침대에 나른하게 누워 있으면 조금은 슬프고 조금은 응석 부리고 약간 쓸쓸하면서도 희미하게 달콤했다. 꼭 가을의 시경^{詩境}과 닮았다. 오호애재라. 강호를 떠돌고부터 영감은 몽땅 달아나고 작은 병조차도 걸리지 않는다. 어쩌다 처참한

"""

가을꽃과 침묵하는 대해大海를 운운하는 문학가의 명문을 보노라면
나 자신의 무감각이 더욱 간절할 따름이다. 나는 지금껏 내가 슬픔에
빠져 있다고 해서 홀연 색깔을 바꾸는 가을꽃을 본 적이 없다. 내가 번
잡함을 좋아하든지 고요함을 좋아하든지 간에 바람이 불어야만 대해
가 울부짖었다.

빙잉²⁾ 여사의 가작佳作은 우리에게 알려 준다. "새벽은 과학을 공
부하는 시간이다. 그런데 이 찰나는 그의 지향을 철저히 망각하고 그
의 두뇌의 바다에는 자연의 아름다운 경치를 한껏 향유하고자 하는
목적만이 존재한다……." 이것도 복이다. 내가 공부한 과학은 생물학
교과서 한 권을 읽어 보았을 뿐 아주 일천한 수준이다. 그런데 꽃은 식
물의 생식기관이고, 벌레가 울고 새가 지저귀는 것은 짝짓기 상대를
찾고 있는 것이라는 등의 교훈들은 전혀 잊어버리지 않았다. 어젯밤
황지荒地를 빈둥거리다 들국화 아래에서 울고 있는 귀뚜라미 소리를
들었다. 아름다운 경치처럼 느껴졌고 시흥詩興도 일어나 두 구절의 신
시新詩를 지었다.

<table>
<tr><td>들국화의 생식기 아래,</td><td>野菊的生殖器下面</td></tr>
<tr><td>귀뚜라미가 날갯죽지를 매달고 있다.</td><td>蟋蟀在吊膀子</td></tr>
</table>

쓰고 보니 속인들이 노래하는 속요에 비하면 좀 고아한 편이지
만 '인스피레이션'에서 나온 신시인의 시에 비교하면 아무래도 '상대
적으로 신통치 못하다'. 너무 과학적이고 너무 사실적이어서 우아하

지 않게 되어 버린 것이다. 구시 형식으로 바꾸면 이렇게까지는 아닐 것이다. 옌유링[3] 선생의 번역법에 따르면 생식기관은 '성관'性官이라 할 수 있고, 그렇다면 '날갯죽지를 매달다'는 어떻게 번역할 것인가? 나도 이 말의 어원을 모르지만 상하이에서 나이 먹은 사람들의 말에 따르면, 서양의 남녀가 팔짱을 끼고 함께 걸어가는 것에서 나온 말로 이성을 유혹하거나 구애하는 의미로 뜻이 확대되었다고 한다. '매달 다'는 '건다'는 것이고, 따라서 '서로 끼운다'는 뜻이다. 그렇다면 나의 시는 이렇게 번역된다.

야국성관하
명공재현주

野菊性官下
鳴蛩在懸肘

이해하는 데 힘이 좀 들어도 훨씬 우아하고 훨씬 좋아진 것 같다. 사람들이 이해하지 못하므로 고아하고, 다시 말하면 그래서 좋은 것 이다. 요즘에도 이런 것이 문호가 되는 비결이로구나. '신시인' 사오쉰 메이[4] 선생 부류에게 묻노니, 어떻게 생각하시는가?

9월 14일

주)______

1) 원제는「新秋雜識(三)」, 1933년 9월 17일『선바오』의『자유담』에 발표했다.

2) 빙잉(冰瑩)은 셰빙잉(謝冰瑩, 1906~2000)을 가리킨다. 후난(湖南) 신화(新化) 사람. 작가. 인용문은 그녀가 1933년 9월 8일『선바오』의『자유담』에 발표한「해변의 밤」(海濱之夜)의 일부이다.

3) 옌유링(嚴又陵)은 옌푸(嚴復)를 가리킨다. 그는 인체와 동식물의 각종 기관을 모두 '관'(官)으로 번역했다.

4) 사오쉰메이(邵洵美, 1906~1968). 저장 위타오(余姚) 사람. 영국 유학을 했다. 1928년 상하이에서 금옥서점(金屋書店)을 만들어『금옥월간』(金屋月刊)을 주편하고 유미주의 문학을 제창했다. 저서로는 시집『꽃 같은 죄악』(花一般的罪惡) 등이 있다.

예[1]

웨이쒀

신문을 보는 것은 유익하다. 물론 답답할 때도 있다. 예를 들어 보자. 중국은 세계적으로 국치기념이 가장 많은 국가이다. 그날이 되면 신문에는 으레 몇 가지 기사, 몇 편의 글이 실린다. 그런데 이런 일이 정밀이지 니무 반복되고 니무 오래되면 천편일률직으로 되기 십상이다. 새로운 사건이 일어나지만 않으면 이번에 쓸 수 있는 것이면 다음번에도 쓸 수 있고 작년에 썼던 것은 내년에도 아쉬운 대로 사용할 수 있다. 설령 새로운 사건이 발생하더라도 기존의 문장을 그대로 사용해도 괜찮을 것이다. 어차피 그저 늘 하던 몇 마디 말을 할 수밖에 없기 때문이다. 따라서 건망증에 걸린 사람이 아니라면 새로운 시사점을 찾을 수 없기에 답답함을 느낄 수 있다.

그런데도 나는 그래도 신문을 본다. 오늘 우연히 베이징에서 열린 항일영웅 덩원[2] 추도 기사를 읽었다. 우선 보고가 있었고 이어 강연을 했으며 마지막으로 "예식을 끝내고 연주 속에 대회를 마쳤다"는 것이다.

따라서 나는 새로운 시사점을 얻었다. 무릇 기념이란 '예'일 따름이다.

중국은 원래부터 '예의지국'이다. 예에 관한 책이라면 삼부작[3]이 있으며 외국에서도 번역되었다. 나는 특히 『의례』의 번역자를 존경한다. 사군事君에 대해서는 지금 말하지 않겠다. 사친事親은 물론 효를 다해야 하는 것이다. 그런데 어버이 사후의 방법은 제례로 귀납되며 각각에는 의식이 있다. 다시 말하면 요즘에 행하는 기제사, 음수[4] 같은 것들이다. 새로운 기일이 보태지면 오래된 기일은 좀 덤덤해진다. "새 귀신이 나이가 많고 옛 귀신이 어리"[5]기 때문이다. 우리의 기념일도 오래된 몇 개에 대해서는 그리 열심이지 않고 새로운 몇 개에 대해서도 냉담해지고 있어 앞으로 여염집의 제삿날과 같아지기를 기다리는 수밖에 없다. 누군가 중국이란 나라는 가족을 기초로 한다고 말했는데, 정말 안목이 있다.

중국은 원래 '예의와 양보로써 다스리는 나라'[6]이다. 예의가 있으면 반드시 양보하게 되고, 양보하면 할수록 예의가 더욱 복잡해진다. 어쨌거나 이 부분은 여기서 말하지 않기로 하자.

옛날에는 황로로써 천하를 다스리거나 효로써 천하를 다스렸다.[7] 지금은 어떠한가? 아마도 예로써 천하를 다스리는 시대로 접어든 것 같다. 이런 점을 알게 되면 기념일에 대한 민중의 냉담을 비난하는 것이 잘못임을 알 수 있다. 『예』에서 "예는 아래로 서민에게 미치지 않는다"[8]라고 했기 때문이다. 물질적인 무언가를 아까워하는 것도 잘

못된 것이다. 공자께서 말하지 않았던가? "사야, 너는 양을 아끼느냐? 나는 예를 아끼노라!"[9]

"예가 아니면 보지도 말고 예가 아니면 듣지도 말고 예가 아니면 말하지도 말고 예가 아니면 움직이지도 말"[10]고, 다른 사람들이 "불의를 많이 저질러 반드시 스스로 망하기"[11]를 가만히 기다리는 것, 이것이 예이다.

9월 20일

주)______

1) 원제는 「禮」, 1933년 9월 22일 『선바오』의 『자유담』에 발표했다.

2) 덩원(鄧文, 1893~1933). 랴오닝(遼寧) 리수(梨樹; 지금의 지린) 사람. 항일동맹군 제5로군 총지휘, 좌로군 부총지휘를 담당, 1933년 7월 31일 장자커우(張家口)에서 국민당 간첩에게 암살되었다. 9월 20일 신문에서 "난징의 각계는 어제 덩원을 추도했다"고 전했다.

3) 『주례』(周禮), 『의례』(儀禮), 『예기』(禮記)를 가리킨다. 영국인 스틸(John Steele)의 『의례』(*Yili*) 영역본이 1917년 런던에서 출판되었다.

4) '음수'(陰壽)는 부모의 사후에 생일을 가산하여 쉰, 예순 등과 같은 정수(定數)의 생일을 축하하는 의식을 가리킨다.

5) 『좌전』(左傳) '문공(文公) 2년'에 나온다. 춘추시대 노(魯)의 민공(閔公)이 죽자 그의 이복 형 희공(僖公)이 보위를 계승했고, 희공이 죽자 그의 아들 문공이 계승했다. 세서(世序)에 따르면 종묘의 순위는 민공이 먼저이고 희공이 나중이다. 그런데 문공 2년 8월 태묘(太廟)에서 제사를 지낼 때 그의 부친 희공을 민공의 앞에 두고 "새 귀신이 나이가 많고 옛 귀신이 어리다"고 말했다. 죽은 지 오래되지 않은 희공이 죽을 때 나이가 많았기 때문에 형이라는 것이고, 죽은 지 오래된 민공은 죽을 때 나이가 적었

기 때문에 동생이므로 "앞에 나이가 많은 사람을 두고 뒤에 어린 사람을 둔다"는 뜻
이다.

6) 『논어』의 「이인」(里仁)에 "공자께서 가로되, 예의와 양보로써 나라를 다스릴 수 있는
가? (그렇다면) 무슨 어려움이 있겠는가? 예의와 양보로써 나라를 다스릴 수 없다면
예가 무슨 소용이 있겠는가?"라는 구절이 있다.

7) '황로(黃老)가 천하를 다스린다'라는 것은 도가에서 비롯되어 법가에서 집대성한, 형
명법술(刑名法術)로써 국가를 다스린다는 뜻이다. '효가 천하를 다스린다'는 것은 유
가가 "임금은 임금답게, 신하는 신하답게, 아버지는 아버지답게, 자식은 자식답게"라
는 윤리 사상으로 국가를 다스린다는 것을 뜻한다.

8) 『예기』의 「곡례」(曲禮)에 "예는 아래로 서민에게 미치지 않고, 형벌은 위로 대부에게
미치지 않는다"는 구절이 있다.

9) 『논어』의 「팔일」(八佾)에 "자공(子貢)이 고삭(告朔)에 쓰는 희양(餼羊)을 없애려고 했
다. 공자께서 가로되, '사(賜)야, 너는 양을 아끼느냐, 나는 예를 아끼노라!'"라는 구절
이 있다. 주희의 주에 따르면 '희양'은 '살아 있는 양'(活羊)이다. 제후들이 매월 초하
룻날 제사를 지내고 정무를 처리하는 것을 '고삭'이라고 한다. 자공은 당시 노나라 국
군이 '고삭'의 예를 폐지한 것을 보고 고삭의 예를 행하기 위해 준비하는 양도 일률적
으로 없애려고 생각했다. 그러나 공자는 양이 있어야 예의 형식을 보존할 수 있다고
여긴 것이다.

10) 『논어』의 「안연」(顏淵)에 나온다.

11) 『좌전』 '은공(隱公) 원년'에 나오는 것으로 춘추시대 정(鄭)의 장공(莊公)이 그의 아
우 공숙단(共叔段)에게 한 말이다.

인상 물어보기[1]

타오추이

5·4운동 이후 중국인에게 새로운 성격이 생겨난 것 같은데, 바로 이 것이다. 외국의 명사나 부호가 새로 오면 그들에게 중국에 대한 인상 물어보기를 즐긴다는 것이다.

중국에 강연하러 온 러셀[2]에게 급진적 청년들은 연회를 베풀어 인상을 물어보았다. 러셀은 말했다. "당신들이 나한테 이렇게 잘해주니 나쁜 말을 하고 싶어도 할 수가 없습니다." 급진적 청년들은 벌컥 화를 내며 그가 교활하다고 생각했다.

버나드 쇼가 중국을 유람할 적에 상하이의 기자들이 떼거지로 방문하여 또 인상을 물어보았다. 쇼는 말했다. "내가 무슨 생각을 하건 당신들과는 상관이 없습니다. 만약 내가 10만의 인명을 살상한 무인이라면 당신들이 비로소 나의 의견을 존중하겠지요."[3] 혁명가와 비혁명가 모두 벌컥 화를 내며 그가 매정하다고 생각했다.

이번에는 스웨덴의 칼 친왕[4]이 상하이에 도착하자, 기자 선생들은 역시나 그의 인상을 발표했다. "……발이 닿는 곳마다 현지 관민들의 정성스러운 초대를 받아 감격스럽고 아주 유쾌합니다. 이번 유람 소감은 귀국의 정부와 국민에 대하여 대단히 좋은 인상을 받았으며 영원히 잊을 수 없다는 것입니다." 생각건대, 이것은 어떤 시비도 초래하지 않을 가장 온당한 발언이다.

사실 러셀과 버나드 쇼, 이 두 사람이 교활하다거나 매정하다고 할 수 없다. 어떤 외국인이 자신에게 인상을 물어보려는 사람을 만났을 때 먼저 "당신들의 중국에 대한 선생님의 인상은 어떻습니까"라고 반문한다면, 그것은 정말로 펜을 들기 쉽지 않은 글이 될 것이기 때문이다.

우리는 중국에서 나고 자랐으므로 느끼는 바가 있더라도 '인상'이 될 수 없음은 물론이다. 대신 의견이라고 하면 그럴싸한데, 의견을 묻는다면 또 어떻게 대답할 것인가? 탁한 물 속의 물고기처럼 멍하게 까닭 없이 산다고 말하자니 의견답지가 않다. 중국은 아주 좋다고 말하자니 그것도 어려울 것 같다. 이것야말로 애국자들이 비통해하는 소위 '국민의 자신감을 상실했다'라는 것이다. 그런데 그야말로 상실한 것 같다. 여러 사람들에게 인상을 물어보는 것은 흡사 산가지를 뽑아 점을 칠 때 자신의 마음부터 우선 의심에 사로잡혀 있는 것과 같기 때문이다.

우리 중에 의견을 발표하는 사람도 물론 있기는 하지만, 흔히 보이는 것은 주먹도 없고 용감하지도 않고 '10만의 인명을 살상해' 본 적이 없을뿐더러 오히려 '어린 백성'이라고 자칭하는 사람들이다. 따라서 그들의 의견을 '존중'할 사람도 없고, 다시 말하면 사람들과 '상관이 없다'. 지위가 있고 세력이 있는 큰 인물은 재야에서는 매우 급진적이었을지도 모르지만 이제는 아무런 소리도 내지 않는다. 중국이 "나한테 이렇게 잘해주니, 나쁜 말을 하고 싶어도 할 수가 없게 된" 것이다. 당시 러셀 환영연회에서 그의 대답에 벌컥 화를 냈던 신조사[5]에서 입신출세한 제공諸公들의 현재를 보면, 그야말로 러셀이 결코 교활한 사람이 아니라 오히려 10년 후의 마음을 미리 예견한 선지적 풍자가였음을 느끼게 한다.

이것이 나의 인상이자, 외국인의 입으로부터 베껴 온 모방답안이라고 할 수 있다.[6]

9월 20일

주)______

1) 원제는 「打聽印象」, 1933년 9월 24일 『선바오』의 『자유담』에 발표했다.

2) 러셀(Bertrand Russell, 1872~1970). 영국의 철학자. 1920년 10월 중국에 와서 베이징대학에서 강연을 하였다.

3) 버나드 쇼의 말은 『논어』 반월간 제12기(1933년 3월 1일) 징한(鏡涵)의 「버나드 쇼의 상하이 인터뷰」(蕭伯納過滬談話記)에 나온다. "나한테 이런 말을 묻는 게 무슨 소용이 있겠습니까. 곳곳에서 사람들이 나한테 중국에 대한 인상, 절탑에 대한 인상을 물어봅니다. 솔직히 말해서 내가 무슨 생각을 하건 당신들과는 상관이 없습니다. 당신들이 나의 지휘를 들을 리가 없기 때문입니다. 만약 내가 10만의 인명을 살상한 무인(武人)이라면 당신들이 비로소 나의 의견을 존중하겠지요."

4) 칼 친왕(Carl Gustav Oskar Fredrik Christian)은 당시 스웨덴 국왕 구스타프 5세의 조카로서 1933년 세계여행을 하던 도중 8월에 중국을 방문했다. 본문의 인용문은 그의 인터뷰 내용으로 1933년 9월 20일 『선바오』에 실린 「스웨덴 친왕 방문기」(瑞典親王訪問記)에 나온다.

5) 신조사(新潮社)는 베이징대학의 학생과 교원들이 조직한 문학사단이다. 1918년 말에 조직, 주요 성원으로는 푸쓰녠(傅斯年), 뤄자룬(羅家倫), 양전성(楊振聲), 저우쭤런(周作人) 등이 있다. '비평정신', '과학주의', '혁신문장' 등을 주장했다. 『신조』 월간(1919년 1월 창간)과 '신조총서'(新潮叢書)를 출판했다. 후에 점차 우경화하여 해체되었으며, 푸스녠, 뤄자룬 등은 국민당 정부의 교육문화 분야의 주요 인물이 되었다.

6) 1933년 7월 1일 『문예좌담』(文藝座談) 잡지에 실린 바이위샤(白羽遐)의 「우치야마서점에 잠시 들른 기록」(內山書店小座記)에서 루쉰의 잡문 일부는 일본인 우치야마 간조(內山完造)와의 대화 속에서 "베껴와 『자유담』에 발표한" 것이라고 했다. 루쉰은 이 글을 빌려 바이위샤의 글을 함께 풍자하고 있는 것이다. 『거짓자유서』의 「후기」 참조.

교회밥을 먹다[1]

펑즈위

다이[2] 선생은 「문통의 꿈」에서 유협[3]이 공자를 따르는 꿈을 꾸고서 문장을 논하기 시작했다고 자신의 입으로 말하고서도 훗날 승려가 된 것을 두고 '선현에게 누를 끼쳤다'고 비난했다. 실상 중국은 남북조 이래 문인, 학사, 도사, 승려의 대다수가 '절개가 없는' 것이 특징이다. 진 이래로 명류名流들은 저마다 아무튼 세 가지 놀잇감을 가지고 있었다. 하나는 『논어』와 『효경』이요, 둘은 『노자』요, 셋은 『유마힐경』[4]인데, 그들은 화젯거리로 삼았을 뿐만 아니라 종종 주해註解를 달기도 했다. 당대에는 뒷날 사람들의 익살거리가 된 삼교변론[5]이란 것이 있었고, 소위 명유名儒라는 사람들이 가람의 비문 몇 편을 짓는 것은 그리 큰 일도 아니었다. 송대의 유가들은 도학자적 풍모로 위엄을 갖추고 있지만 선사禪師의 어록을 암암리에 인용했다. 청대는 어떠한가? 멀지 않은 과거이므로 우리는 유자儒者들이 『태상감응편』과 『문창제군음 즐문』[6]을 믿었을뿐더러 승려를 집으로 청해서 독경을 하기도 했음을 알고 있다.

예수교가 중국에 전해지고 신도들은 종교를 믿는다고 생각하지만 교회 밖의 어린 백성들은 모두 그들을 '교회밥을 먹는' 사람이라고 부른다. 이 말은 신도의 '정신'을 참으로 잘 꼬집어 주고 있는데, 대다수의 유불도 삼교의 신자들을 포함해도 좋고 '혁명밥을 먹는' 많은 고참 영웅들에게 사용해도 좋다.

청대 사람들은 팔고문[7]을 '문 두드리는 벽돌'敲門磚이라고 불렀다. 공명功名을 얻는 것이 문을 열고 나면 벽돌이 소용없어지는 것과 같기 때문이다. 요 근래 잡지에는 소위 '주장'[8]이라는 것이 실렸다. 『현대평론』[9]의 양도는 억압 때문이 아니라 이 파의 필자들이 높이 부상했기 때문이고, 『신월』[10]의 조용함은 고참 사원들이 모두 '기어' 올라가서 달과 거리가 멀어졌기 때문이라는 것이다. 우리는 이런 것들을 '문 두드리는 벽돌'과 구별하기 위하여 '하늘로 올라가는 사다리'라고 부르기로 하자.

중국에서 '교'敎라는 것이 이와 같지 않은 적이 있었던가. 혁명을 이야기하다가 충효를 이야기해도 그때는 그때이고 지금은 지금이다. 대大라마승과 함께 원을 그리며 돌다가 탑을 만들어 주의主義를 넣어 두어도 그때는 그때고 지금은 지금이다.[11] 하나만 먹는 것이 좋은 시대에는 마음이 쏠리는 곳을 유일한 존자尊者로 정해야 하지만, 섞어 먹는 것이 좋은 시대에는 여러 종교에는 본시 차이가 없다고 한다. 다만 한 접시는 통오리이고, 다른 한 접시는 오리잡채일 따름이다. 유협 또한 그러하였다. "생강이 든 음식을 물리지 않"[12]던 것에서 불가의 소식素食으로 바꾼 데 불과하므로 위장 속의 분량으로 보면 아무런 차이가 없고, 하물며 승려가 『논어』, 『효경』 혹은 『노자』의 주석을 다는 것이 '천지의 철칙'에 위배되지 않았음에랴?

9월 27일

주)______

1) 원제는 「吃敎」, 1933년 9월 29일 『선바오』의 『자유담』에 발표했다.

2) 다이(達一)는 곧 천쯔잔(陳子展, 1898~1990)을 가리킨다. 후난(湖南) 창사(長沙) 사람. 고전문학 연구자. 「문통의 꿈」(文統之夢)은 1933년 9월 27일 『선바오』의 『자유담』에 실렸는데, 다음과 같은 내용이 있다. "문통의 꿈은 남북조시대의 문인들이 언제나 간직하고 있던 것이다. 유협(劉勰)은 『문심조룡』(文心雕龍)을 지으면서 서문에서 대략 '내가 나이 서른이 넘었을 때 붉은색의 옻칠을 한 예기(禮器)를 들고서 중니(仲尼)를 따라 남쪽으로 가는 꿈을 꾸었다. 잠에서 깨어나서 기뻐하며 중요하도다, 성인을 만나기란 어려운 법인데 뜻밖에 소생의 꿈에 나타나다니? 성인의 뜻을 부연하고 상찬하고자 한다면 주석을 다는 것이 좋을 것이다. 그런데 마융(馬融)과 정현(鄭玄) 등의 여러 유학자들이 이미 정밀한 해석을 내린 바 있어 내가 설령 깊은 이해가 있다고 하더라도 일가를 세우기에 충분하지 않을 것이다. 오로지 문장의 쓰임이라는 것은 경전의 지엽이며, 오례(五禮)는 이를 빌려 완성하고 육전(六典)은 이것으로 말미암아 쓰임에 이르게 된다. 그러므로 나는 붓과 먹을 갈아 비로소 문장을 논하기 시작했다' 라고 했다. 여기에서 유협이 꿈에 공자를 보고 진중하게 스스로 문통을 책임지고 도통은 경학에 몰두하고 부패한 유가들에게 양보했음을 알 수 있다. 그가 이단에 몰두하고 불가에 귀의한 것을 슬퍼한다. 이는 오늘날 함부로 도통을 스스로 책임지려는 자와 같은 병을 앓는 것으로 선현에게 누를 끼치는 일임을 알지 못한 것이다."

3) 유협(劉勰, 약 465~약 532). 자는 언화(彦和), 남조 양나라의 둥관(東莞; 지금의 장쑤 전장鎭江) 사람. 문예이론가. 양 무제(武帝) 때 동궁통사사인(東宮通事舍人)을 역임, 만

년에 출가하여 승려가 되었다.

4) 『유마힐경』(維摩詰經)의 원래 이름은 『유마힐소설경』(維摩詰所說經)으로 불교 경전이다. 유마힐은 경에 기록된 대승거사(大乘居士)로서 석가모니와 동시대인으로 전해진다.

5) '삼교변론'(三敎辯論)은 북주(北周)에서 처음 보이고 당대에 성행했다. 당 덕종(德宗)은 매해 생일에 인덕전(麟德殿)에서 유·불·도 삼교의 변론을 개최했다. 변론의 형식은 아주 장중했으나 삼자가 상식적인 사소한 문제로 대립했고, 실질적인 토론을 벌이기보다는 삼교가 '기원이 같음'을 강조하거나 종종 해학을 섞기도 했다. 당 의종(懿宗) 때 황제 앞에서 '삼교변론'을 소재로 웃음을 유발하는 배우가 있었다는 자료가 있다(『태평광기』太平廣記 권252에 『당궐사』唐闕史 「배우인」俳優人을 인용한 데 나온다).

6) 『태상감응편』(太上感應篇)은 『도장』(道藏)의 「태청부」(太淸部) 저록 30권에 '송(宋) 이창령(李昌齡)이 전함'이라고 되어 있다. 청대 경학가 혜동(惠棟)이 주석을 달았다. 『문창제군음즐문』(文昌帝君陰騭文)은 진대(晉代) 장아자(張亞子)가 지은 것으로 전해진다. 『명사』(明史)의 「예지사」(禮志四)에 장아자가 사후에 인간세상의 봉록과 관적을 관장하는 신인 문창제군이 되었다는 기록이 있다. 둘은 모두 도가의 인과응보 사상을 담고 있다.

7) '팔고문'(八股文)은 명청시대 과거시험의 답안용으로 채택된 문체로서 내용이 없고 지나치게 형식적이라는 비판을 받았다.

8) 1922년 5월 후스는 그가 주관하는 『노력주보』(努力週報) 제2기에 '좋은 정부'(好政府)를 주장하며 '좋은 사람'(好人), '사회적으로 우수한 인재'가 '정치활동에 참가'하여 '좋은 정부'를 만들면 중국은 구원될 수 있다고 했다. 1930년 전후에 후스, 뤄룽지(羅隆基), 량스추 등이 『신월』(新月) 월간에서 거듭 이러한 주장을 내세웠다.

9) 『현대평론』(現代評論)은 문예와 시사를 포괄한 종합 잡지. 후스, 왕스제, 천시잉(陳西瀅), 쉬즈모(徐志摩) 등 영미에서 유학한 지식인들이 만든 동인지이다. 1924년 12월 베이징에서 창간, 1927년 7월 상하이로 이동하여 출판했으며 1928년 12월 정간했다. 현대평론파의 주요 성원 대다수는 교육계와 정계의 요직을 맡았다.

10) 『신월』은 신월사(新月社)가 주관한 문예 위주의 종합성 월간지이다. 동인으로는 후스, 쉬즈모, 천위안(陳源), 량스추, 뤄룽지 등이 있다. 신월사는 인도 시인 타고르의 『신월집』에서 이름을 따왔으며, 신월사의 명의로 1926년 여름 베이징 『천바오 부간』(晨報副刊)에서 『시간』(詩刊) 주간을 내었다. 1927년 상하이에 신월서점을 세우

고, 1928년 3월에 종합적 성격의 『신월』 월간을 출판했다. 1929년에 그들은 『신월』
에 인권, 약법(約法) 등의 문제에 관한 글을 발표하여 국민당 '독재'를 비판하고 영
국, 미국의 법규를 인용하면서 중국의 정치문제 해결에 관한 의견을 제출했다. 그런
데 글이 발표되자 국민당 기관지는 연이어 그들의 "언론은 사실 반동에 속한다"라
고 공격했다. 국민당 중앙은 교육부의 의결을 거쳐 후스에게 '경고'를 하고, 『신월』
월간 제2권 제4기를 압수했다. 이에 신월사의 동인들은 '국민당의 경전'을 연구하고
'당의 뜻'에 맞춘 해명을 했다.

11) 다이지타오(戴季陶) 등 국민당 정계 요인들의 언행에 대한 풍자이다. 다이지타오
는 대혁명 시기에 '혁명'을 주장했으나 후에 충효 등 봉건적 도덕을 고취했다. 그가
행한 "대라마승과 원을 그리며 도"는 것과 "탑을 만들어 주의를 넣어 두"는 것 등은
「초가을 잡기(2)」를 참고할 수 있다.

12) 원문은 '不撤姜食'으로 『논어』의 「향당」(鄕黨)에 나오는 공자의 음식 습관을 가리키
는 말이다. 주희는 "생강(姜)은 정신을 밝게 해주고 더럽고 악한 것을 제거해 줌으로
물리지 않았던 것이다"라고 주석을 달았다.

차 마시기[1]

펑즈위

한 회사가 또 염가판매를 한다 하여 한 냥兩에 은화 2자오角 하는 좋은 찻잎 두 냥을 사왔다. 우선 한 주전자를 끓여 식지 않도록 솜저고리로 싸 두었다. 그런데 뜻밖에도 삼가 조심하며 차를 마시는데 내가 늘 마시던 싸구려 차와 맛도 비슷하고 색깔도 매우 탁했다.

나는 이것이 내 잘못임을 알았다. 좋은 차를 마실 때는 가이완[2] 을 사용해야 하는 법이므로 이번에는 가이완을 사용했다. 과연 끓이고 보니 색이 맑고 맛도 달고 은근한 향에 쓴맛이 적은 것이 확실히 좋은 찻잎이었다. 그런데 좋은 차를 음미하려면 하는 일 없이 가만히 앉아 있을 때라야 한다. 「교회밥을 먹다」를 쓰던 중에 가져와 마시니 좋은 맛은 어느새 사라지고 싸구려 차를 마실 때와 똑같았다.

좋은 차가 있고 좋은 차를 마실 수 있다는 것은 '청복'淸福이다. 그런데 이 '청복'을 누리자면 우선 시간이 있어야 하고, 연습을 통해 터득한 특별한 감각도 있어야 한다. 이런 사소한 경험으로부터 목이 말라 터질 지경에 있는, 근력을 사용하는 노동자에게 룽징야차나 주란 쉔펜[3]을 준다고 하더라도 그는 뜨거운 물과 큰 차이를 느끼지 않을 것이라는 생각을 하게 되었다. 소위 '추사'秋思라는 것도 사실 이런 것이다. 소인묵객騷人墨客이라면 "슬프도다, 가을의 기운이여"[4] 따위를 느끼기 마련이고 바람과 비, 맑고 흐린 날씨가 모두 그에게 자극이 되므로 한편으로 이것 역시도 '청복'이다. 그러나 농군들에게는 매년 이맘때가 벼 베기를 해야 하는 시기일 따름이다.

따라서 섬세하고 예민한 감각은 당연히 속인들에게 속하는 게 아니라 상등인의 상표라고 여기는 사람도 있다. 그런데 나는 이 상표야말로 도산의 전주곡이 아닐까 한다. 우리는 고통을 느끼게도 하지만 보호해 주기도 하는 통각痛覺이라는 것이 있다. 만약에 통각이 없다면 등에 날카로운 칼이 꽂혀도 아무런 지각도 없게 되고, 피를 흘리며 바닥에 쓰러져도 자신이 쓰러지는 이유를 알 수 없게 된다. 그런데 이 통각이 너무 섬세하고 예민하다면 어떻게 되겠는가. 옷 위에 박힌 작은 가시도 감지할 뿐만 아니라 심지어는 옷감의 이음매, 솔기, 털까지도 모두 느끼게 되어 만약 '천의무봉' 같은 옷이 아니라면 온종일 까끄라기가 붙어 있는 것 같아 살아갈 수 없을 것이다. 물론 예민함을 가장하는 사람들은 여기에 속하지 않는다.

감각이 섬세하고 예민한 것은 마비된 것에 비하면 물론 진보적이라고 할 수 있다. 하지만 생명의 진화에 도움이 되는 한에서만 그렇다. 만약 생명을 상관하지 않거나 심지어 방해가 되는 지경에 이른다면 그것은 진화 속의 병태病態로서 머지않아 끝장나고 만다. 청복을 누리고 추심秋心을 품고 있는 고상한 사람과 낡은 옷에 거친 밥을 먹는 속인을 비교해 보면 결국 누가 끝까지 살아가게 될지는 분명하다. 차를 마시고 가을 하늘을 바라보며, 그러므로 나는 생각했다. "좋은 차를 모르고 추사가 없는 것이 오히려 낫겠구나."

9월 30일

주)______

1) 원제는 「喝茶」, 1933년 10월 2일 『선바오』의 『자유담』에 발표했다.
2) 가이완(蓋碗)은 각각 천(天)·지(地)·인(人)을 상징하는 뚜껑, 찻잔, 차 받침이 있는 차를 마시는 도구이다.
3) 룽징야차(龍井芽茶), 주란쉰펜(珠蘭窨片)은 모두 중국의 명차이다.
4) 원문은 '悲哉秋之爲氣也'. 전국시대 초나라 시인 송옥(宋玉)의 「구변」(九辯)에 나온다.

사용금지와 자체제작[1]

루쉰

신문 보도에 따르면 연필과 만년필의 수입이 많아지자 어떤 지방에서는 이미 이것의 사용을 금지하고 붓을 사용하고 있다고 한다.[2]

비행기와 대포, 미국 면화와 미국 보리가 모두 국산품이 아니라는 진부한 말은 그만두고 필기용구에 대해서만 말해 보자.

또한 서예를 쓰고 중국화를 그리는 명인은 차치하고 성실하게 일하는 사람들에 대해서만 말해 보자. 이런 사람들에게 붓은 아주 불편하다. 벼루와 먹은 휴대할 필요 없이 먹물로 대신하면 된다고 치더라도 먹물 역시 국산품인 적이 있었던가. 게다가 나의 경험에 근거하면 먹물도 결코 늘 사용할 수 있는 것은 아니고, 몇천 자 쓰고 나면 붓은 펼 수 없을 정도로 굳어 버린다. 학생들이 벼루를 놓고 먹을 갈고 종이를 펴고 붓을 놀려 강의 내용을 받아쓴다면 만년필을 사용하는 것에 비해 속도가 삼분의 일이나 느리게 된다. 따라서 학생들은 베끼기를 포기하거나 교원들에게 천천히 강의해 달라고 부탁하는 수밖에 없으므로 이것 역시 사람들의 시간을 삼분의 일이나 낭비하게 만드는 것이다.

소위 '편리'라는 것은 결코 게으름 피우기가 아니라 동일한 시간 안에 이로 말미암아 상대적으로 많은 일을 할 수 있는 것이다. 이것이 바로 시간 절약이고 생명이 유한한 인간으로 하여금 더욱 효과적으로 일을 하도록 하는 것이므로 인간의 생명을 연장하는 것과 같은 것이다. 옛사람들이 "사람이 먹을 가는 게 아니라 먹이 사람을 간다"[3]라고 한 것은 종이와 먹 속에서 소모되는 삶을 슬퍼하고 분노했던 것이다. 그러므로 만년필의 제작은 바로 이러한 결함을 보충할 수 있는 것이다.

그런데 만년필은 시간을 소중히 하고 생명을 소중히 하는 곳이라면 반드시 있다. 중국은 그렇지 않으므로 만년필은 당연히 국산이 아니다. 중국에는 물품의 수출입에 관한 장부는 있으나 인민의 숫자에 대한 장부는 아직 없다. 한 사람의 양육과 교육에 부모는 얼마나 많은 물력과 기력을 사용하는가. 그런데 청년남녀들은 하나하나 알지도 못하면서 아무도 주의를 기울이지 않는다. 구구한 시간 같은 것은 당연히 문제 되지 않으므로 붓을 놀리며 살아갈 수 있는 것도 어쩌면 오히려 행복인지도 모르겠다.

우리 중국과 같이 줄곧 붓을 사용한 나라로는 일본이 있다. 그런데 일본에서는 붓이 거의 자취를 감추었고 연필과 만년필로 대용하고 있으며, 이것들을 사용하는 습자교본도 아주 많다. 왜인가? 편리하고 시간을 절약하기 때문이다. 그렇다면 그들이 '밑 빠진 술잔'[4]을 두려

위하지 않는다는 말인가? 아니다. 그들은 자체로 제작할 뿐만 아니라 중국으로 수출까지 하려고 한다.

장점이 있으나 국산이 아닌 경우에 중국은 사용을 금지하지만 일본은 모방해서 제작한다. 이것이 바로 중·일 양국의 확연히 다른 점이다.

9월 30일

주)______

1) 원제는 「禁用和自造」, 1933년 10월 1일 『선바오』의 『자유담』에 발표했다.

2) 1933년 9월 22일 『다완바오』에 광둥·광시성 당국이 '이권 만회'를 위하여 학생들이 만년필, 연필 등 수입 문구를 사용하는 것을 금지하고 붓을 사용하게 했다는 『로이터 통신』 광저우발 기사가 실려 있다.

3) 송대 소식(蘇軾)의 시 「서교수의 '내가 소장한 먹을 보며'를 차운하여 답하다」(次韻答 舒敎授觀余所藏墨)에 나오는 말이다. "이 먹은 족히 삼십 년도 지탱할 듯, 그러나 풍 상이 침해하여 치아를 뽑아 버린다. 사람이 먹을 가는 것이 아니라 먹이 사람을 갈고, 작은 술병이 비기도 전에 큰 술병이 먼저 부끄러워하네."

4) 원문은 '러우즈'(漏卮), '즈'(卮)는 원형의 술잔이다. 한대 환관(桓寬)이 쓴 『염철론』(鹽 鐵論)의 「본의」(本議)에 "샘의 수원도 밑 빠진 술잔을 채울 수는 없다"라는 말이 있다. 후에 '러우즈'는 이익과 권리가 바깥으로 새어 나간다는 비유로 사용되었다.

마술구경[1]

유광

나는 '마술' 구경을 좋아한다.

그들은 강호를 주유하므로 각 지방의 마술은 다 똑같다. 돈을 모으기 위해서는 반드시 두 가지가 필요하다. 흑곰 한 마리와 어린아이이다.

흑곰은 운신할 힘조차도 금방 없어질 듯이 굶주림에 바싹 말라 있다. 당연히 흑곰을 건장하게 키워서는 안 된다. 건장해지면 부릴 수가 없기 때문이다. 지금 초주검 상태임에도 쇠고리에 코가 뚫린 채로 밧줄에 끌려다니며 연기를 한다. 가끔 물에 적신 작은 찐빵 껍질을 주기도 하지만 높이 들어 올린 국자 때문에 흑곰은 일어나 고개를 빼고 입을 벌리는 많은 공을 들여야만 뱃속에 집어넣을 수 있다. 그런데 마술사는 바로 이 때문에 얼마간의 돈을 모으게 된다.

중국에서 이 곰의 유래에 대하여 언급한 사람은 없다. 서양인의 조사에 따르면 새끼 곰을 산에서 붙잡아 온 것이라고 한다. 큰 곰은 사용할 수가 없다. 일단 다 자란 곰이라면 아무래도 야성을 고치기 어렵기 때문이다. 그런데 새끼라고 해도 '훈련'이 필요하다. '훈련' 방법은 '때리기'와 '굶기기'이고, 나중에는 학대로 죽음에 이르게 된다고 한다. 나는 이 말이 확실하다고 생각한다. 우리는 살아 있기는 하지만 숨도 못 쉴 정도로 말라비틀어진 채로 연기하는 곰의 모습을 보는데, 어떤 지방에서는 그것을 '개 곰'이라고 부를 정도로 멸시한다.

어린아이도 무대에서 고생해야 한다. 성인이 아이의 배 위에 올라서거나 아이의 두 손을 비틀면, 아이는 너무 고통스럽고 너무 딱하고 너무 힘겨운 시늉을 하여 구경꾼들이 구출해 내도록 만든다. 여섯, 다섯, 다시 넷, 셋…… 이렇게 해서 마술사는 몇 푼의 돈을 모으게 된다.

물론 이미 훈련을 받은 아이이다. 고통은 짐짓 꾸민 것이자 어른들과 내통한 수작으로 돈을 버는 데 거리낄 게 없는 것일 따름이다.

오후에 징소리와 함께 시작된 마술은 밤까지 계속되고, 끝이 나면 구경꾼들은 흩어진다. 돈을 내는 사람도 있고 끝내 돈을 내지 않는 사람도 있다.

매번 공연이 끝날 때마다 나는 걸어오면서 생각했다. 돈 버는 녀석들은 두 부류가 있는데, 하나는 학대로 죽으면 다시 어린 것을 구해 오는 녀석이고, 다른 하나는 성인이 된 후 어린아이와 새끼 곰을 마련하여 예전과 똑같은 마술을 하는 녀석이라는 것이다.

사정이 참으로 단순할진대, 생각해 보면 따분하기만 할 것 같다. 그럼에도 불구하고 나는 여전히 마술을 자주 본다. 이것 말고 나더러 무엇을 보란 말인가, 제군들이여?

10월 1일

주)______

1) 원제는 「看變戲法」, 1933년 10월 4일 『선바오』의 『자유담』에 발표했다.

쌍십절 회고
— 민국 22년에 19년 가을을 돌이켜 보다[1]

스피史癖

머리말

'쌍십절'[2]이라는 관례적인 글을 쓰려면 우선 자료부터 찾아보아야 한다. 찾는 법은 두 가지가 있는데, 머릿속에서가 아니면 책에서이다. 내가 사용하는 것은 후자이다. 그런데 『묘사자전』描寫字典을 뒤져 보아도 없었고 『문장작법』文章作法을 찾아보아도 없었다. 다행히 '운 좋은 사람은 하늘이 돕는다'는 말처럼 파지 더미에서 한 묶음을 찾아내었는데, 바로 중화민국 19년 10월 3일에서 10일까지 상하이의 각종 대형, 소형 신문에서 발췌한 것들이었다. 올해로부터 이미 장장 3년이나 지난 것들인지라 어디에 쓰려고 오려 붙여 놓았는지 이제는 기억이 잘 나지 않는다. 오늘 나에게 글감을 제공하기 위해서는 아니었을 터이다. 하지만 '폐품 활용'이라고 했겠다. 이왕 건진 바에야 여기에 목록을 베껴 두기로 한다. 그런데 길이를 줄이기 위하여 광고, 기사, 전보의 구분은 명시하지 않고 거개가 모든 신문에 실린 내용이므로 신문의 이름도 생략하기로 한다.

　　무엇에 쓰려고 하느냐고? 그러고 보니 할 말이 없다. 만약 나더러 꼭 말하라고 한다면 3년 전의 내 사진을 보는 것에 비유할 수 있겠다.

10월 3일

강변 경마

중국 적십자회 후난湖南, 랴오시遼西 각 성省을 위한 긴급 의연금 모집

중앙군 천류陳留 점령

랴오닝 방면 부사령부 조직 편성 준비

리현禮縣에서 토비가 성의 주민을 몰살하다

여섯 살 여아의 수태

심슨[3] 부상 위중

왕징웨이汪精衛 타이위안太原 도착

루싱방[4] 투항 교섭

장시江西 공산당 토벌 군대 증강

상품통과세[5] 감면 내년 1월까지 연장

모스크바에서 교포 거부, 56명 귀국

무솔리니의 예술 제창

탄옌카이[6] 일화

전사사戰士社, 사원을 대신하여 공개구혼하다

10월 4일

치톈齊天 대극장, 의욕적으로 개편한 걸작 「서유기」 중추절에 맞추어 개막

전진하는, 민족주의적인, 유일한 문예 간행물 『선봉월간』前鋒月刊 창간호, 쌍십절에 맞추어 출간

공군, 융[7] 지방을 다시 폭격할 예정

비적 토벌 소리 속의 흥미로운 역사

10월 5일

장蔣 주석, 국민정부에 정치범 대사면을 요청하는 전보를 치다

청옌추[8] 무대 등장 성황

웨이러위안[9]의 보증금

10월 6일

반데르벨데[10] 강연 기록

제군들 여기까지 읽고 삼가 나무아미타불……을 노래하기 바란다

모두가 틀렸다, 중추절은 이달 6일이다

자오다이원[11] 재산의 차압, 봉인 문제

후베이 당부 쉬창許昌, 카이펑開封의 탈환을 축하하다

민간이 국민당 깃발을 함부로 사용하는 것을 단속

10월 7일

정부의 청렴운동 호응

진푸철도[12] 전 노선 개통

베이징·톈진 당부 곧 회복

프랑스 윤선에서 창고 직원을 때려 죽인 사건 교섭

왕스전[13] 임종기

펑위샹馮玉祥, 옌시산閻錫山 부대 완전 해체

후베이 라이펑현來鳳縣, 모종에서 쌍 이삭이 나오다

사나운 원혼, 약혼자의 쓸쓸한 운명

귀신이 사람의 등을 공격하다

10월 8일

푸젠성의 전쟁 여전히 격렬

팔로군, 류저우柳州의 교통 봉쇄

앤더슨 고고학팀이 몽고에서 베이핑北平으로 돌아오다

국산품 복장 전시회

남양을 뒤흔든 샤오신암蕭信庵 사건

학교는 국문國文을 중시해야 한다는 의론

정저우鄭州 비행기 납치 후기

탄譚씨댁 만장 대련對聯 가운데 우수한 문장

왕징웨이의 갑작스러운 실종

10월 9일

서북군이 이미 해체되었다

외교부, 영국의 경자년 배상금을 돌려받는 교환각서[14] 발표

베이징 위수부衛戍部가 범인을 총살하다

심슨 차츰 기력 회복

국산품 복장 전시회

상하이, 공전의 댄스연예대회 개최

10월 10일

거국적으로 쌍십절을 경축하다

반역 평정, 전국의 국경일 경축, 장 주석 어제 개선하여 성전盛典에 참석

진푸철도, 임시로 구간별로 운행

수도에서 공범 9명 총살

린다이林埭, 비적에 의해 전부 약탈당하다

라오천웨이老陳圩, 비적에 의한 참혹한 피해

해적이 펑리豊利를 교란시키다

청옌추의 국경일 경축

장리샤蔣麗霞의 잊지 못할 쌍십절

난창南昌시의 맨발 금지

부상병들이 쑨쭈지孫祖基에 대해 분노하며 비난하다

올해 쌍십절은 이전보다 더 기쁘고 경하롭다

결어

나도 "올해 쌍십절은 기쁘고 경하롭기가 예전보다 더하다"라고 말하기로 한다.

10월 1일

부기 : 이 글은 출판되지 못했다. 누군가에 의해 뽑혀 버린 모양이다. 아마도 쌍십절이라는 성대한 의식에 대하여 '작금을 안타까워하는 것'은 물론 어렵거니와 '옛날을 회고하는 것'도 쉽지 않은가 보다.

10월 13일

주)______

1) 원제는 「雙十懷古―民國二二年看十九年秋」, 발표되지 못한 글이다.

2) 1911년 10월 10일 우창봉기 후에 중화민국이 건립되었으며, 1912년 9월 28일 임시 참의원에서 10월 10일을 국경일로 정하고, 1927년 4월 18일 국민당이 난징에 세운 국민정부 역시 '쌍십'(雙十)을 국경일로 삼았다.

3) 심슨(Bertram Lenox Simpson, 1877~1930). 영국인, 중국 닝보(寧波) 출생. 부친은 닝보 중국 해관에서 일했다. 스위스에서 유학하여 영어 외에 프랑스어, 독일어, 중국어를 구사했다. 중국으로 돌아와 해관에서 일하다 1902년부터 신문 사업에 투신했다. 1922년부터 1925년까지 장쭤린(張作霖)의 고문을 겸했으며, 이 기간 동안 베이징 최대의 영자신문 『동방시보』(東方時報, *The Faur Eastern Times*)를 창간하기도 했다. 1930년 옌시산(閻錫山)의 해관 접수에 협조했다가 같은 해 11월 암살당했다. 일생의

대부분을 중국에서 보냈으며 극동 문제에 관한 많은 저서를 내었다.

4) 루싱방(盧興邦, 1880~1945). 토비였다가 군벌이 된 인물. 1931년 가을 난징 국민정부의 홍군 토벌에 주동적으로 참여했다.

5) '상품통과세'(厘金稅)는 만청 정부의 재정적인 곤란함을 해결하기 위해 만들어진 세금으로 각 성마다 '이금국'(厘金局)을 두어 통과세를 거두었으며 1931년까지 시행되었다.

6) 탄옌카이(譚延闓, 1880~1930). 저장 항저우 출생. 청말 천싼리(陳三立), 담사동(譚嗣同)과 더불어 '후샹의 세 공자'(湖湘三公子)로 칭해졌고, 한림편수(翰林編修)를 역임했다. 1907년 '후난헌정공회'(湖南憲政公會)를 조직하여 입헌파의 지도자가 되었고, 1912년 베이징정부에서 후난도독(湖南都督)으로 임명되었다. 1928년 2월에는 난징 국민정부 주석에 임명되었으며, 후에 행정원 원장 등을 지냈다. 1930년 9월 22일 난징에서 병사했다.

7) 융(邕)은 광시(廣西) 난닝현(南寧縣)의 다른 이름이다.

8) 청옌추(程艷秋, 1904~1958). 원래 이름은 청린(承麟)으로 만주족. 후에 한족의 성씨인 청(程)으로 바꾸었으며 청옌추(程硯秋)라고도 한다. 경극에서 여성 주인공 역을 맡았다. 1925년부터 1938년 사이는 그의 황금기이자 '청파'(程派) 예술의 성숙기이다. 창작, 감독, 배우의 1인 3역을 한 실력가이다. 당시 진보적 사상의 영향을 받아 애국주의와 민족주의 사상이 담긴 희곡을 창작했다.

9) 웨이러위안(衛樂園)은 상하이 타이안로(泰安路)에 위치하며 사방이 강으로 둘러싸여 있다. 예인들이 이곳에 무대를 만들어 공연했기 때문에 '웨이러위안'이라는 이름이 생겼다. 1924년 대륙은행이 투자하여 영국, 프랑스, 스페인 등의 건축 양식을 모방한 서양식 건물을 지었으며, 이후 웨이러위안은 상하이 서쪽의 고급주택 지구 중 하나가 되었다. 이곳에는 금융계의 상층인사, 고급관리 등이 거주했다.

10) 반데르벨데(Émile Vandervelde, 1866~1938)는 벨기에의 사회주의자이다.

11) 자오다이원(趙戴文, 1867~1943). 산시(山西) 우타이(五臺) 사람. 민국의 정치인, 육군 상장(上將)을 지냄. 일본 유학시절 동맹회에 가입했다.

12) 진푸철도(津浦鐵路)는 1908년에 건설되기 시작하여 1912년에 전 노선이 완공되었는데, 톈진(天津)에서 장쑤 푸커우(浦口)까지 연결된 철도이다.

13) 왕스전(王士珍, 1861~1930). 베이양군벌 지도자. 원명은 스전(世珍), 즈리(直隸) 정딩(正定; 지금의 허베이) 사람. 베이양 무비학당(武備學堂)을 졸업하고 위안스카이

(袁世凱)를 좇아서 베이양군을 만들었다. 1916년 위안스카이 사후에 돤치루이(段棋瑞) 내각에서 참모총장을 지냈으며, 군벌 혼전 시기에 베이양 원로의 신분으로 즈리계(直隷系), 환계(皖系), 펑톈계(奉天系) 군벌 사이의 모순을 조정하기도 했다.

14) 1922년 영국 정부는 경자년 배상금의 나머지 금액을 중·영 양측에 이익이 되는 사업에 쓰기로 결정하고, 1930년 9월 22일 '중영 경자년 배상금 교환각서'(中英庚子換文)를 체결하여, 곧 만기가 되거나 아직 만기가 되지 않은 배상금을 중국 정부가 교육사업 기금으로 사용하도록 하였다.

33년에 느낀 과거에 대한 그리움
―1933년에 광서 말년을 기억하다[1]

펑즈위

나는 과거의 몇몇 인물에 대해 찬미 몇 마디 할 생각인데, 이것이 결코 '해골의 미련'[2]은 아닐 것이다.

과거의 인물이란 광서 말년에는 소위 '신당'[3]이라고 했고, 민국 초년에는 '노老신낭'이라고 불렸던 사람들이다. 갑오전쟁이 패배하자[4] 그들은 스스로 깨달은 바가 있어 '유신'을 하고자 했으며, 서른, 마흔 중년의 나이로 『학산필담』[5]을 읽고 『화학감원』[6]을 읽기도 했다. 뿐만 아니라 영어, 일본어를 배우려고 굳은 혀로 괴상한 발음으로 읽으면서도 주위 사람들에게 민망해하지 않았다. 목적은 '서양 서적'을 읽기 위함이었고 서양 서적을 읽는 까닭은 중국을 '부강'하게 만들기 위해서였다. 요즘도 헌책 난전에 간혹 나오는 '부강총서'[7]는 최근의 『묘사자전』, 『기본영어』와 마찬가지로 시대에 부응하여 나온 책이었다. 팔고八股 출신의 장지동[8]조차도 뮤취안쑨더러 쓰게 한 『서목답문』에 되도록이면 다양한 번역서를 끼워 넣도록 했다는 사실에서 '유신'

풍조의 열렬함을 알 수 있다.

　그런데 지금은 판이한 현상이 생겨났다. 일부 신청년의 처지는 '노신당'과 달리 팔고의 독에 터럭만치도 감염되지 않았으며 학교 출신이고 국학의 전문가도 아니다. 그런데 전서[9]를 배우고 사[10]를 짓고 『장자』, 『문선』[11]을 보기를 권유하고 편지봉투에는 자신이 새긴 도장이 찍혀 있고 신시는 네모반듯하게 쓴다.[12] 신시 쓰는 취미가 있는 것 말고는 딱 광서 초년의 고상한 사람들과 한 모양이다. 다른 점이라면 변발이 없고 가끔 양복을 입는다는 것일 따름이다.

　요즘 들어 자주 하는 말은 "낡은 병에 새 술을 담을 수 없다"[13]는 것이다. 이 말은 사실 정확하지 않다. 낡은 병에도 새 술을 담을 수 있고 새 병에도 묵은 술을 담을 수 있다. 못 믿겠다면 오가피 한 병과 브랜디 한 병을 실험 삼아 바꾸어 담아 보면 된다. 오가피를 브랜디 병에 담아도 오가피이다. 이 간단한 실험은 '오경조', '찬십자'[14]의 풍격에도 새로운 내용을 집어넣을 수 있을뿐더러 신식 청년의 육신에도 '동성 변종'이나 '선학 요괴'[15]의 졸개를 매복시킬 수 있음을 분명히 보여 준다.

　'노신당'은 식견이 얕았으나 '부강도모'라는 목적이 있었으므로 그들은 단호하고 확실했다. 서양 언어를 배우며 괴상한 소리를 냈지만 '부강의 기술 추구'라는 목적이 있었으므로 그들은 진지했고 열심이었다. 만주족 배척의 학설이 퍼지기 시작하면서 많은 사람들이 혁명당이 된 것은 중국을 부강하게 만들기 위해서였으며 이 일은 만주족을 배척하는 것에서 시작되어야 한다고 생각했기 때문이었다.

만주족 배척은 오래전에 성공했고, 5·4도 일찌감치 지나갔다. 이리하여 전서, 사, 『장자』, 『문선』, 구식 편지봉투, 네모반듯한 신시가 이제 우리의 새로운 기획이 되었고, '고아'古雅를 가지고 이 세상에 발붙이려고 한다. 만약 '고아'를 가지고 이 세상에 정녕 발을 붙일 수 있다면 그것은 '생존경쟁'에 새로운 사례를 보태는 일이 될 것이다.

10월 1일

주)______

1) 원제는 「重三感舊——九三三年憶光緒朝末」, 1933년 10월 6일 『선바오』의 『자유담』에 발표했으며, 당시 제목은 「感舊」, 부제는 없었다.

2) 1921년 11월 11일 쓰티(斯提 ; 예성타오葉聖陶)는 『시사신보』(時事新報)의 『문학순간』(文學旬刊) 제19호에 「해골의 미련」(骸骨之迷戀)을 발표하여 백화문을 제창한 사람들이 때때로 문언문과 구시사(舊詩詞)를 쓰기도 하는 현상을 비판하였다. 이후 이 말은 수구파를 형용하는 부정적인 뜻으로 사용되곤 했다.

3) 청말 무술변법 전후에 유신을 주장하거나 그런 경향이 있는 사람들을 '신당'(新黨)이라고 불렀다. 신해혁명 시기 청 왕조의 철저한 전복을 주장하는 혁명당이 등장했기 때문에 이들을 '노신당'(老新黨)이라 부르게 되었다.

4) 1894년(갑오년)에 일본은 조선을 침략하고 청일전쟁을 일으켰다. 청의 패배로 끝나고 그 이듬해 불평등조약인 '시모노세키'(馬關)조약'을 맺었다.

5) 『학산필담』(學算筆談). 모두 12권이고, 화형방(華蘅芳) 지음. 1882년(광서 8년)에 그의 '산학총서'(算學叢書) 『행소헌산고』(行素軒算稿)에 포함시켰으며, 1885년에 단행본으로 간행했다.

6) 『화학감원』(化學鑒原). 모두 6권이고, 영국인 웰스(D. H. Wells)가 지음. 프라이어(J. Fryer)가 구역(口譯)한 것을 서수(徐壽)가 받아썼다. 1871년 장난(江南)제조국 번역

관에서 출판.

7) 청말 양무(洋務)운동 기간에 각종 '부강총서'(富强叢書)가 출판되었다. 예를 들어 1896년(광서 22년)에 장인환(張蔭桓)이 편집하고 홍원서국(鴻文書局)에서 석인(石印)한 '서학부강총서'(西學富强叢書)는 산학, 전기학, 화학, 천문학 등 12가지로 분류했고, 수록 책은 약 70여 종이다.

8) 장지동(張之洞, 1837~1909). 자는 효달(孝達), 즈이(直隸) 난피(南皮 ; 지금의 허베이에 속한다) 사람, 청조의 대신이다. 동치(同治) 연간에 진사가 되어 쓰촨 학정(學政), 후광(湖廣) 총독, 군기대신을 역임했고, 양무운동을 제창했다. 『서목답문』(書目答問)은 그가 1875년(광서 원년) 쓰촨 학정일 당시에 편한 것이다(일설에는 뮤취안쑨繆荃孫이 대필했다고 한다). 이 책에는 『신법산서』(新法算書), 『신역기하원본』(新譯幾何原本) 등 '서법'(西法) 수학서적 다수가 나열되어 있다. 뮤취안쑨(1844~1919)의 자는 디산(筱珊), 장쑤 장인 사람. 청대의 장서가, 판본학자이다.

9) '전서'(篆書)는 대전(大篆), 소전(小篆)의 통칭이나 일반적으로 진(秦)에서 통용되던 한자체인 소전을 가리키는 말로 쓰이기도 한다. 소전은 한(漢) 이후 예서와 해서로 발전한다. 획이 복잡하고 곡선이 많은 것이 특징이다.

10) '사'(詞)는 당말 민간에서 유행하기 시작하여 송대에는 대표적인 운문이 되었다.

11) 『문선』(文選)은 남조(南朝) 양(梁)의 소명태자(昭明太子) 소통(蕭統)이 편찬한 것으로 진한(秦漢)부터 제량(齊梁) 사이의 시문을 뽑아 놓았으며, 모두 30권이다. 중국에서 현존하는 최초의 시문총집이다. 당대 이선(李善)이 주를 달고 모두 60권으로 나누었다.

12) 신시는 자유로운 형식으로 내면을 토로하는 것임에도 불구하고 형식을 중시하는 오·칠언 율시처럼 글자 수를 맞춰 시의 모양이 전체적으로 네모처럼 되는 것을 가리킨다.

13) 원래는 유럽에서 유행한 속담이다. 『신약전서』 「마태오의 복음서」 9장에 예수는 "낡은 가죽 부대에 새 포도주를 담는 사람도 없다. 그렇게 하면 부대가 터져서 포도주는 쏟아지고 부대도 버리게 된다. 새 포도주는 새 부대에 담아야 둘 다 보존된다"라고 했다. 5·4신문화운동이 일어난 이후 백화문학을 제창하는 사람들은 문언과 구형식으로는 새로운 내용을 표현할 수 없다고 여기고 이 말을 인용하여 비유하곤 했다.

14) '오경조'(五更調)는 '탄오경'(嘆五更)이라고도 하는 민간 곡조의 이름이다. 보통 다섯 첩(疊)으로 이루어지는데, 매 첩은 10구 48자이며, 당 둔황곡자(敦煌曲子) 중에 이

런 형식이 보인다. '찬십자'(攢十字)도 민간 곡조의 이름으로 매구 10자이며, 대체로 3·3·4의 형식으로 배열되어 있다.

15) 각각 원문은 '桐城謬種', '選學妖孽'이다. 5·4신문화운동 초기에 첸쉬안퉁(錢玄同)이 퉁청파(桐城派) 고문이나 『문선』(文選)에 실린 변려문을 모방하는 구파 문인들을 공격하면서 쓴 말이다. 『신청년』(新靑年) 제3권 제5호(1917년 7월)에 실린 천두슈(陳獨秀)에게 보낸 편지에 나온다. 퉁청파는 청대 고문 유파의 하나이다. 주요 작가로는 방포(方苞), 유대괴(劉大櫆), 요내(姚鼐) 등이 있는데, 모두 안후이(安徽) 퉁청(桐城) 사람이다. 따라서 이들과 이들의 문학 사상에 찬동하는 사람들을 퉁청파라 불렀다.

'과거에 대한 그리움' 이후 (상)[1]

펑즈위

조심성 없이 과거에 대한 그리움을 말한 탓으로 스저춘[2] 선생은 「『장자』와 『문선』」이라는 글을 썼다. 나의 그리움이 자신으로 인해 나왔다고 하면서 자신으로 인하여 나온 것이 결코 아니기를 희망한다는 내용이었다.

나는 몇 마디 분명히 밝히고자 한다. 「과거에 대한 그리움」은 스 선생 때문에 쓴 글은 아니지만 스 선생이 포함될 수도 있다는 것이다.

특정한 개인을 대상으로 하는 경우에 최근의 모던한 글의 사례에 비추어 보면 상대방의 관적, 출신, 생김새, 심지어 그의 고향의 특산품과 그의 부친이 무슨 점포를 가지고 있는지를 조사한 다음에 그를 암시하는 말을 해야 적절한 형식이 될 수 있다. 그런데 내 글에는 이런 것들이 전혀 없다. 내 글에서는 유소遺少 무리들의 분위기를 말한 것일 뿐 누구, 누구라고 지목하지 않았다. 그런데 '한 무리'라고 했기 때문에 걸리는 사람이 물론 적지는 않을 것이다. 전체는 아니라고 해도 사지나 마디 어디는 그럴 것이고, 영원히 그 대오에 속한 것은 아니라고 해도 가끔씩은 그 대오에 속했을 것이다. 지금 스 선생 스스로 청년들에게 "문학적 교양에 도움이 되기 위해"『장자』와 『문선』을 읽으라고 권유한 적이 있다고 말한 것은 물론 내가 지적한 것과 다소 관련이 있다. 하지만 내 글이 스 선생 때문에 썼다고 여긴다면 그야말로 '신경과민'이다. 나는 단연코 그런 생각이 없었다.

그런데 이것은 스 선생이 자신의 의견을 설명하기 전의 말이다. 지금은 이런 '관련'조차도 더 멀어졌다. 내가 지적한 것은 다소 완고한 유소 무리들로서 수준이 조금 높은 인물들이기 때문이다.

지금 스 선생의 설명을 보고 (1) 조사 용지의 칸이 너무 좁았으며 "좀 더 넉넉했더라면" 그가 "책 몇 권을 더 써 넣고 싶었다"라는 당시의 상황을 비로소 알게 되었고, (2) 그의 이전의 이력을 알게 되었다. "국어 교사에서 잡지 편집인으로 옮겨 생활하"면서 "청년들의 문장이 너무 졸직拙直하고 어휘가 너무 부족하다"라고 느꼈기 때문에 고서 두 권을 추천하여 그들로 하여금 문법을 배우고 어휘를 찾아보게끔 했는데, "비록 그중 많은 글자가 이미 사어가 되었다고 하더라도" 찾아보는 수밖에 없다는 것이다. 생각건대, 장자가 오늘날 태어났다면 관이 쪼개진 후에[3] 결혼에 뜻을 둔 모든 여성들에게 『열녀전』[4]을 보라고 권할지 모르겠다.

또 이런 말들도 있었다.

(1) 스 선생은 내가 병과 술을 들어 '문학적 교양'을 비유한 것은 잘못이라고 말했다. 그런데 나는 결코 그렇게 비유한 적이 없다. 나는

일부 신청년이 구(舊)사상을 가지고 있을 수 있고, 몇몇 구형식에는 새로운 내용을 담을 수도 있다고 말했을 따름이다. 나도 '신문학'과 '구문학' 사이에는 확연한 경계가 있을 수 없다고 생각한다. 그렇다고 하더라도 탈바꿈도 있고 상대적 편향이란 것도 있으며, 뿐만 아니라 '무엇으로도 경계를 삼을' 수 없기 때문에 '제3종인'[5]의 입장이란 것도 존재할 수 없다.

(2) 스 선생은 전서 쓰기 따위는 모두 개인적 일로 남들에게 같은 일을 하도록 강요하지 않으면 된다고 말했는데, 이는 맞는 말인 것처럼 보인다. 그런데 중학생과 투고자는 자신들의 문장이 너무 졸직하고 어휘가 너무 부족하지만, 그들은 어휘가 부족하고 문법이 졸직한 문장을 쓰도록 남들에게 강요하지 않는다. 그럼에도 불구하고 스 선생은 어찌하여 크게 느낀 바가 있어서 '문학에 뜻을 둔 청년'들에게 『장자』와 『문선』을 읽어야 한다고 권유하는가? 스 선생은 과거科擧 시험관이 사詞로 선비를 선발하는 것을 못마땅하게 여기면서도 교사와 편집인이 되자마자 『장자』와 『문선』을 청년들에게 권유하고 있는데, 나는 이 사이에 어떤 경계가 있는지 정녕 알 수가 없다.

(3) 스 선생은 게다가 '루쉰 선생'을 거론하기도 했다. 마치 루쉰 선생이 장자의 새로운 도통을 계승했으며, 그의 모든 문장이 『장자』와 『문선』을 읽은 데서 비롯되기나 한 것처럼 말이다. "나는 이것도 다소 독단적이라고 생각된다." 그의 문장에는 물론 '지호자야'之乎者也 따위의 『장자』와 『문선』에 있는 자구들이 많기는 하지만, 이러한 자구들은 생각해 보면 다른 책에도 없다고 할 수 없기 때문이다. 다시 더

노골적으로 말하면 이런 책들에서 살아 있는 어휘를 찾는 사람은 그야말로 멍청이일 터인데, 설마 스 선생 본인도 그렇게까지는 하지 않을 것이라 생각한다.

10월 12일

[비고]
『장자』와 『문선』⁶⁾

스저춘施蟄存

지난달 『다완바오』의 편집인이 나더러 (1) 목하 읽고 있는 책, (2) 청년에게 소개할 책이라는 두 항목을 채워 달라고 하며, 표가 그려진 우편물을 보내왔다.

두번째 항목에 나는 『장자』, 『문선』이라고 쓰고, "청년들의 문학적 교양에 도움이 되기 위해"라는 주석을 덧붙였다.

오늘 『자유담』에 펑즈위 선생이 쓴 「과거에 대한 그리움」이라는 글을 보고 나도 모르게 신경이 과민해져서 펑 선생의 글이 나 때문에 나온 것이라는 생각이 들었다.

하지만 지금 나는 펑 선생을 겨냥하여 무슨 논박을 하려는 것이 아니라 이 기회를 빌려 나 자신에게 설명을 해보고 싶을 따름이다.

첫째, 나는 청년들이 『장자』와 『문선』을 읽기를 바란 까닭에 대하여 설명해야 한다. 최근 몇 년 사이에 내가 국어 교사에서 잡지 편집인으로 옮겨 생활하면서 청년들의 문장과 접촉할 기회가 실로 아주 많아졌다. 나는 늘 청년들의 문장이 너무 졸직하고 어휘가 너무 부족하다고 느꼈기 때문에 『다완바오』 편집인이 보내온 좁디좁은 칸에 이 두 책을 추천했던 것이다. 나는 이 두 책에서 문장을 짓는 방법을 깨달을 수 있고, 동시에 어휘 ─ 비록 그중 많은 글자가 이미 사어가 되었다고 할지라도 ─ 를 늘릴 수 있을 것이라고 생각했다. 물론 청년들이 모두 『장자』, 『문선』 류의 '고문'을 쓰기를 바란 것은 결코 아니다.

둘째, 나는 문학에 뜻을 둔 청년들이 이 두 권을 읽을 수 있기를 바랐을 따름이었음을 설명해야 한다. 나는 문학가라면 모름지기 이전 시대의 문학으로부터 도움을 받아야 한다고 생각한다. 나는 '신문학'과 '구문학', 이 사이에 도대체 어떤 경계가 있는지 모르겠다. 문학적으로 '낡은 병에 새 술을 담는다'와 '새 병에 낡은 술을 담는다'와 같은 비유는 잘못이라고 생각한다. 개인의 문학적 교양을 술에다 비교한다면, 우리는 이렇게 말할 수는 있을 것이다. 술병이 새 것인지 낡은 것인지는 상관이 없지만, 술은 반드시 양조하여 나온 것이어야 한다는 것이다.

내가 문학청년들에게 『장자』와 『문선』을 읽으라고 권유한 목적은 그들에게 '양조'하기를 바라는 데 있었다. 『다완바오』 편집인이 보내온 표가 좀더 넉넉했더라면 나는 책 몇 권을 더 써 넣고 싶었다.

이쯤에서 우리가 루쉰 선생을 거론해도 무방할 것이다. 루쉰 선생 같은 신문학자는 차고 넘치는 새 병이라고 할 수 있을 법하다. 그런데 그의 술은 어떤가? 순수한 브랜디인가? 나는 그렇게 생각하지 않는다. 고문학적 교양을 거치지 않았더라면 루쉰 선생의 신문장이 지금처럼 좋을 리가 없다. 따라서 루쉰 선생 같은 병에도 오가피나 사오싱주^{紹興酒}의 성분이 허다하게 들어가 있기 마련이라고 감히 말할 수 있다.

펑즈위 선생은 전서를 쓰고, 사를 짓고, 자신이 새긴 도장이 찍힌 편지봉투를 사용하는 것은 모두 학교 출신이 아니거나 국학 전문가들의 일이라고 했는데, 나는 이것이 다소 독단적이라고 생각된다. 이런 것들은 사실 개인적 일일 따름이다. 전서를 쓰는 사람이 전서로 편지를 쓰지 않는다면, 사를 짓는 사람이 관리가 되고 나서 사로 선비를 선발하지 않는다면, 자신이 새긴 도장이 찍힌 봉투를 사용하는 사람이 남들에게 전용 봉투를 만들라고 요구하지 않는다면, 그렇다면 펑 선생이 입과 붓으로 '변종', '요괴'라고 단죄해서는 안 되는 것이다.

신문학자들 가운데는 목각을 만지작거리는 사람도 있고 판본을 연구하는 사람도 있고 장서기록표를 모으는 사람도 있고 백화로 된 서간집의 서문을 변려체로 쓰는 사람도 있고 심지어는 책상에 작은 장식품들을 진열하는 사람도 있다. 펑 선생의 의견에 따라 말하면, 그들은 "'금아'^{今雅7)}를 가지고 이 세상에 발을 붙이고자 한다"는 말인가? 나는 그들이 이런 기획을 갖고 있다고 생각하지 않는다.

마지막으로 펑 선생의 그 글이 결코 나로 인하여 나온 것이 아니기를 희망한다.

10월 8일 『자유담』

주)________

1) 원제는 「"感舊"以後(上)」, 1933년 10월 15일 『선바오』의 『자유담』에 발표했다.

2) 스저춘(施蟄存, 1905~2003). 저장 항저우 사람, 작가. 1932년에서 1934년까지 『현대』 (現代) 잡지를 주편했다.

3) 장자 사후에 관이 쪼개진 이야기는 명대 풍몽룡(馮夢龍)이 집록한 『경세통언』(警世通言) 제2권 「장자휴고분성대도」(莊子休鼓盆成大道)에 보이는데, 대의는 다음과 같다. 장자가 죽은 지 얼마 지나지 않아 그의 아내 전씨(田氏)가 초(楚)의 왕손(王孫)과 재혼했다. 결혼할 때 갑자기 왕손이 심장앓이를 하자 그의 하인이 사람의 뇌수를 먹어야 낫는다고 말했다. 이에 전씨는 장자의 뇌수를 얻고자 도끼를 들고 관을 쪼갰다. 놀랍게도 관이 쪼개지자 장자가 관 속에서 숨을 내쉬며 일어나 앉았다는 것이다.

4) 원문에는 『열녀전』(烈女傳)이라고 되어 있다. 한대 유향(劉向)이 '정순'(貞順) '절의'(節義) 등 7류로 분류하여 쓴 『열녀전』(列女傳)이 있는데, 아마도 이 책을 가리키는 듯하다.

5) 1931년에서 1933년 사이 좌익문예계가 '민족주의 문학'을 비판할 때, 후추위안(胡秋原), 쑤원(蘇汶; 즉 두헝杜衡)은 '자유인', '제3종인'을 자처하며 '문예의 자유'론을 주장하고, 좌익문예운동이 문단에서 '패권'을 장악하고 창작의 '자유'를 방해하고 있다고 비난했다.

6) 원제는 「『莊子』與『文選』」.

7) 루쉰이 고문을 공부하고 쓰는 사람들에 대해 '고아'를 가지고 이 세상에 발을 붙이려고 한다고 한 말을 스저춘이 비꼬고 있는 것이다.

'과거에 대한 그리움' 이후 (하)[1]

펑즈위

좀더 써야겠다. 그런데 우선 스저춘 선생의 말에서 비롯된 것이기는 하지만 결코 그 사람 때문에 쓰는 것은 아님을 분명히 밝혀야겠다. 개인에 대하여 나는 원고에서 늘 이름을 거명했음에도 불구하고 인쇄되기만 하면 종종 '모'某라는 글자나 혹은 모든 부호富豪의 성명, 위험한 글자, 생식기관의 속어를 대표하는 공통부호인 '××'로 바뀌어 버린다. 나는 오해를 피하기 위하여 이 글의 몇몇 글자들이 그렇게 변하지 않기를 희망한다.

내가 지금 하고자 하는 말은 '말하기도 어렵고 말하지 않기도 쉽지 않다'는 것이다. 붓을 놀리는 사람은 어쨌거나 글을 써야 하는 법이지만, 일단 글을 쓰면 황허黃河의 물이 허술한 제방을 공격하는 식의 재난을 피하기 어렵다. 따라서 맨팔을 드러낸 여인과 오자誤字를 쓴 청년은 비아냥의 대상이 된다. 실로 힘도 없고 용기도 없는 그들은 상하이 조계에서 '머저리'라고 불리는 처지를 견디는 것 말고는 달리 방법이 없는 촌사람처럼 그저 인내할 수밖에 없다.

그런데 몇몇은 억울한 일을 당한다. 되는대로 예를 들어 보면, 『논어』論語 26기에 실린 류반눙[2] 선생이 '주석 달고 비평한' 『동화지두당시집』이라는 타유시[3]가 그것이다. 그는 베이징대학 입학시험의 채점위원을 하면서 국문 답지에서 우스운 오자를 발견하고 그것을 소재로 시를 지었다. 학생들은 쥐구멍이라도 파야 할 지경으로 조롱당했는데, 그들은 모두 막 중학교를 졸업한 학생이었다. 물론 교수인 그가 지적한 것들이 모두 틀린 것은 아니지만, 나는 생각해 볼 만한 여지가 조금은 있다고 본다. 시집에는 이런 '주석'이 있다.

'창명문화'倡明文化라고 쓴 답안이 있었다. 여余가 가로되, '창'倡은 곧 '창'娼이다. 무릇 문화가 발달한 곳이라면 창기娼妓도 반드시 많이 있으므로 문화가 창기로 말미암아 밝아졌다는 말도 이치에 맞다.[4]

창기의 창娼을 지금은 '창'倡이라고 쓰지 않지만 과거에는 두 글자가 통용되었으니 아마도 류 선생이 고서에 근거하여 설명한 것일 터이다. 그런데 고서를 끌어들인다면, 나는 『시경』에 나오는 '창여화녀'倡予和女[5]라는 구절이 생각나는데 아직까지 '나도 기생이 되어 당신에게 화답한다'라는 뜻으로 해석하는 사람은 없는 것 같다. 따라서 그 오자는 그저 오자일 따름이지 우습다거나 천박한 것과는 무관하다. 또 다른 구절도 있다.

'과학사상의 싹^芽을 틔우기^萌'를 희망한다.[6]

류 선생은 '틔우기'^萌라는 글자와 '싹'^芽이라는 글자 옆에 가위표를 했는데, 아마도 우스운 곳임을 드러내기 위해서일 터이다. 그런데 나는 '맹아'^{萌芽}, '맹얼'^{萌蘖}에서는 분명 명사로 쓰이지만 '맹동'^{萌動}, '맹발'^{萌發}에서는 동사이므로 '맹'자를 동사로 사용해도 틀리지 않은 것 같다.

5·4운동 시기에 백화를 제창^{提倡}——류 선생은 '창녀를 제기한다'고 해석할지도 모르겠다——한 사람들은 글자 몇 개를 잘못 쓰고 고전 몇 개를 잘못 인용하는 것들을 개의치 않았다. 그런데 일부 반대자들이 백화를 제창하는 사람들은 모두 고서를 모르고 함부로 떠든다고 말했기 때문에 그들의 입을 틀어막기 위하여 종종 고문 몇 구절 쓰기도 했다. 물론 옛 성채에서 나왔다고 하지만 고질적인 습관이 아수 깊이 박혀 있어서 단번에 벗어나지 못하고, 이로 말미암아 고문의 분위기를 띤 작가도 없었다고는 말할 수 없다.

당시의 백화문운동은 승리했고 일부 전사들은 이로 말미암아 기어올라 갔다. 그런데 기어올라 갔기 때문에 더 이상 백화를 위해 싸우지 않을뿐더러 백화를 발아래 짓밟고 고자^{古字}를 들고 나와 후배 청년들을 비웃기까지 한다. 아직까지도 고서, 고자를 가지고 비웃기 때문에 일부 청년들은 고서 보기를 빠뜨릴 수 없는 공부로 간주하고 문언을 상용하는 작가들을 당연히 모방해야 한다 생각하여 더 이상 새로운 길에서 발전을 도모하거나 새로운 국면을 열려고 하지 않게 되었다.

지금 여기에 두 사람이 있다. 한 사람은 '유학생'留學生을 '유학생' 流學生이라고 한 글자를 잘못 쓴 중학생이고, 다른 한 사람은 득의양양하게 "선생은 하늘 가득 죄를 짓고, 벌 받아 서양에 가서 배움을 표류하니, 응당 구류보다 한층 심한 벌, 밀기울이 냄비 기름에 지글지글"[7]이라는 시를 지은 대학교수이다. 우리 한번 보시게나, 어느 편이 우스운가?

10월 12일

주)______

1) 원제는 「'感舊' 以後 (下)」, 1933년 10월 16일 『선바오』의 『자유담』에 발표했다.

2) 류반눙(劉半農, 1891~1934). 이름은 푸(復), 호가 반눙, 장쑤 장인 사람이다. 베이징대학 교수, 베이핑대학 여자문리학원(女子文理學院) 원장 등을 역임했다. 『신청년』 편집인을 지냈으며, 신문학운동 초기의 주요 작가이다. 이후 프랑스에 유학하여 어음학을 연구하면서 사상이 보수적으로 바뀌었다. 저서로는 『양편집』(揚鞭集), 『와부집』(瓦釜集), 『반눙잡문』(半農雜文) 등이 있다. 그의 『동화지두당시집』(桐花芝豆堂詩集)은 『논어』 반월간에 연재되었는데, 이 글에서 인용한 시와 주석은 모두 이 책의 「열권잡시」(閱卷雜詩) 6수(1933년 10월 1일 『논어』 제26기에 실렸다)에서 나온 것이다.

3) '타유시'(打油詩)는 내용이 통속적, 해학적이며 격률을 중시하지 않는 구체시(舊體詩)를 가리킨다. 당대(唐代) 장타유(張打油)의 시에서 비롯되었다고 전해진다.

4) 류반눙은 '문화를 노래하다'라는 뜻으로 쓰려면 '唱明'이라고 써야 한다고 보았으므로 학생들이 '倡明'이라고 쓴 것은 잘못이라고 조롱하고 있는 것이다.

5) 『시경』의 「정풍(鄭風)·탁혜(蘀兮)」에 "작은 도련님 큰 도련님, 노래하면 내가 당신에게 화답하리"(叔兮伯兮, 倡予和女)라는 구절이 나온다.

6) 원문은 "幸'萌科學思想之芽'"이다.

7) 시의 원문은 "先生犯了彌天罪, 罰往西洋把學流, 應是九流加一等, 麵筋熬盡一鍋油"이
다. 류반눙이 '머물러 공부하는 학생'(留學生)을 '표류하며 공부하는 학생'(流學生)이
라고 쓴 학생을 조롱하며 쓴 시이다. 류반눙은 이 시의 '주석'에서 다음과 같이 말했
다. "옛날의 구류(九流)는 아무리 멀리 나가도 국경을 넘지 못했는데, 오늘날에는 외
국으로 표류하니(流) 죄의 다스림이 한층 심해진 것이다. 예전에 우즈라오(吳雉老)는
'외국이 커다란 기름 냄비라고 한다면 유학생(留學生)은 밀기울 튀김이다. 갈 때는 작
지만 돌아올 때는 크다는 것을 말한 것이다'라고 말했다. 이에 근거하면 유학생(流學
生)은 표류할 뿐만 아니라 기름 냄비 지옥에도 들어가는 것이로다. 아아, 참혹하지 않
은가!"

황화[1]

유강尤剛

요즘 소위 '황화'라고 하는 것은 우리 스스로가 황허黃河의 제방이 터지는 것을 가리키고 있지만, 30년 전에는 이런 뜻이 아니었다.

그때는 황색인종이 유럽을 말아먹으려 한다는 뜻으로 해석했다. 몇몇 영웅들은 이 말을 백인으로부터 '잠자는 사자'로 존중받는 것처럼 듣고는 여러 해 동안 의기양양하게 유럽의 어르신이 될 준비를 했다.

그런데 '황화'라는 이야기의 유래는 우리의 환상과 달리 독일 황제 빌헬름[2]에게서 비롯되었다. 그는 로마 장식을 한 무사가 동방에서 서방으로 온 사람을 막아 내는 그림을 그리기도 했다. 하지만 그 사람은 공자가 아니라 부처였으니, 중국인은 참으로 근거 없이 좋아했던 것이다. 따라서 우리는 한편으로 '황화'의 꿈을 꾸고 있지만, 독일 치하의 칭다오[3]에서 목격한 현실은 백색 경찰이 전봇대를 더럽힌 불쌍한 어린이를 중국인이 오리를 들고 가는 모양으로 거꾸로 든 채로 잡아가는 것이다.

현재 히틀러가 비非게르만족의 사상을 배척하는 방법은 독일 황제와 한 모양이다.

독일 황제가 말한 '황화'에 대하여 이제 우리는 더 이상 꿈꾸지 않고 '잠자는 사자'라는 말도 더 이상 언급하지 않고 '넓은 땅 풍부한 물산, 많은 인구'⁴⁾라는 표현도 글에서 자주 보이지 않는다. 사자라면 얼마나 비대한지를 자랑한다고 해도 문제 되지 않지만, 돼지나 양이라면 비대하다는 것이 결코 좋은 징조가 아니다. 나는 이제 우리 스스로가 무엇과 닮았다고 생각하는지 모르겠다.

우리는 더 이상 무슨 '상징' 따위를 생각하지도 않고 찾아내지도 못하는 것 같다. 우리는 지금 하겐베크⁵⁾의 맹수 서커스를 보며 날마다 소 한 마리를 먹어야 한다는 사자와 호랑이가 소고기를 먹는 장면을 감상하고 있다. 우리는 국제연맹⁶⁾의 일본에 대한 제재에 대해 탄복하는 동시에 일본을 제재할 수 없는 국제연맹을 우습게 본다. 우리는 '평화를 보호'하는 군축⁷⁾에 찬성하는 동시에 군축을 물리친 히틀러에 탄복한다. 우리는 다른 나라가 중국을 전쟁터로 삼을까 두려워하는 동시에 반전대회를 증오한다. 우리는 여전히 '잠자는 사자'인 것 같다.

'황화'는 단번에 '복'으로 바뀔 수도 있고 깨어난 사자도 재주를 부릴 수 있다. 유럽대전 당시 우리는 남들을 대신해서 목숨을 바친 노동자들이 있었고, 칭다오가 점령되자 거꾸로 들어도 되는 아이가 생겨났다.

그런데도 이십 세기의 무대에서 우리의 역할이 없다고 말하는
것은 합리적이지 않다.

10월 17일

주)______

1) 원제는 「黃禍」, 1933년 10월 20일 『선바오』의 『자유담』에 발표했다.

2) 빌헬름 2세(Wilhelm II, 1859~1941)를 가리킨다. 그는 재위 기간 중인 1897년에 중국
의 자오저우만(胶州灣)을 강점하고, 1900년에는 팔군연합군에 참가했다. '황화'론을
고취하고, 1895년에 「유럽 각국의 인민은 당신들의 가장 신성한 재산을 보위하라!」
라는 제목의 그림을 그리기도 했다. 그림에는 『성경』에 나오는 천사의 제1인자이자
전쟁에 능한 미카엘 ── 독일에서는 자국의 보호신으로 간주한다 ── 을 서방의 상징
으로 그리고, 짙은 연기에 둘러싸인 거룡과 부처를 동방의 위협을 상징하는 것으로
그렸다. '황화'론은 19세기 말에 시작되어 20세기 초에 유럽에서 성행했다. 중국과 일
본 등 동방 황인종들의 민족국가가 유럽을 위협하는 화근이므로 서방은 서둘러 동방
을 노예로 만들고 약탈해야 한다는 여론을 만들어 냈다.

3) 칭다오(靑島)는 1897년 독일이 점령하고, 제1차 세계대전 시기에는 일본에 의해 점
령되었다가 1922년에 중국이 회수했다.

4) 원문은 '地大物博, 人口衆多'. 중국의 특징에 대한 묘사로 자주 쓰이는 말이다.

5) 하겐베크(Karl Hagenbeck, 1844~1913). 독일의 맹수 훈련가. 1887년 하겐베크 서커
스를 만들었고, 1933년 10월 상하이에 와서 공연을 했다.

6) 1931년 만주사변 이후 국민당 정부는 일본의 침략에 대하여 무저항정책을 쓰면서 국
제연맹의 '공정한 판결'을 기대한다고 발표했다. 1932년 3월 국제연맹이 중국에 조
사단을 파견하고 10월에는 중일분쟁을 조정한다는 명분으로 일본의 손을 들어 준
「국제연맹조사단 보고서」를 발표했다. 내용은 동북지방에 일본을 위주로 하고 세계
가 공동으로 관리하는 '만주 자치정부'를 세운다고 하는 것이다. 국민당 정부는 보고

서가 "명백하고 공평타당하다"고 했다. 그런데 일본은 중국을 독점하기 위하여 국제
연맹의 의견을 거절하고, 1933년 3월 27일 국제연맹을 탈퇴했다. 국민당 정부는 국
제연맹이 일본을 제재할 힘이 없는 것에 대하여 불만을 표시하기도 했다.

7) 1932년 2월 제네바에서 열린 세계군축회의를 가리킨다. 당시 중국의 간행물들은 군
축회의를 찬양하며 평화에 대한 환상을 퍼뜨렸다. 그런데 1933년 10월에 히틀러가
군축회의에서 독일의 탈퇴를 선포하자 일부 간행물들은 히틀러의 군대 확충에 대해
변호하는 글을 싣기도 했다. 예를 들면, 10월 17일 『선바오』(申報)에 「독일의 군축회
의 탈퇴 이후의 동향」(德國退出軍縮會議後的動向)이라는 글이 실렸는데, 독일의 이러
한 조처는 곧 "자신을 위해 준비하는 것이므로 부당하지 않고, 게다가 게르만 민족의
전통과 습관에 부합된다"라고 했다.

돌진하기[1]

뤼쉰

'밀치기'와 '차기'는 사상자 두어 명을 낼 수 있을 뿐이다. 사상자를 많이 내려면 반드시 '돌진하기'라야 한다.

13일자 신문에 구이양 통신[2]이 실렸다. 9·18을 기념하기 위하여 각 학교의 학생들이 모여 데모를 하자 당황한 교육청장 탄싱거는 도로의 입구를 막도록 군대를 파견하고 별도로 자동차 여러 대로 하여금 시위행렬을 향해 돌진하게 하여 학생 두 명이 죽고 사십여 명이 상해를 입는 참극이 발생했다. 그중 정이正誼소학교 학생들이 가장 많았고 나이는 겨우 열 살 내외라는 것이다.……

예전에 나는 '창을 베고 아침을 기다리'[3]던 시절 무장武將들이 대개 변려문으로 전보를 칠 수 있을 정도로 글에 능통하다는 것을 알고 있었다. 이번에 비로소 문관文官 가운데서도 군사적 전략을 깊이 이해하는 사람이 있다는 것을 알게 되었다. 옛날 전단은 불타는 소를 이용했는데,[4] 지금은 자동차로 대신하므로 분명 이십 세기이다.

‘돌진하기’는 가장 시원스러운 전법이다. 자동차 대열이 종횡으로 돌진하여 적들로 하여금 바퀴 아래에서 죽거나 다치게 하니 얼마나 간편한가. ‘돌진하기’는 또한 가장 위풍당당한 행위이다. 기어를 넣는 즉시 번갯불처럼 빨라서 상대방이 도망갈 생각도 못 하게 만들므로 얼마나 영웅적인가. 각국의 군대와 경찰이 소방 호스로 돌진하기를 좋아했고, 러시아 황제는 코사크 기마병을 사용하여 돌진했다. 이것들은 모두 쾌거이다. 각지의 조계지에서 우리는 간혹 외국 군대의 탱크가 순시하는 것을 보게 되는데, 이것은 고분고분하게 행동하지 않으면 곧장 돌진하는 녀석이다.

자동차는 결코 돌격하는 데 좋은 무기는 아니지만 다행히도 적은 소학생이었다. 지친 당나귀가 진짜 전쟁터에 나가는 것은 천부당만부당하지만, 당나귀가 부드러운 풀밭에서 뛰어다니고 그 위에 올라타 호령을 부리는 기사는 유쾌하고도 남음이 있을 것이다. 물론 그 장면을 보는 사람이 있다면 우스꽝스럽다[5]고 느끼겠지만 말이다.

열 살 전후 되는 어린이가 반란을 일으킬 수 있다는 생각은 그 자체가 우스꽝스러운 것이다. 그런데 우리 중국은 종종 신동이 태어나는 곳이기도 하다. 한 살이면 그림을 그릴 수 있고 두 살이면 시를 지을 수 있고 일곱 살 아동이 연극을 하고 열 살 아동이 전쟁터에 나가고 열 살 남짓한 아동이 위원 노릇을 하는 것은 원래부터 늘 있는 일이었다. 예닐곱 살의 여아마저도 능욕을 당하기도 하는데, 다른 사람들이 보기에는 ‘바야흐로 꽃 피는 나이’[6]와 마찬가지이기 때문이다.

하물며 ‘돌진’할 때 상대편이 충분히 저항할 수 있는 사람이라면 자동차는 시원스레 운전할 수 없을뿐더러 돌진하는 사람도 영웅이 될 수 없음에랴. 따라서 적으로 언제나 꼭 연약한 사람을 선택한다. 건달은 촌로를 속이고 서양인은 중국인을 때리고 교육청장은 소학생에게 돌진한다. 이들은 모두 적을 이기는 데 능숙한 호걸들이다.

'몸으로 돌진 막기'라는 말은 예전에는 빈말에 불과한 것 같았으나 이제는 영험한 말이 되었다. 영험은 성인뿐만 아니라 어린아이들에게까지 미쳤다. '영아 살해'[7]가 죄악으로 간주되던 것은 벌써 과거지사가 되고 말았다. 젖먹이를 공중으로 던져 창끝으로 받는 것이 놀이의 한 가지로 간주될 날도 어쩌면 머지않은 것 같다.

10월 17일

주)______

1) 원제는 「衝」, 1933년 10월 22일 『선바오』의 『자유담』에 발표했다.

2) 구이양(貴陽) 통신. 1933년 10월 13일 『선바오』에 궈원사(國聞社) 충칭(重慶) 통신이 실렸다. 당시 국민당 구이저우(貴州) 정부 주석 왕자례(王家烈)와 교육청장 탄싱거(譚星閣) 등이 참사의 주모자이며, 사건 발발 직후 우편물 검열을 강화하여 20여 일이 지나서야 비로소 세상에 알려졌다.

3) 원문은 '枕戈待旦'. 경계를 게을리 하지 않고 늘 싸울 태세를 갖추고 있다는 뜻으로 『진서』(晉書)의 「유곤전」(劉琨傳)에 나온다.

4) 전단(田單)은 전국시대 제나라 사람. 『사기』의 「전단열전」(田單列傳)에 다음과 같은 내용이 나온다. 연나라가 제나라의 성 70여 개를 함락하자 제나라 군사는 물러나 쥐(莒)와 지모(卽墨)를 지켰다. 이때 전단은 지모에서 불타는 소를 이용하여 연나라 군

사를 대파하고 실지를 회복했다. '불타는 소'(火牛)는 양쪽 뿔에는 무기를 달고 꼬리에는 기름 먹인 갈대를 매달아 불을 붙여 적진으로 돌격하게 한 소를 가리킨다.

5) 원문은 '滑稽'로 되어 있다. 순통한 번역을 위해 '우스꽝스럽다'고 했지만 이어지는 글 「'골계'의 예와 설명」과 함께 두고 보면 좋다. 다음 문단의 '우스꽝스러운 것'도 마찬가지이다.

6) 원문은 '年方花信'. '스물네 차례 꽃 소식'(二十四番花信)이라는 말이 있는데, 이는 스물네 가지 꽃의 개화 시기를 뜻한다. '꽃 소식'(花信)은 글자 그대로 보면 꽃이 피는 소식을 의미하며, 여성이 청춘의 성숙기에 이르렀음을 뜻한다. 남조(南朝) 양종름(梁宗懍)의 『형초세시기』(荊楚歲時記), 송대 정대창(程大昌)의 『연번로』(演繁露), 송대 왕규(王逵)의 『여해집』(蠡海集) 등에 나온다.

7) 『신약전서』의 「마태오의 복음서」 제2장에 영아 살해에 대한 이야기가 나온다. 예수가 베들레헴에서 탄생했다는 소식을 들은 헤롯왕이 불안해하자 "주의 천사가 요셉의 꿈에 나타나서 '헤로데가 아기를 찾아 죽이려 하니 어서 일어나 아기와 아기 어머니를 데리고 이집트로 피신하여 내가 알려 줄 때까지 거기에 있어라' 하고 일러 주었다. 요셉은 일어나 그 밤으로 아기와 아기 어머니를 데리고 이집트로 가서 헤로데가 죽을 때까지 거기에서 살았다. 이리하여 주께서 예언자를 시켜 '내가 내 아들을 이집트에서 불러내었다' 하신 말씀이 이루어졌다. 헤로데는 박사들에게 속은 것을 알고 몹시 노하였다. 그래서 사람을 보내어 박사들에게 알아본 때를 대중하여 베들레헴과 그 일대에 사는 두 살 이하의 사내아이를 모조리 죽여 버렸다"라고 했다.

'골계'의 예와 설명[1]

웨이쒀

세계문학을 연구하는 사람들에 따르면 프랑스인은 에스프리에 능하고 러시아인은 풍자에 능하고 영미인은 유머에 능하다고 한다. 사회적 상황에 따라 달라진다고 하더라도 이 말은 대체로 정확한 것 같다. 위탕[2] 대사가 서슴없이 '유머'를 진흥시킨 이래 이 명사는 아주 유행했다. 그런데 보편화되면서부터 동시에 위기가 잠복하고 있었다. 군인이 불자로 자칭하고 고관이 홀연 염주를 걸고 불법으로 열반하려는 것처럼 말이다. 만약 교활, 경박, 외설 등이 모두 '유머'라는 이름을 뒤집어쓴다면, 흡사 '신극'이 '×세계'로 들어가면 꼭 의심의 여지없이 '문명희'가 되어 버리는 것과 같다.[3]

이런 위험이 발생하는 까닭은 중국에서 여태까지 유머가 그다지 많지 않았기 때문이다. 다만 골계가 있었을 따름인데, 이것은 유머와 커다란 차이가 있다. 일본인이 '유머'를 '인정 있는 골계'로 번역하여 단순한 '골계'와 구분한 것은 바로 이 때문이다. 그렇다면, 중국에는 단지 골계문만 찾을 수 있다는 말인가? 결코 그렇지 않다. 중국인이 골계문으로 여기는 것들은 교활하거나 경박하거나 외설적인 이야기로서 진짜 골계와는 구분된다. '살쾡이로 태자 바꿔치기'[4]라는 이야기의 핵심이 역대로 우리는 엄숙한 언설과 사실이라고 생각했다. 대개 골계라는 것이 많아지면 사람들의 눈에 익숙해져서 차츰 일상적인 것으로 간주하게 되고 오히려 교활 따위가 골계로 오인되는 것이다.

중국에서 골계를 찾으려면 소위 골계문을 보아서는 안 되고 도리어 소위 엄숙한 사건을 보아야 하지만, 모름지기 생각은 좀 해보아야 한다.

이런 명문들은 어디서나 건질 수 있다. 예컨대 신문에 실린 엄숙한 제목, '중일교섭이 점차 멋진 경지로 진입하다'라느니, '중국은 어디로 가는가'라는 것이 모두 이런 것들로서 곱씹어 보면 정말 감람처럼 신한 뒷맛이 있다.

신문에 실린 광고에 보이는 것도 있다. '여론계의 새로운 권위',[5] '일반인들이 말하고 싶어도 하지 못하는 말을 한다'라고 자칭하는 한편, 다른 간행물에 대하여 '오해를 선언하고 유감을 표시하'면서도 "생각건대 쌍방이 모두 사회적으로 명성이 자자한 간행물이므로 스스로가 서로 비방하는 일은 없어야 한다"라고 말하는 간행물이 있다는 것을 우리는 알고 있다. '새로운 권위'가 있음에도 '오해'를 잘하고, '오해'를 했음에도 '명성이 있다'고 하니 '일반인이 말하고 싶어도 하지 못하는 말'이란 오해와 사과인 셈이다. 이것이 우습지 않다면 모름지기 사고할 줄 모르는 것이다.

신문의 단평에 보이는 것도 있다. 예컨대 9월에 『자유담』에 게재한 「등용술 첨언」에서 말한 부잣집 사위의 '용 되기' 기술은 바로 반격을 초래했는데, 시작은 이렇다. "여우가 포도를 먹지 못하자 포도가 시다고 말하고, 자기가 부자 아내를 얻지 못하자 부자 처갓집을 둔 모든 사람을 질투하고 질투의 결과로 공격을 일삼는다."[6] 이것도 좀 생각해 보아서는 안 된다. 한번 생각해 본 것'의 결과'는 분명 이 필자가 '부자 처갓집'의 맛이 달달함을 알고 있다는 것을 드러내고 있다는 점이다.

이러한 기발한 글을 우리는 번지르르한 공문에서도 자주 접한다. 더군다나 만화화한 것이 아니라 그 자체가 원래부터 만화이다. 『논어』가 출판되고 일 년 동안 나는 '고향재'[7]라는 칼럼을 가장 즐겨 보았다. 예를 들어, 쓰촨 잉산酆山의 현장이 장삼[8] 금지령을 내리면서 이렇게 운운했다고 한다. "의복은 몸을 가리면 족하다는 것을 알아야 한다. 어째서 앞에도 끌리고 뒤에도 늘어지게 하여 옷감을 낭비하는가? 게다가 국세도 쇠약하다……시절의 곤궁함을 살펴보면 후환을 어찌 상상이나 할 수 있겠는가?" 다른 예로는 베이핑사회국에서 여성의 수캐 양육 금지 공문에서 이렇게 운운했다. "계집이 수캐와 함께 사는 곳을 조사해 보면 건강에 해로울 뿐만 아니라 수치심이 없다는 더러운 소문이 나기도 쉽다. 생각건대 예의지국인 우리나라에서는 마땅히 이러한 습속은 허용되지 말아야 하는 바이므로 삼가 훈령으로 엄금하되…… 무릇 여성들이 기르는 수캐는 모조리 잡아 죽여 단속하기 바란다!" 이런 것들이 어찌 골계작가들이 터무니없이 써낼 수 있는 것이겠는가?

그런데 '고향재'에 수록된 기발한 글은 자주 기괴함으로 치우치는 경향이 있다. 하지만 골계는 평담平淡한 것이 낫고, 평담한 까닭으로 훨씬 더 골계답게 된다. 이러한 기준에서 나는 '단 포도'설을 추천한다.

10월 19일

주)______

1) 원제는 「"滑稽"例解」, 1933년 10월 26일 『선바오』의 『자유담』에 발표했다.

2) 린위탕(林語堂, 1895~1976). 푸젠(福建) 룽시(龍溪) 사람, 작가. 1930년대 초에 『논어』 반월간을 주편하며 "유머문학을 제창하는 것을 주요 목표로 삼는다"라고 선언했다 (『논어』 제3기, 「우리의 태도」我們的態度).

3) '신극'의 원문은 '新戲'. 중국에서 연극은 20세기 초에 시작되었다. 처음에는 '신극'(新劇), '문명희'(文明戲)라고 불렸다. 초기 '문명희'는 정식 대본 없이 배우가 즉흥적으로 공연했다. 20년대 말 '화극'(話劇)이라는 이름으로 정착된 이후에도 상하이대세계, 신세계 등에서 공연된 통속적인 연극을 '문명희'라고 했다.

4) 『송사』(宋史)의 「이신비전」(李宸妃傳)에 나오는 송 인종(仁宗)의 생모 이신비가 인종을 아들로 인정하지 못했다고 하는 이야기에서 발전된 전설이다. 청대 석옥곤(石玉昆)의 공안(公案)소설 『삼협오의』(三俠五義)에는 다음과 같은 이야기가 나온다. 송나라 진종(眞宗)은 자식이 없다가 유비(劉妃)와 이비(李妃)가 동시에 임신을 했다. 유비는 황후 자리를 빼앗기 위하여 환관과 모의하여 이비가 아들을 낳자 껍질 벗긴 살쾡이와 아이를 맞바꿔치기 했다는 내용이다.

5) '여론계의 새로운 권위' 등은 사오쉰메이(邵洵美)가 주편한 『십일담』(十日談)의 창간 광고에 나온 말로서 1933년 8월 10일 『선바오』에 실렸다. '오해를 선언한다'는 등의

말은 『십일담』 잡지가 『창바오』(昌報)에 대하여 '유감을 표시한다'라고 한 광고를 가리킨다. 「후기」 참고.

6) 1933년 9월 6일 국민당 기관지 『중앙일보』에 실린 성셴(聖閑)의 「'사위'의 만연」("女婿"的蔓延)에 나온다. 「후기」 참고.

7) '고향재'(古香齋)는 『논어』 반월간 제4기(1932년 11월 1일)부터 만든 칼럼으로 당시 각 지방의 황당무계한 뉴스와 글을 실었다. 여기에서 거론하고 있는 글은 모두 제18기(1933년 6월 1일) 칼럼에 실려 있다.

8) '장삼'(長衫)은 '창파오'(長袍)라고도 하며 남성들의 두루마기로 원래 만주족의 복식이었으나 청대부터 한족들도 입었다. 주로 부자들과 지식인들이 입었다.

외국에도 있다[1]

푸링 符靈

무릇 중국에 있는 것은 외국에도 있다.

외국인은 중국에 빈대가 많다고 하지만 서양에도 빈대는 있다. 일본인은 중국인이 문자놀이를 잘한다고 하지만 일본인도 역시 문자놀이를 한다. 무지힝주의의 긴다[2]가 있고, 외국인과의 싸움을 금지한 히틀러가 있고,[3] 드퀀시는 아편을 피웠고,[4] 도스토예프스키는 혼미해질 정도로 도박을 했다.[5] 스위프트에게는 칼이 씌워졌고,[6] 맑스는 반동이었다. 린드버그 대령의 아들은 납치범에 의해 납치되었다.[7] 따라서 전족과 하이힐의 차이도 꼭 그렇게 크지만은 않다.

다만 외국인들은 중국인이 공익을 따지지 않고 사익만 알고 돈을 좋아한다고 말하는데, 이에 대해서는 아무래도 변호할 방법이 없다. 민국 이래로 많은 총통과 고관들은 하야한 뒤에도 모두가 토실토실한 얼굴이다. 혹자는 시를 짓고 혹자는 연극을 보고 혹자는 염불을 하고 지내면서도 아무리 먹어도 먹을 것이 남아도니 그야말로 비평가들에게 증거를 제공하고 있는 것 같다. 그런데 뜻밖에 오늘 나는 다음과 같은 사실을 발견했다. 외국에도 있다는 것이다!

17일 아바나발 —— 캐나다에 피신 중인 쿠바의 전 총통 마차도[8] …… 쿠바에 있는 재산은 총 800만 달러에 해당하며, 그에게 이 재산의 회수를 보증하는 사람이라면 누구든지 막론하고 그는 원조하기를 원한다. 또 다른 소식에 의하면 쿠바 정부는 이미 마차도와 구 관료 38명에 대하여 체포령을 내리고 그들의 재산을 압류했는데, 그 액수가 2,500만 달러에 이르렀다고 한다.……

38명이나 됨에도 모두 합친 재산이 기껏 2,500만 달러밖에 안 된다고 하니 수단이 뛰어나다고 할 수는 없지만 어느 정도 치부한 것만은 어쨌거나 분명하다. 따라서 이것만으로도 이미 우리의 '고수'를 위한 설욕으로 충분하다. 그런데 나는 그들이 외국에 부동산을 사고 외국은행에 따로 통장이 있기를 바란다. 이 정도는 되어야 우리가 외국인들과 술잔을 주고받으며 우위를 겨룰[9] 때 더욱 당당하게 말할 수 있기 때문이다.

세상에서 단 한 집에만 빈대가 살고 있다고 가정해 보자. 다른 사람들이 그것을 지적하면 정말 언짢아지고 잡으려 해도 너무 힘이 들 것이다. 하물며 베이징에는 빈대를 잡을 수 없을뿐더러 잡을수록 많아진다는 학설이 있다. 설령 모조리 잡아낸다고 하더라도 또 무슨 의미가 있겠는가? 이런 것은 소극적인 방법에 지나지 않는다. 가장 좋기로는 다른 집에도 빈대가 있기를 바라는 것이고, 빈대가 발견된다면 더 이상 바랄 것이 없다. 발견, 이것이 바로 적극적인 사업이다. 콜럼버스와 에디슨도 기껏해야 발견이나 발명을 했을 따름이다.

심신을 고단하게 하기보다는 춤을 추고 커피를 마시는 게 낫다. 그런 것은 외국에도 있고, 파리에는 댄스홀과 커피숍이 무수히 있다.

설령 중국이 없어진다고 해도 구태여 화들짝 놀랄 필요가 있겠는가? 그대는 칼데아와 마케도니아[10]에 대해서 들어 본 적이 없는가? — 외국에도 있는 것이다!

10월 19일

주)______

1) 원제는 「外國也有」, 1933년 10월 23일 『선바오』의 『자유담』에 실렸다.

2) 간디(Mohandas Karamchand Gandhi, 1869~1948). 인도의 민족독립운동 지도자. '무저항', '불복종운동'을 주장하며 영국 식민정부에 대해 저항했다.

3) 1933년 8월 21일 『선바오』에 따르면, 독일 나치스의 친위대 대원이 미국인 의사에게 상해를 가하는 일이 발생하자, 이에 히틀러는 미국 대사관에 사람을 파견하여 유감을 표시하는 한편 친위대의 외국인에 대한 상해 행위를 금지하라는 명령을 내렸다.

4) 드퀸시(Thomas De Quincey, 1785~1859). 영국의 산문가. 아편 피운 경험을 토대로 1822년에 『어느 아편중독자의 고백』(*Confessions of an English Opium-Eater*)이라는 책을 출판했다.

5) 도스토예프스키(Фёдор Михайлович Достоевский, 1821~1881). 러시아 작가. 주요 작품으로는 장편소설 『가난한 사람들』(Бедные люди), 『악령』(Бесы), 『죄와 벌』(Преступление и наказание) 등이 있다. 도스토예프스키의 부인의 회상록에는 1871

년 4월 28일의 편지에서 도스토예프스키가 한 말을 다음과 같이 인용하고 있다. "10
년 동안 나를 괴롭혔던 저급한 생활의 환각을…… 사라지게 했다. 이전에 나는 늘 돈
을 벌려는 꿈을 가지고 있었다. 그것도 아주 심각하고, 아주 열렬하게 꿈꿨다. …… 도
박은 나의 온몸을 사로잡아 버렸다. …… 그러나 이제는 나는 일을 하고자 한다. 나는
더 이상 예전처럼 밤마다 도박의 결과를 꿈꾸지 않을 것이다."

6) 스위프트(Jonathan Swift, 1667~1745). 영국 작가. 주요 작품으로는 『걸리버 여행기』
등이 있다. 루쉰은 『로빈슨 크루소』를 쓴 영국 작가 디포(Daniel Defoe, 1660~1731)
를 말하고 있는 것으로 보인다. 1703년 디포는 「비(非)국교도를 없애는 지름길」이라
는 글로 인해 영국 정부에 체포되어 같은 해 7월 29일에서 31일까지 저잣거리에서 3
일 동안 조리돌림을 당했다.

7) 린드버그(Charles Augustus Lindbergh, 1902~1974). 미국 비행가. 1927년 5월 최초
로 비행기를 몰고 대서양을 횡단(뉴욕에서 파리로)하여 공군예비대 대령의 직함을 받
았다. 1932년 3월 그의 아들이 뉴욕에서 납치되는 사건이 발생했다.

8) 마차도(Gerardo Machado, 1871~1939). 쿠바의 5대 대통령. 1925년부터 1933년까
지 재임했다.

9) 원문은 '折衝樽俎'. 『안자춘추』(晏子春秋)의 「내편잡상」(內篇雜上)에 나온다. 원래는
제후들이 연회에서 상대방을 제압하는 것을 가리켰으나 나중에는 포괄적으로 외교
담판을 의미하는 말로 바뀌었다.

10) 칼데아(Chaldaea)는 고대 서아시아에서 경제적으로 번성했던 노예제 국가로서 신
바빌로니아왕국으로 불리기도 한다. B.C. 626년에 건립되었으며 B.C. 538년 페르
시아에 의해 멸망했다. 마케도니아(Macedonia)는 고대 발칸반도 중부의 노예제 국
가로 B.C. 6세기에 형성되어 B.C. 2세기 로마제국에 흡수되었다.

헛방[1]

펑즈위

『자유담』에 나의 「과거에 대한 그리움」과 스저춘 선생의 「『장자』와
『문선』」이 발표되자 『다완바오』[2]의 『횃불』은 토론을 계속해서 이끌
어 내고 있다. 먼저 실린 것은 「추천인의 입장」이라는 제목에 '『장자』
와 『문선』 논쟁'이라는 부제가 달린 스 선생의 서신이다.

　그런데 스 선생은 결코 '논쟁'을 바라지 않았다. 그는 두 사람의
전투가 구경꾼들에게 좋은 놀잇감을 제공해 주는 아크등불 아래의 권
투선수 같다고 생각했다. 이것은 아주 총명한 견해이며 나도 마디마
디 모두 찬성한다. 그런데 더욱 총명한 것은 스 선생이 실은 결코 정말
로 손을 쓴 적이 없는 게 아니라는 것이다. 그는 퇴장의 변을 말하기
전에 이미 주먹을 몇 차례 휘둘렀던 것이다. 주먹을 휘두르고 나서 아
스라이 멀리 떠나 버리므로 정녕 최고의 초월적 권법이다. 이제 나 한
사람만 남아 있을지라도 되받아치지 않을 수 없다. 맞은편에 사람이
없어도 괜찮다. 나는 '소요유'[3] 권법을 쓰고 있는 셈이라고 치겠다.

스 선생은 글의 시작부터 내가 '훈시'를 했고, 더군다나 그를 '유소의 마디마디'로 만들어 버렸다고 했다. 전자는 생사람 잡는 것이다. 나의 글에는 결코 그 사람 개인에게 권고하는 바가 있지 않았기 때문이다. '유소의 마디마디'라고 지적한 것에는 솔직히 그런 생각이 포함된 것이기는 하지만, 그러나 내 생각은 '유소'도 결코 그렇게 아주 나쁜 인물은 아니라는 것이다. 신문학과 구문학 사이에 확연한 경계를 나누기 어렵다는 것은 스 선생도 인정했다. 신해혁명부터 지금까지 겨우 22년이 지났을 뿐이다. 민국 사람들 중에는 유소풍, 유로풍이 있기도 하고 심지어 봉건풍이 남아 있다고 해도 그다지 아주 괴상한 일이라고는 할 수 없다. 하물며 스 선생 본인이 "비록 감히 유소라고 자인하지는 못한다고 하더라도 확실히 이미 소년의 활력은 상실했다"라고 말하지 않았던가? 과거의 유풍은 물론 가지고 있기 마련이다. 그런데 조금 덜 전수할 수 있음을 내가 알고 그대가 안다면 그것으로 충분하다.

전에 쓴 글이 결코 그 한 사람 때문에 쓴 것은 아니고, 더군다나 『『장자』와 『문선』』을 보고 난 뒤로는 이 '마디마디'조차도 이미 멀어졌다고 나는 일찌감치 밝혔다. 왜 그런가? 청년에게 추천하는 도서목록에 또 다른 아주 의미 있는 문제가 제출되어 있기 때문이다. 도서목록 가운데는 『안씨가훈』[4]이 있다. 『가훈』의 저자는 제齊에서 수隋로 바뀌는 난세에 살았다. 오랑캐의 세력이 계속 확장되던 시절에 그는 그 책에서 고전을 말하고 문장을 논하였다. 유가의 선비와 닮았지만 부처를 섬겼고 자식들에게는 선비어鮮卑語를 배우고 비파琵琶를 연주하고 오랑캐 고관을 섬기라고 했다. 이것은 경자년 의화권[5]의 패배 이후 고관, 부자, 거상, 선비들의 사상이기도 했다. 자신은 염불을 외면서 자식들은 '양무'洋務를 배워 장차 다른 사람을 섬길 수 있도록 만들었다. 지금도 이런 생각을 품고 있는 사람이 여전히 적지 않을 것이다. 그런데 안씨의 처세술은 스 선생의 마음을 울렸고 '도덕수양'으로 간주하며 청년들에게 추천을 했다. 그는 자신이 읽고 있는 책으로 영문도서와 불경[6]도 거론했는데, 바로 '선비어'와 「귀심편」[7]의 복사판에 해당한다. 현대는 변화가 대단히 빨라서 조상들처럼 한가하지 않고 신구의 논쟁도 한참 격렬하게 진행 중이어서 단번에 두서를 파악할 수가 없기 때문에 그도 하는 수 없이 과거 두 세대의 '도덕'을 한꺼번에 묶어 놓았던 것이다. 청년, 중년, 노년 할 것 없이 안씨 식의 도덕을 가진 사람이 많다면, 이는 중국 사회의 실로 엄중한 문제로서 일소할 필요가 있다. 물론, 이것은 노서목록으로 말미암아 세기된 것이지만 문제는 한 개인만이 아니라 이것이 시대사조의 일부라는 것이다. 연대책임을 제기하는 것은 표면적으로 특정 개인의 관점을 지나치게 연루시키는 것 같으므로 나는 감히 언급하지 않겠다. 그와 관련이 있다고 할 수 있는 것은 다만 "『장자』와 『문선』을 보기를 권한다"라고 한, 구절이 있을 뿐인데, 이는 개인에 대한 불경이라고 할 수 없을 것 같다. 그런데 『『장자』와 『문선』』을 보고 나서 실로 불경스러운 마음이 생겨났다. 왜냐하면 그의 반박은 내가 예상했던 것보다 훨씬 공허했기 때문이다. 그럼에도 불구하고 성실한 답변을 주었는데, 그것이 바로 「과거에 대한 그리움 이후(상)」이다.

그런데 스 선생이 「과거에 대한 그리움 이후(상)」을 보고 쓴 편지는 그와 내가 말한 '유소' 사이의 거리가 멀다는 것을 더욱 입증했다. 그는 말로는 주먹을 쓰지 않겠다고 했지만 그 글의 첫 단락은 나 개인을 겨냥한 것이다. 지금 여기에 소개를 하고 주석을 가해 보기로 한다.

스 선생은 "내 생각에 따르면 청년들에게 새로운 책을 보라고 권하는 것은 당연히 옛날 책을 보라고 권하는 것보다 군중을 더 많이 모을 수 있습니다"라고 말했다. 청년들에게 새로운 책을 보라고 권유하는 것은 결코 청년들을 위해서가 아니라 군중들을 더 많이 모으기 위해서라는 말이다.

스 선생은 말했다. "나는 귀 신문의 한 귀퉁이를 빌려……도서 목록을 고치고 싶습니다. 나는 『장자』와 『문선』을 루쉰 선생의 『화개집』과 그 속편 및 『거짓자유서』로 고치려고 합니다. 내 생각에는 당대 '문단의 노장'이신 루쉰 선생의 저서에는 많은 살아 있는 어휘들이 있을 뿐만 아니라, 펑즈위 선생이 나에게 알려 준 데 근거하면 루쉰 선생의 문장에는 확실히 '지호자야'之乎者也와 같은 『장자』와 『문선』에서 나온 글자들도 있다고 합니다. 이러하다면 청년들에 대한 효과도 같아질 것이라고 생각합니다." 이 긴 문장은 내가 『장자』와 『문선』에 대한 추천을 반대하는 까닭이 『화개집』과 그 속편 및 『거짓자유서』를 추천하지 않아서 그에게 화가 났기 때문이라는 말이다.

스 선생은 말했다. "당초 나는 펑즈위 선생의 저서 한두 편을 추천하려고 했는데, 아쉽게도 책방에는 펑쯔카이[8] 선생의 책만 있었고 펑즈위 선생의 책은 없었습니다. 어쩌면 그것은 루쉰 선생이 인쇄한 콜로타이프 목각화와 마찬가지로 개인 소장본으로서 희귀본에 속하는지 모르겠습니다. 나는 나의 고루함과 과문함으로 추천하지 못한 것에 대해 아주 부끄럽게 생각합니다." 이 단락은 두서가 없지만 이런 말인 것 같다. 내가 『장자』와 『문선』에 대한 추천을 반대한 까닭이 그가 내 책을 추천하지 않아서 화가 났다는 것이고, 게다가 나는 이렇다 할 책도 없으면서 그가 추천하지 않은 것에 대해 화를 내고 있으므로 가소롭기 그지없다는 것이다.

이것은 "국어 교사에서 잡지 편집인으로 옮겨" 청년들에게 『장자』와 『문선』, 『논어』, 『맹자』, 『안씨가훈』을 볼 것을 권유한 스저춘 선생이 나의 「과거에 대한 그리움 이후(상)」을 본 다음 "다시는 아무것도 쓰고 싶지 않았"음에도 불구하고 마침내 써낸 글이며, '권투선수' 노릇을 그만두기로 했다고 하면서 먼저 상대방에게 주먹을 날리는 권법을 사용한 것이다. 하지만 그는 끝내 『장자』와 『문선』을 볼 것을 주장하는 좀 믿을 만한 이유를 전혀 대지 못했으며, 나의 「과거에 대한 그리움」과 「과거에 대한 그리움 이후(상)」, 이 두 편 속의 오류를 전혀 지적하지 못했다. 거기에는 근거 없는 생사람 잡기, 억측하기, 응석 피우기, 모른 척하기가 있을 따름이다. 고서 몇 권의 이름을 찢어 버리고 나면 '유소'의 마디마디도 따라서 아득히 멀어지고 결국은 진상을 드러낸다. 분명하게 '양장의 악소'[9]로 변했다는 것이다.

10월 20일

[비고]

추천인의 입장—『장자』와 『문선』 논쟁[10]

스저춘

완추^{萬秋} 선생

나는 귀 신문에 두 권의 고서를 청년들에게 추천한 일로 불행히도 펑즈위 선생의 훈시를 받았는데, 그는 나를 '유소 중의 마디마디'로 만들어 버렸습니다. 그 어른의 「과거에 대한 그리움 이후(상)」을 읽은 뒤로 나는 다시는 아무것도 쓰고 싶지 않았습니다. 내 생각에 따르면 청년들에게 새로운 책을 보라고 권하는 것은 당연히 옛날 책을 보라고 권하는 것보다 군중을 더 많이 모을 수 있습니다. 펑즈위 선생은 필경 노익장을 과시하고 있고 청년들의 지도자가 되기에 충분합니다. 나는 어떻습니까? 비록 감히 유소라고 자인하지는 못한다고 하더라도 확실히 이미 소년의 활력은 상실했습니다. 삼라만상이 모두 소슬한 가을의 처지에서 설령 펑즈위 선생 같은 새로운 정신이 있다고 하더라도 나의 중년의 감회를 진작시키기에는 부족합니다. 따라서 나는 귀 신문의 한 귀퉁이를 빌려 내가 9월 29일에 귀 신문에 발표한 청년들에게 추천한 도서목록을 고치고 싶습니다. 나는 『장자』와 『문선』을 루쉰 선생의 『화개집』과 그 속편 및 『거짓자유서』로 고치려고 합니다. 내 생각에는 당대 '문단의 노장'이신 루쉰 선생의 저서에는 많은 살아 있는 어휘들이 있을 뿐만 아니라, 펑즈위 선생이 나에게 알려 준 데 근거하면 루쉰 선생의 문장에는 확실히 '지호자야'^{之乎}

著也와 같은『장자』와『문선』에서 나온 글자들도 있다고 합니다. 이러하다면 청년들에 대한 효과도 같아질 것이라고 생각합니다. 당초 나는 펑즈위 선생의 저서 한두 편을 추천하려고 했는데, 아쉽게도 책방에는 펑쯔카이 선생의 책만 있었고 펑즈위 선생의 책은 없었습니다. 어쩌면 그것은 루쉰 선생이 인쇄한 콜로타이프 목각화와 마찬가지로 개인 소장본으로서 희귀본에 속하는지 모르겠습니다. 나는 나의 고루함과 과문함으로 추천하지 못한 것에 대해 아주 부끄럽게 생각합니다.

이 밖에 나는 또 펑즈위 선생을 귀 신문에 소개하고자 합니다. 앞으로 귀 신문이 어떤 의견을 물어볼 계획이 있는 경우에 궁리해서 펑즈위 선생에게 표를 보내 주면 가치 있는 의견을 줄 것이라 생각합니다. 그러나 그 물음이 '유소의 마디마디'와 관련 있는 말이라면 나한테 보내는 것이 좋겠습니다.

어제 귀 신문을 보고 이 사안을 가지고 귀 신문의 독자들이 참여하는 토론을 마련하고 있다는 것을 알게 되었습니다. 이 계획을 취소하도록 부탁해도 될지 모르겠습니다. 두 사람이 신문에서 문자 전쟁을 벌이는 것은 아크등불 아래에 있는 권투선수와 같고, 신문의 편집인은 왔다 갔다 하는 마른 심판이고, 독자는 이성을 상실한 어둠 속의 구경꾼과 같다고 늘 생각해왔습니다. 마른 심판은 늘 권투선수들이 한 번 또 한 번, 그중 한 명이 쓰러질 때까지 때리기를 바랍니다. One, Two, Three…… 일어나지 못하면 헐떡이는 승자 곁으로 달려가 권투장갑을 낀 팔을 들어올려 "Mr. X Win the Champion"이라고 소리치지요. 한번 생각해 보십시오. 이것은 정말 우스꽝스러운 노릇이 아닙니까? 지금 어떻습니까? 내가 불행히도 이 두 권투선수 중 한 사람 노릇을 하게 되었습니다. 하지만 나는 마른 심판과 구경꾼들을 위해서 이런 우스꽝스러운 연극을 계속할 생각은 없습니다. 그리고 당신들도 심판 노릇을 하지 않기를 희망합니다. 오늘자 『자유담』에 실린 즈수이止水 선생의 글에 인용된 속담을 보지 않았는지요? "헛바닥은 편편하고, 말은 둥글다"고 했는데, 설마 독자의 토론에서 진정한 시비를 생산할 수 있다고 생각하는 것은 아니겠지요?

10월 18일

스저춘

10월 19일 『다완바오』의 『횃불』

「헛방」의 오류 수정[11]

펑즈위

며칠 전 「헛방」을 쓸 때 『안씨가훈』이 수중에 없어서 이를 언급한 부분은 기억에만 의존하고 썼다. 나중에 오류가 있을까 하여 궁리해서 원서를 구해 한번 찾아보고는 안지추에 대한 설명에서 내가 틀렸다는 것을 발견했다. 「교자편」教子篇에는 "제나라의 한 사대부가 나에게 '나는 아들이 하나 있는데, 나이가 벌써 열일곱 살이고 공문서에 자못 밝다. 아들에게 선비어와 비파 타기를 가르쳐 그것을 조금 이해할 수 있게 되기를 바란다. 이것으로써 공경公卿들을 모시면 총애를 받지 않음이 없을 것이므로 이것은 중요한 일이다'라고 말했다. 나는 그때 고개를 끄떡였을 뿐 대답을 하지는 않았다. 이상하도다, 이 사람이 자식을 가르치는 방법은. 이렇게 해서 경상卿相에 오를 수 있다고 하더라도 또한 너희들은 그렇게 하기를 바라지 않는다"라고 되어 있다.

따라서 제나라 선비의 방법이 경자년 이후 관리, 상인, 사신土紳들이 하는 방법이다. 스저춘 선생은 제나라 선비와 안씨의 두 가지 전형적인 모습을 한 몸에 가지고 있다고 하겠으며, 또한 요즘 일부 사람들의 방법은 '북조北朝식의 도덕'이라고 고쳐야 하는데, 이 역시 사회의 엄중한 문제이다.

안씨에 대하여 나는 십분 사과해야 마땅하지만 오래전에 죽었으므로 사죄해도 그만 안 해도 그만이다. 지금은 여기에서 스 선생과 독자들에게 나의 오류를 바로잡아 주는 일이나 할 수 있을 따름이다.

10월 25일

포위망 뚫기[12)]

스저춘

(8) 나는 펑즈위 선생에게 분명 "주먹 몇 차례 휘"두른 적이 있는데,

이는 아마도 나의 필생의 유감이 될 것 같다. 그런데 펑 선생이 쓴 「헛방」은 결코 '헛'이 아니고, 실은 나를 향해 돌진했다. 펑 선생 쪽에 서 있는—혹은 사설邪說을 바로잡는 쪽에 섰다고 말하는—글들이 날마다 나를 '포위'하고 있다. 따라서 나는 정녕 '수난자'라는 느낌을 가지게 되었다.

그런데 「헛방」이라는 글에서 나는 펑 선생의 글쓰기 논리를 발견했다. 그는 "나는 전에 쓴 글이 결코 그 한 사람 때문에 쓴 것은 아니라고 일찌감치 밝혔다"라고 말했다. 하지만 그 단락의 말미에서는 "왜냐하면 그의 반박은 내가 예상했던 것보다 훨씬 공허했기 때문이다"라고 했다. 나 때문에 발표한 글도 아니면서 내가 반박할 거라고 예상했다는 것은 어떻게 이해해야 하는가?

남에게 '지적'도 당했고, 나도 『장자』와 『문선』, 이 두 책에 대해서는 타당하지 않은 점이 있다고 생각했기 때문에 『다완바오』 편집인에게 보낸 편지에서 신문학 서적 두 권으로 고쳐 달라고 요구했던 것이다. 사실이 분명 이러했다. 나는 결코 펑 선생이 이 두 권의 신문학 서적을 추천하지 않은 것에 화가 나서 '『장자』와 『문선』을 반대한다'라고 말하지 않았다. 그런데도 펑 선생은 내가 이런 마음을 가지고 있다고 말하고 있다. 이것이 어찌 '두서 있는' 말이라 할 수 있겠는가?

펑 선생은 화제를 『안씨가훈』으로 옮기고, 또 내가 마침 읽고 있는 두 권의 책으로 옮겨 하나로 뒤섞어서 『안씨가훈』을 추천하는 것은 청년들에게 선비어와 비파 타기를 가르쳐 고관들을 섬기게 하는 것이며, 뿐만 아니라 나도 솔선수범하여 서양 책을 읽고 있다고 말했다. 안지추가 "유가의 선비와 닮았지만 부처를 섬겼"기 때문에 나도 불교서적을 본다고 말했다. 펑 선생의 해석에 따라서 보면 나조차도 실소가 나올 지경이니, 세상사란 정녕 이렇게 공교로운 것인가!

『안씨가훈』에 선비어를 배우고 비파를 배우라고 자식들을 가르친 사람에 관한 이야기가 있다는 것을 나는 분명히 알고 있다. 하지만 나는 이어지는 한 마디, "또한 너희들은 그렇게 하기를 바라지 않는다"라는 말도 기억하고 있는데, 안지추가 자식들에게 외국 책 읽기를 결코 권하지 않았음을 알 수 있다. 오늘 펑 선생의 '오류 수정'이 있었다. 그런데 그는 이 이야기를 고친 다음 "스저춘 선생은 제나라 선비와 안씨의 두 가지 전형적인 모습을 한 몸에 가지고 있다고 하겠"다고 말했다. 나는 이 말을 도대체가 이해할 수가 없다. 설마 내가 별도로 '제나라 선비'의 저서를 청년들에게 소개한 적이 있다고 말하는 것인지? 펑 선생의 논리적 근거가 '자신이 외국 책을 읽는 것은 바로 다른 사람에게 선비어를 배우도록 권하는 것이다'라는 것이라면 나도 할 말이 없다.

펑 선생은 흡사 유가를 위해서 정통 다툼을 하는 인물처럼 보인다. 그렇지 않다면, 어찌하여 안지추가 불교의 영향을 받은 것에 대하여 그토록 야박하게 군단 말인가? 어찌하여 내가 『석가전』釋迦傳을 보는 것에 대하여 그토록 불만을 토로한단 말인가? 여기에서 두 가지 점을 지적할 수 있겠다. (1) 『안씨가훈』의 가치는 「귀심편」歸心編으로 말미암아 완전히 말살되어야 하는가? 게다가 안씨는 불교를 조장했음에도 불구하고 출세出世와 현실도피를 고취하지 않았다. 그는 불가와 유가가 모순 없이 병행할 수 있음을 열거하고 불가의 인과응보설로 유가의 도덕교훈의 미비한 점을 보충하고 있을 따름이다. 이것은 요즘 사람들이 『성경』이나 『코란경』 속의 말을 인용하는 것과 같다고 말할 수 있다. (2) 나는 『불본행경』佛本行經을 보고 있는데, 그것의 의미 또한 『무함마드전』이나 『예수전』을 읽는 것과 같다. 불가에 귀의할 마음도 없고 사람들에게 부처의 행위를 배우라고 권유할 생각도 없다. 그런데도 펑 선생의 글에서는 나의 '처세술'이라고 말하고 있다. 비상하도다, 말재간이여! 나는 책상머리에 있는 『백유경』[13]을 자비출판한 아무개 선생을 그의 동지로 간주하지 않을 수 없다.

나는 전에 펑 선생에 대해 쓴 글에서 다소 짜증이 섞이기는 했어도 분명히 존경을 표시했다. 그런데 「헛방」에서 '양장의 악소'라고 나를 욕하는 것을 보고는 이빨 가는 소리가 들리는 듯했다. 나는 '악하다'고 해도 그에 상응하는 악한 소리로 보복할 정도로 악독하지 않다. 나는, 기존의 시를 빌려 보겠다. "십 년 만에 깨달은 문단의 꿈, 얻은 것이라곤 양장의 악소라는 이름." 원래는 대수롭지 않은 일이었지만, 펑 선생에 대하여 나는 그가 후회하게 될 것이라고 생각한다. 오늘 「헛방」의 오류 수정」을 읽었지만, 펑 선생이 말한 '근거 없는 생사람 잡기, 억측하기, 응석 피우기, 모른 척하기'는 자신의 '복사판'으로 되돌려 주는 것이 딱 좋겠다는 생각이다.

덧붙임 : 『다완바오』의 그 두 제목은 결코 내가 붙인 것이 아니다. 나

는 결코 '입장'이라고는 없었고, 뿐만 아니라 나로 말미암아 『장자』
와 『문선』 이 두 책이 말다툼거리가 되기를 원하지 않는다.

이상은 펑즈위 선생에 대한 답변이다(27일).

10월 31일, 11월 1일 『자유담』

주)______

1) 원제는 「撲空」, 1933년 10월 23, 24일 『선바오』의 『자유담』에 실렸다.

2) 『다완바오』는 1933년 4월부터 『횃불』을 발행했으며 주편은 추이완추(崔晩秋)이다.

3) 『장자』의 「소요유」를 차용한 것이다.

4) 『안씨가훈』(顔氏家訓)은 북제(北齊)의 안지추(顔之推)가 지었다. 안지추는 남조(南朝)
   양(梁)나라 사람이었으나 후에 선비족(鮮卑族) 정권인 북제(北齊)에 투항했다.

5) 의화권(義和拳)은 의화단을 가리킨다. 청말 북방의 농민, 수공업자, 도시 유민들로 구
   성된 자발적인 군중조직이다. 권단(拳壇)을 만들고 권봉술(拳棒術)을 연마하고 기타
   미신적인 방식으로 민중을 조직했다. 처음에는 '반청멸양'(反淸滅洋)을 주장했으나
   나중에는 '부청멸양'(扶淸滅洋)으로 바꾸어 외국대사관을 공격하고 교회를 불태웠
   다. 1900년에 연합군과 청정부의 공조로 진압되었다.

6) 스저춘은 『다완바오』의 답안을 요청하는 표의 '목하 읽고 있는 책'이라는 난에 『문
   학비평의 원리』(The Principles of Literary Criticism; 아이버 리처즈Ivor Armstrong
   Richards 지음)와 『불본행경』(佛本行經)을 써 넣었다.

7) 「귀심편」(歸心篇)은 『안씨가훈』에 나온다. 주지는 '내(佛), 외(儒) 양교가 본래부터 일
   체이다'는 것을 설명하는 것이며, 불교에 대한 비판과 회의에 대하여 설명을 가한 것
   으로 편말에는 인과응보의 사례를 들었다.

8) 펑쯔카이(豊子愷, 1898~1975). 저장 퉁샹(桐鄕) 사람, 미술가이자 산문가.

9) '양장'(洋場)은 상하이의 조계지처럼 외국인이 많이 사는 곳을 가리킨다. 루쉰은 「과
   거에 대한 그리움 이후(상)」에서 몰락한 청대에 대한 충성을 맹세한 '유로'와 다를 바

없는 청년들을 '유소'라고 비판했다. 이 글에서는 '유소'에서 한 걸음 더 나아가 '악소'(惡少)라고 지칭하고 있는데, 이는 양장에서 생활하며 서양물이 든 악한처럼 구는 젊은이, 구체적으로 스저춘을 비판하는 말이다. 루쉰은 '유로'에서 '유소', 다시 '유소'에서 '악소'로 언어유희를 절묘하게 구사하고 있다.

10) 원제는 「推薦者的立場—『莊子』與『文選』之論爭」.

11) 원제는 「「撲空」正誤」.

12) 원제는 「突圍」.

13) 『백유경』(百喩經)은 상가세나(Saṅghasena, 僧伽斯那)가 지은 것으로 일반대중에게 불교적 가르침을 주기 위하여 교훈적 우화를 모은 책이다. 제목에는 100가지 비유라고 했으나 실제로는 98편이다. 남조시대 그의 제자 구나브리티(Guṇavṛddhi, 求那毘地)가 중국어로 번역했다. 1926년 왕핀칭(王品靑)이 교정하여 『치화만』(痴花鬘)이라는 제목으로 상하이 베이신서국에서 출판했다. 루쉰은 이 책의 '제기'를 써 주었다. 후에 「『치화만』 제기」라는 제목으로 자신의 문집인 『집외집』(集外集)에 수록했다.

'함께 보냄'에 대한 답변[1]

펑즈위

며칠 전 「헛방」을 쓴 뒤로 '『장자』와 『문선』' 따위에 대하여 다시는 말하고 싶은 생각이 없었다. 그런데 그 이튿날 『자유담』에 스저춘 선생이 쓴 「리례원黎烈文 선생께 보내는 편지」가 나에게도 '함께 보낸' 것이므로 다시 몇 마디 하지 않을 수가 없다. 나의 세 가지 항목에 대한 스 선생의 반박에 수긍할 수 없기 때문이다.

(1) 스 선생은 말했다. "일부 신청년들이 구사상을 가지고 있을 수 있고, 일부 구형식도 새로운 내용을 담을 수 있다"고 한다면 자신과 같은 '유소 무리 중의 마디마디'의 구사상도 묻어 두고 말하지 않아도 되고, 또한 『장자』 같은 고문을 쓰는 것도 무방하다고 말했다. 물론, 그렇게 쓰려고 한다면 그것도 '무방하다'고 할 수 있고, 우주는 결코 이로 말미암아 파괴되지 않는다. 하지만 나는 요즘 청년들이 백화를 내버리고 따로 『장자』를 숙독하여 그러한 문법을 배워 문장을 써야 할 필요는 정말 없다고 생각한다. 묻어 두고 말하지 않는 것에 대해

서는 물론 그럴 수도 있지만, 그렇더라도 그것을 언급하는 것이 뭐가 문제가 되겠는가? 스 선생은 청년들의 졸직한 문법과 적은 어휘, 그리고 나의 「과거에 대한 그리움」에 대하여 기꺼이 "묻어 두고 말하지 않는" 것은 아니지 않는가?

(2) 스 선생은 '어휘로 선비를 선발하는 것'과 청년들에게 『장자』와 『문선』을 보라고 권하는 것에는 '강요하기'와 '바치기'라는 구분이 있다고 하며 나의 비교가 결코 옳지 않다고 했다. 그런데 나는 스 선생이 국어교사 시절 학생들의 작문에 대하여 『장자』의 문법과 『문선』의 어휘가 많이 포함된 글을 가작佳作이라고 했는지, 그리고 편집인이 된 뒤로 그러한 작품을 우등으로 뽑았는지 잘 모른다. 만약 그랬다면, 다시 말해 스 선생이 '시험관'이었다면 내가 보기에는 『장자』와 『문선』으로 선비를 뽑으려 했을 것이다.

(3) 스 선생은 루쉰의 말[2]을 또 거론했다. 첫째, 루쉰이 "중국책을 덜 보면 그 결과는 작문을 못하는 것일 따름이다"라고 말한 적이 있으므로 작문을 잘하려면 중국책을 더 보아야 한다는 것을 인정한 것이라고 했다. 둘째, "……나는 만약 옛것을 가지고 놀고 싶다면 임시방편으로 장지동의 「서목답문」에 근거하여 실마리를 찾아보는 것도 괜찮다고 생각한다"라고 한 말인데, 이를 근거로 청년들이 고서를 읽는 것을 반대한 적이 없음을 알 수 있다고 했다. 이것은 스 선생이 때와 환경을 무시한 해석이다. 루쉰이 그 말을 하던 때는 바로 많은 사람들이 백화문을 짓고자 한다면 고서를 읽지 않으면 안 된다고 말하던 시절이었으므로 인용한 구절은 그들을 겨냥해서 한 말이다. 이를

테면, 설령 그들이 말한 것과 같다고 하더라도 작문을 못하는 것일 따름일 뿐이고, 그런데 고서를 읽는 것은 작문을 못하는 것의 해악보다 훨씬 크다는 뜻이다. 두번째 인용한 구절은 분명 구문학을 연구하는 청년들을 대상으로 한 것이므로 스 선생이 청년 일반을 언급하는 것과는 대단히 차이가 있다. 중국의 상고문학사를 연구하자고 한다면 『역경』과 『서경』을 반드시 보아야 하지 않겠는가?

사실 스 선생은 그가 도서목록을 채워 넣을 때 내가 추측한 것과 달리 그렇게 엄숙하게 하지 않았다고 말했는데, 이 말은 진실인 듯하다. 우리 한번 생각해 보자. 만약 삼가 명령을 받든 청년 후학들이 각고의 고생 끝에 『장자』의 문법과 『문선』의 어휘로 『논어』, 『맹자』, 『안씨가훈』의 도덕을 드높이는 문장을 쓴다면 "이것이 어찌 우스꽝스러운 일이 아니겠는가".

그런데 나의 『과거에 대한 그리움』은 엄숙하게 쓴 글이다. 결코 "군중들을 더 모으"려고 한 것도 아니고, 또한 스 선생이 『화개집』과 그 속편 및 『거짓자유서』를 추천하지 않아서 화가 났기 때문도 아니다. 학생 시절에 점수를 덜 받았다거나 혹은 투고한 원고를 몰수당해서 지금 이를 핑계로 사사로운 원한을 갚고자 하는 다른 '동기'가 있어서 쓴 글은 더더욱 아니다.

10월 21일

리례원 선생께 보내는 편지 ―펑즈위 선생께도 함께 보냄[4]

스저춘

례원 형

그날 전차에서 너무 급하게 만났습니다. 나는 민주사民九社 서점으로 마음에 들었던 책을 사러 가야 했기 때문에 왕자사王家沙에서 내렸습니다. 그런데 그 책은 가격이 맞지 않아 사지 않았습니다. 공연히 당신과 얼마 동안이라도 더 이야기할 기회를 놓쳐서 마음이 아주 편치 않습니다.

  『장자』와 『문선』'의 문제에 관하여 나는 정말이지 더 이상 무슨 이야기를 하고 싶지 않습니다. 애당초 『다완바오』 편집부가 보내온 표에 도서목록을 채워 넣을 때 펑 선생의 의견에서 보여 준 것처럼 그런 엄숙함을 가지고 있지 않았습니다. 나는 청년들에게 반드시 이 두 권의 책을 읽어야 한다고 말한 것도 아니고, 또한 모든 청년들이 다만 이 두 권의 책만을 보아야 한다고 말한 것도 아니고, 또한 다만 이 두 권의 책만을 추천하고 싶다고 말한 것도 아닙니다. 신문 부간의 편집인은 이를 빌려 새로운 스타일을 보태고자 했을 터이고, 표를 채워 넣은 사람도 대부분은 우연히 이런 책은 보아도 괜찮겠다고 떠오른 것들을 편하게 썼을 것입니다. 써 넣은 내용이 이렇게 큰 문자 분규를 일으킬 것이라고 미리 알았더라면, 『다완바오』 편집인 추이완추 선생이 나한테 절을 했더라도 쓰지 않았을 것입니다. 오늘 『파도

소리』제40기에 실린 차오쥐런 선생이 내게 보낸 편지를 보았는데, 마지막 구절이 이렇습니다. "이 두 권의 책보다 더 청년에게 이로운 책은 없습니까? 감히 묻겠습니다." 이 질문은 울지도 웃지도 못하게 진실했습니다. (차오쥐런 선생의 편지는 태도가 아주 진지하므로 나는 그에게 답신을 보낼 생각입니다. 그것은 『파도소리』에 실릴 것 같은데 당신도 한번 보아 주시기 바랍니다.)

펑즈위 선생에 대하여 나도 더 이상 그의 노여움을 사고 싶지는 않습니다. 하지만 그가 「과거에 대한 그리움(상)」에서 쓴 세 가지 별도의 말에 대해서는 의견이 있습니다.

(1) 펑 선생은 말했습니다. "일부 청년들은 구사상을 가질 수 있고, 일부 구형식도 새로운 내용을 담을 수 있다." 그렇습니다. 신청년마저도 구사상을 가질 수 있을진대, 그렇다면 나 같은 '유소 무리 중의 마디마디'가 구사상을 가지고 있냐고 해도 묻어 두고 말하지 않을 수 있을 것 같습니다. 구형식에도 신내용을 담을 수 있다면 『장자』 같은 고문을 쓰는 것도 무방할 것 같습니다. 그것의 내용이 어떠한지만 보면 되는 것이지요.

(2) 펑 선생은 내가 청년들에게 『장자』와 『문선』을 볼 것을 권유한 것과 시험관을 하면서 어휘로 선비를 선발하는 것 사이에 어떤 구분이 있는지 이해할 수 없다고 말했습니다. 사실 분명 구분이 있습니다. 전자는 한 개인의 의견을 청년들에게 바친 것일 뿐 수용하고 안하고는 청년들의 자유로운 선택에 달려 있습니다. 하지만 후자는 계급의 전체(주: 관리 계급을 가리킨다)를 대표하므로 청년 전체에게

어휘를 써 넣으라고 강요하는 것과 흡사합니다(이 청년이 관리가 되고 싶지 않은 경우를 제외하고 말입니다).

(3) 루쉰 선생의 문장이 『장자』와 『문선』에서 나왔다고 말했다는데, 이는 정말로 우스꽝스러운 말입니다. 내 기억으로는 그런 말을 한 적이 없습니다. 나의 글에서 루쉰 선생을 예로 든 의도는 청년들이 고서에서 문학적 수양을 쌓기를 반대하지 않는 루쉰 선생에게 도움을 청하고 싶었기 때문입니다. 루쉰 선생은 지속적으로 청년들에게 외국 책을 많이 읽도록 권유했습니다만, 이것은 그가 외국 책 속에서 사상이 참신한 청년들을 길러낼 수 있다고 생각했기 때문입니다. 나처럼 청년들의 글짓기라는(혹은 문학적 수양을 말하는) 입장에서 생각한다면 루쉰 선생은 청년들이 고서를 읽는 것을 반대한 적이 없습니다. 두 가지 증거를 들어 보겠습니다. 하나는 "중국책을 덜 보면 그 결과는 작문을 못하는 것일 따름이다"(『화개집』)라고 말했습니다. 여기에서 루쉰 선생도 작문을 잘하기 위해서는 중국책을 더 보아야 한다는 것을 인정했음을 알 수 있습니다. 그런데 여기에서 말하는 중국책은 내용으로 보았을 때 백화문 책을 가리키는 것은 아닌 것 같습니다. 둘째, "나는 항상 질문을 받게 된다. 문학을 하려면 무슨 책을 보아야 하느냐고? …… 나는 만약 옛것을 가지고 놀고 싶다면 임시방편으로 장지동의 「서목답문」에 근거하여 실마리를 찾아보는 것도 괜찮다고 생각한다"(『이이집』)라고 했습니다.

지금 나는 여기에서 '멈추어야' 한다고 생각합니다. 『다완바오』부간의 편집인에게 편지를 보낸 적이 있습니다. 펑즈위 선생을 존중하는 호의에서 두 권의 책을 청년들에게 소개하기를 허락해 달라고 부탁했습니다. 차오쥐런 선생에게 보낼 편지를 쓰는 것 말고는 『장자』와 『문선』의 문제에 대하여 내가 하고 싶은 말은 없습니다. 『자유담』 지면에서 벌어진 몇 차례의 문자 논쟁을 본 적이 있는데, 싸우면 싸울수록 노여움만 가중시키고 원래의 주제에서 멀어지고 심지어 나중에는 참가자의 동기가 의심스럽기까지 했습니다. 나 자신이 저도 모르게 소용돌이 속으로 말려 들어가고 싶은 생각은 없으므로 더 이상 아무 말도 하고 싶지 않습니다. 엊저녁 기존의 게송을 모방해 보았습니다.

이쪽도 잘잘못이 있고, 저쪽도 잘잘못이 있어
오로지 시비관是非觀이 없어야, 시비에서 벗어나기를 바랄 수 있을지니

어디 전서篆書를 쓰는 사람이 있는지요? 멋들어지게 써 달라고 부탁하여 흰 벽에 붙여 두고 싶습니다.

스저춘 올림(19일)
10월 20일 『선바오』의 『자유담』

주)________

1) 원문은 「答“兼示”」, 1933년 10월 26일 『선바오』의 『자유담』에 발표했다.

2) 앞 구절은 루쉰의 『화개집』(華蓋集)의 「청년필독서」(靑年必讀書)에, 뒷구절은 『이이
   집』(而已集)의 「독서 잡담」(讀書雜談)에 나온다.

3) 원문은 '懷舊'로 되어 있으나, 「과거에 대한 그리움(感舊)」, 즉 「33년에 느낀 과거에 대
   한 그리움」(重三感舊)이라고 해야 한다.

4) 원제는 「致黎烈文先生書——兼示豊之余先生」.

중국 문장과 중국인[1]

위밍余銘

최근 아주 좋은 번역서 한 권이 출판되었는데, 가오번한高本漢[2]이 지은 『중국어와 중국 문장』이 그것이다. 가오번한 선생은 스웨덴 사람으로 성은 본래 칼그렌이다. 그의 '성씨'가 가오가 된 까닭은 무엇인가? 그것은 두말할 것 없이 중국화되였기 때문이다. 그는 확실히 중국 어문학에 대해 아주 커다란 공헌을 했다.

그런데 그는 중국인에 대해서 더욱 많이 연구한 것 같다. 이런 까닭으로 그는 문언을 아주 숭배하고 중국 글자를 숭배하고 중국인에 대해서도 빠뜨릴 수 없다고 생각했던 것이다.

그는 말했다.

최근——주 : 가오씨의 이 책은 1923년 런던에서 출판했다——몇몇 잡지에서 백화를 시험 삼아 사용했지만 큰 성공을 거두지 못했다. 이로 말미암아 '자신들이 문언신문을 이해하지 못한다는 것을 풍자적으로 보여 주고 있다!'라고 여긴 다수의 정기구독자들의 분노를 산 것 같다.

서양 각국에도 연기 도중 수시로 여러 가지 '즉흥 익살'을 삽입하는 광대들이 많고, 문서 인용을 남발하는 작가들이 많다. 하지만 사람들은 이런 것들을 열등한 방식이라고 생각한다. 그런데 중국은 정반대로 절묘한 문아文雅이고 탁월한 재주를 보여 주는 부분으로 생각한다.

중국 문장의 "모호한 부분에 대하여 중국인들은 이 때문에 어려움을 느끼지 않을 뿐만 아니라 도리어 그것을 기꺼이 장려한다."

그런데 가오 선생 본인은 이로 말미암아 굴욕을 당할 만큼 당했다. "이 책의 저자는 친애하는 중국인들과 대화를 나누면서 저자에게 한 말은 완전히 이해할 수 있었지만 중국인들 간에 대화를 나눌 경우 거의 한 마디도 이해하지 못했다." 이는 물론 '친애하는 중국인'들이 그가 상류사회의 말을 이해하지 못한다는 것을 '풍자적으로 보여 주'고 있는 것이다. 왜냐하면 "중국에 온 외국인은 조금만 주의하면 자신이 보통사람들의 언어를 잘 알고 있다고 하더라도 상류사회의 대화에 대해서는 여전히 오리무중임을 느낄 수 있기" 때문이다.

따라서 그는 다음과 같이 말했다. "중국 문자가 아름답고 사랑스러운 귀부인 같다고 한다면, 서양 문자는 쓸모는 있지만 아름답지 않은 천한 하녀 같다."

아름답고 사랑스럽지만 쓸모가 없는 귀부인의 '탁월한 재주'는

‘익살 삽입’의 모호성에 있다. 이것은 서양 최고의 학자로 하여금 기껏해야 중국의 보통사람에 필적하게 만들고 상류사회에 기어오르려는 생각을 그만두게 한다. 이렇게 해서 우리는 ‘정신적으로 승리했다’. 이 승리를 유지하려면 절묘하고 문아한 어휘가 있어야 할 뿐만 아니라 게다가 풍부하기까지 해야 한다! 5·4 백화문운동이 ‘커다란 성공을 거두지 못한’ 원인은 대체로 상류사회에서 그들이 문언을 이해하지 못함을 풍자적으로 보여 주는 것을 두려워한 데 있다.

그럼에도 불구하고 “이쪽도 잘잘못이 있고, 저쪽도 잘잘못이 있다”라고 했거늘, 우리들은 역시 조금은 모호한 것이 좋다. 그렇지 않으면 도리어 어려움을 감수해야 한다.

10월 25일

주)______

1) 원제는 「中國文與中國人」, 1933년 10월 28일 『선바오』의 『자유담』에 발표했다.

2) 버나드 칼그렌(Bernhard Karlgren, 1889~1978). 스웨덴의 중국어학자. 1909년에서 1912년 사이에 중국에 머무르며 중국어 음운학을 연구했다. 『중국어와 중국 문장』은 1923년 영국에서 출판되었고, 장스루(張世祿)의 번역으로 1931년 상우인서관에서 출판했다.

야수 훈련법[1]

위밍

최근에 극히 유익한 강연이 있었다. 하겐베크 서커스단[2] 사장 사바데가 중화학예사 3층에서 우리에게 '어떻게 동물을 훈련시키는가'에 대해 강연했다. 아쉽게도 나는 방청할 수 있는 복이 없었고 그저 신문에서 기사를 보았을 뿐이다. 그런데 기사만으로도 인상적인 말이 충분히 많이 있었다.

무력과 주먹으로 야수에 맞서거나 압박할 수 있다고 생각하는 사람이 있지만, 그것은 틀렸다. 이것은 과거 야만인들이 야수에 맞서던 방법일 뿐이기 때문이다. 요즘 훈련방법은 결코 그렇지 않다.

요즘 우리가 사용하는 방법은 사랑의 힘으로 인간에 대한 동물의 믿음을 얻는 것이고, 사랑의 힘과 따뜻한 마음으로 그것들을 감동시키는 것이다.……

이런 말들은 게르만인의 입에서 나온 것이기는 하지만 우리 성현들의 고훈古訓과도 십분 부합한다. 무력과 주먹으로 맞서는 것은 이른바 '패도'覇道이다. 그런데 "힘으로 사람을 복종시키는 것은 마음으로 복종시키는 것이 아니"[3]므로, 문명인들은 '왕도'王道로 '믿음'을 얻어야 한다. "백성이 믿지 않으면 서지 못한다."[4]

그러나 '믿음'을 갖게 된 야수는 재주를 부려야 한다.

조련사는 동물들의 믿음을 얻은 다음에야 훈련시키는 일을 할 수 있다. 첫 걸음은 동물들로 하여금 앉는 곳, 서는 곳의 위치를 분명히 알도록 만든다. 그런 다음에 그것들로 하여금 뛰게 하고, 서게 할 수 있다.……

야수 훈련법은 목민牧民과도 통한다. 따라서 우리 선조들도 백성을 다스리는 위대한 인물을 가리켜 '목'[5]이라고 불렀던 것이다. 그런데 '목'이라는 것은 소나 양을 가리키는데, 야수에 비해 겁약하므로 전적으로 '믿음'에 기댈 필요는 없으며 주먹을 함께 사용해도 무방하다. 이것이 바로 허울 번드르르한 '위신'이다.

'위신'으로 다루는 동물은 '뛰고, 일어서는' 것으로는 충분하지 않다. 끝내는 털, 뿔, 피, 고기를 바치지 않으면 안 되고, 최소한 날마다 소젖, 양젖 같은 젖이라도 짜내야 한다.

그런데 이것은 고대의 방법일 뿐, 현대도 포괄할 수 있다고 생각하지 않는다.

사바데의 강연 후 '동방의 쾌락'과 '제기차기'[6] 등과 같은 여흥이 있었다고 한다. 신문에서 상세하게 보도하지 않아 내막은 알 길이 없다. 알려 주었더라면, 생각건대, 아마도 아주 의미가 있었을 듯하다.

10월 27일

주)________

1) 원제는 「野獸訓練法」, 1933년 10월 30일 『선바오』의 『자유담』에 발표했다.

2) 독일의 야수 조련사 하겐베크(Carl Hagenbeck, 1844~1913)가 만든 서커스단. 사바데(R. Sawade, 1869~1947)는 독일의 야수 조련사. 1933년 10월 27일 『선바오』의 보도에 따르면, 10월 26일 오후 중화학예사(中華學藝社)에서 강연한 사람은 하겐베크 서커스단의 베게너(A. Wegener)였고 사바데는 연로함을 이유로 강연하지 않았다고 한다. 중화학예사는 재일 중국학생들이 조직한 학술단체이다. 1916년 일본 도쿄에서 만들었고, 원래 이름은 병진학사(丙辰學社)였으나 상하이로 옮긴 후에 중화학예사로 이름을 바꾸었다. 『학예』 잡지를 발행했다.

3) 『맹자』의 「공손추상」(孔孫丑上)에 "힘으로 사람을 복종시키는 것은 마음으로 복종시키는 것이 아니므로 힘으로는 충분하지 않다"라는 말이 나온다.

4) 공자의 말로서 『논어』의 「안연」(顔淵)에 나온다. 송대 형병(邢昺)은 "나라를 다스림에 믿음을 잃어서는 안 되고, 믿음을 잃으면 나라가 서지 못한다"라고 주석을 달았다.

5) 『예기』의 「곡례」에 "구주(九州)의 장이 천자의 나라로 들어가면 목(牧)이라고 불린다"라고 했다. 고대에 '구주'의 장관을 목이라고 불렀다. 한대부터 일부 조대에서 목이라는 관직을 설치하기도 했다.

6) 1933년 10월 27일 『선바오』의 보도에 따르면, 베게너의 강연이 끝난 뒤에 영화를 상영하여 흥을 돋우었다고 한다. 상영된 것 가운데는 「동방의 쾌락」(東方大樂), 「추민이의 제기차기」(褚民誼踢毽子) 등의 단편영화가 있었다고 한다. 추민이(褚民誼, 1884~1945)는 본명은 밍이(明遺), 자는 충싱(重行), 저장 우싱(吳興) 사람. 동맹회 초

기 회원이었다. 후에 일본 정부와 결탁했다는 이유로 국민당 정부에 의해 사형을 당했다. 그는 『대중건강』(大衆健康)이라는 잡지를 창간하여 '국술(國術)의 대중화·과학화'를 주장하는 동시에 민간에 전해 오는 전통체육이라고 할 수 있는 제기차기와 연날리기 등을 활성화하고자 했다.

되새김질[1]

위안건元艮

‘『장자』와 『문선』’에 관한 논의에 대하여 일부 간행물은 이 문제를 연구할 필요가 있는지를 직접적으로 제기하지 않고 일찌감치 다른 문제를 걸고 넘어졌다. 그들은 『문선』을 반대하는 사람들부터가 고문을 짓고 고서를 읽은 적이 있다고 조소하고 있다.

이것은 정말 대단하다. 소위 "그대의 창으로 그대의 방패를 공격한다"[2]라는 것일 터이다. 미안하다, '고서'가 또 나와 버렸다!

감옥에 가 본 적이 없는 사람이 어떻게 감옥의 진상을 알 수 있는가. 부호를 따라가거나 혹은 자신이 부호라면 미리 전화를 넣어 둔 다음에 감옥을 구경하면 된다. 이렇게 하면 아주 온화한 간수와 영어로 자유자재로 대화할 수 있는 죄수[3]를 만나게 될 뿐이다. 만약 자세히 알고자 한다면 반드시 옛날에 간수였거나 석방된 죄수를 만나야 한다. 물론 그들은 여전히 나쁜 버릇이 남아 있기도 하지만, 사람들에게 감옥에 들어가서는 안 된다는 그들의 충고는 모범감옥의 교육과 위생이 얼마나 완비되어 있고 가난뱅이 집보다 아주 많이 좋다고 하는 따위의 명사라고 하는 사람들의 말보다 훨씬 믿을 만하다.

그런데 감옥물에 담근 적이 있는 사람들은 감옥이 나쁘다고 말하지 않는다고들 한다. 간수나 수감자는 모두 나쁜 사람이고 나쁜 사람은 유익한 말을 하지 않기 때문이다. 좋은 사람이 감옥이 좋다고 말해야만이 비로소 유익한 말이라는 것이다. 『문선』을 읽어 보고 쓸모 없다고 말하는 것은 『문선』을 읽지도 않고도 쓸모가 있고 볼만하다고 말하는 것보다 못하다고 한다. ‘『문선』 반대’를 반대하는 여러 군자들의 대다수는 물론 읽었겠지만 아직 읽지 않은 사람도 있다. 여기에서 예 하나를 들어 보기로 한다. “『장자』를 나는 4년 전에 읽었지만 당시에는 완전히 이해하지는 못했다……『문선』은 전혀 본 적이 없다”라고 하면서, 그런데 그는 결미에서 “욕조의 물이 더러워졌다는 이유로 어린 아기조차도 쏟아 버려야 한다는 뜻이라면 우리들은 감히 찬동할 수 없다”[4]라고 말했다. 그는 물 속의 ‘어린 아기’를 보호하고자 하면서도 ‘욕조의 물’은 본 적이 없다.

5·4운동 당시 문언보호자들은 무릇 백화문을 쓸 수 있는 사람은 모두 문언문을 쓸 수 있으므로 고문도 읽어야 한다고 말했다. 요즘 고서보호자들은 고서를 반대하는 사람도 고서를 보고 문언문을 쓴다고 말한다. 참으로 우스꽝스러운 주장이다. 영원한 되새김질에도 불구하고 구토를 하지는 않는다. 아마도 정녕 『장자』를 꿰뚫고 있기 때문일 것이다.

11월 4일

주)______

1) 원제는 「反芻」, 1933년 11월 7일 『선바오』의 『자유담』에 발표했다.

2) 『한비자』의 「난세」(難勢)에 다음과 같은 이야기가 나온다. "창과 방패를 파는 사람이 있었는데, 방패의 견고함을 자랑하며 어떤 것도 뚫을 수 없다고 하다가, 돌연 창을 자랑하며 '내 창의 날카로움은 어떤 것도 뚫지 못하는 것이 없다'라고 했다. 사람들이 응대해서 말하기를 '그대의 창으로 그대의 방패를 뚫으면 어떠한가?'라고 했다. 이에 그 사람은 대답할 수 없었다."

3) 후스(胡適)가 한 말이다. 루쉰은 『거짓자유서』의 「'광명이 도래하면……'」("光明所到……")에서 『쯔린시바오』(字林西報)에 게재된 2월 15일자 '베이징 통신'을 인용하고 있다. 그 내용은 후스가 감옥을 참관하면서 영어를 할 줄 아는 죄수를 만났다는 것이다.

4) 1933년 10월 24일 『다완바오』의 『횃불』에 실린 허런(何人)의 「나의 의견」(我的意見)에 나온다.

후덕함으로 돌아가다[1]

려우 羅憮

양장洋場에서 미워하는 여자에게 강산[2]을 뿌리는 일은 이미 자취를 찾아보기 어렵다. 미워하는 변호사에게 오물을 뿌리는 풍조는 겨우 두 달 정도 지속되었다. 가장 오래가는 것은 유언비어를 만들어 미워하는 문인을 중상하는 일이다. 내 생각에 늘리지 않고 줄여서 말한다고 해도 이런 일은 벌써 여러 해 되었다.

양장에는 원래부터 할 일 없는 사람이 적지 않았다. '바이상 밥을 먹'어도 살아갈 수 있으므로 하물며 이따금 마작 몇 번 하는 사람은 말할 필요도 없다. 아낙네가 속닥거리며 심심풀이해서는 안 된 적이 언제 있었던가? 내가 바로 유언비어 전문잡지를 즐겨 보던 사람 중 하나이다. 그런데 내가 본 것은 유언비어가 아니라 유언비어 작가의 수단이었다. 그가 어떤 독특한 환상, 어떤 색다른 묘사, 어떤 음흉한 모함, 어떠한 요리조리 피하는 본색을 가지고 있는지를 살펴본다. 유언비어 날조에도 재능이 필요하다. 그의 날조가 비상하다면 나는 그의

재주를 아낄 것이다. 설령 날조한 것이 나 자신에 대한 유언비어라고
하더라도.

　그런데 아쉽게도 대개는 이런 재능이 없다. 유언비어문학 작가들
은 아직도 '남우충수'[3]하고 있는 실정이다. 이것은 결코 나 한 사람의
사견은 아니다. 무슨 문단이야기에 관한 소설도 유행하지 않고 무슨
외사外史도 계속되지 않는 것[4]으로 보아 사람들 대다수가 고개를 젓
고 있음을 알 수 있다. 이래저래 이야기해도 결국은 늘 같은 타령이므
로 기억력이 나쁘더라도 자꾸 듣다 보면 지겨워지기 때문이다. 계속
하고 싶다면 재능이 있어야 하고, 재능이 없으면 무대 아래 사람들이
흩어지므로 다른 연극으로 호객해야 한다.

　예를 들어 보자. 이전에 「살자보」[5]를 공연했으면, 이번에는 반드
시 '주인어른, 예, 예, 예!'거리는 「삼낭교자」[6]여야 한다.

　그런데 문단도 사실 연극계만큼이나 과연 차츰 '민심이 후덕함
으로 돌아간'[7] 지 오래되었다. 어떤 잡지는 자체 성명을 내거나 책임
자를 바꾸기까지 하면서, 과거 "작가의 비사秘史를 게재한 것은 비록
그것이 문단의 미담이라고 하더라도 충후忠厚함에 해가 된다. 앞으로
본 간행물은 이런 원고를 싣지 않는다.……과거에 한 말에 대한 책임
은……일괄적으로 책임을 지지 않는다"[8]라고 했다. '충후'를 위해서
'미담'을 희생한 것은 애석하지만 존경할 만하다.

　더욱 존경할 만한 것은 책임자를 바꾼 일이다. 결코 그들의 "일
괄적으로 책임을 지지 않는다"를 존경하는 것이 아니라 그들의 철저
함을 존경하는 것이다. 옛날에는 '도살 칼을 내려놓고 그 자리에서 성

불한' 사람이 있었다고 하지만, '관인(官印)을 내려놓고 그 자리에서 염불하'다가 결국에는 '염주를 내려놓고 그 자리에서 관리가 된' 사람도 있었기 때문이다. 이러한 놀음은 그야말로 이미 천하에 큰 믿음을 주기에는 충분하지 않고, 다른 사람들에게 맡기는 것도 조금 난감하다.

그런데 더욱 난감한 것은 독자들에게 호소하기에는 유언비어문학이 충후문학보다 훨씬 용이하므로 모름지기 재능이 더욱 많은 작가가 있어야 한다. 그런데, 한동안이라도 이러한 작가를 찾는 것이 쉽지 않으면 그 간행물은 빛을 잃게 되기 마련이다. 내 생각에는 예전의 익살꾼 얼처우(二丑)를 데려와 긴 수염을 달고 라오성(老生) 역을 하도록 하는 게 좋겠다. 이렇게 하면 잠깐이라 하더라도 특별하고 재미있을 것 같다.

11월 4일

부기 : 이 글은 발표하지 못함.

이듬해 6월 19일에 적다

주)______

1) 원제는 「歸厚」, 발표되지 못했던 글이다.
2) 강산(强酸). 질산, 황산 등 부식성이 강한 액체의 속칭.
3) 『한비자』의 「내저설」(內儲說)에는 다음과 같은 이야기가 있다. "제나라 선왕(宣王)은 사람들로 하여금 위(竽; 피리의 일종)라는 악기를 연주하게 하였는데, 반드시 300명

이 함께 연주하도록 했다. 남곽(南郭) 처사는 왕을 위하여 위를 연주하겠다고 청하자 선왕이 기뻐하여 수백 명에 해당하는 녹봉을 주었다. 선왕이 죽고 민왕(湣王)이 제위에 올랐다. 민왕은 한 사람 한 사람 각각 연주하는 것을 좋아했는데, 이에 처사는 도망을 갔다." '남우충수'(濫竽充數)는 여기에서 비롯된 성어로서 재능 없이 머릿수만 채우고 있는 것을 뜻한다.

4) '문단이야기 소설'과 '외사'(外史)는 문화계 인사들을 빗대어 쓴 작품을 가리킨다. 예컨대 장뤄구(張若谷)의 『파한미』(婆漢迷), 양춘런(楊邨人)의 『신유림외사』(新儒林外史; 제1회만 썼다) 등이 있다.

5) 「살자보」(殺子報)는 음란한 장면과 잔인한 살인을 표현한 구극. 과부 서(徐)씨와 승려의 사통, 자식을 죽이고 시체를 훼손하는 장면 등이 묘사되어 있다.

6) 「삼낭교자」(三娘敎子)는 절개를 가르치는 구극. 설광(薛廣)이 위해를 당했다는 소문에도 불구하고 그의 첩 삼랑이 절개를 지키며 아들을 길러 마침내 봉고(封誥)를 받았다는 이야기. '주인어른'(老東人)은 극 중에서 하인 설보(薛保)가 주인 설광을 칭하는 말이다.

7) 『논어』의 「학이」에 "증자가 가로되 '장례는 삼가며 치르고 제사는 추모의 마음을 다하면 민덕이 후덕함으로 돌아간다(民德歸厚)"라는 말이 나온다.

8) 『미언』(微言) 제1권 제20기(1933년 10월 15일)는 '개편광고'를 실어 원래 설립자 허다이(何大義) 등 8명은 이미 본 간행물과 관계를 끝냈으며, 제20기부터 첸웨이쉐(錢唯學) 등 4명이 계속해서 잡지를 만든다고 발표했다. 이와 더불어 그들 4인의 '광고'(啓事)가 실렸는데, 여기에 인용한 구절은 '광고'에 나오는 말이다.

난득호도¹⁾

쯔밍 子明

전서篆書를 쓰자고 말하는 사람이 있어서인지 정판교[2]의 '난득호도' 難得糊塗라고 새긴 도장이 떠올랐다. 들쭉날쭉하게 새긴 이 네 글자의 전서는 명사名士의 근심스러운 기분을 잘 표현해 주고 있다. 여기에서 목각 따위의 '놀이'를 하는 것도 꼭 '개인 사정일 뿐'이 아닌 것처럼 도장 새기기와 전서 쓰기에도 일정한 풍격을 반영한다는 것을 족히 알 수 있다. '변종'과 '요괴'가 전서를 쓰면 '요상과 변질'을 머금게 된다.

그런데 풍격, 정서, 경향 따위는 사람에 따라 다를 뿐만 아니라 사건에 따라 다르고 시대에 따라 다르다. 정판교는 '난득호도'라고 했지만 사실 그는 바보인 척하고도 남는 사람이었다. 요즘은 "벼슬을 구하다 얻지 못해도 슬퍼할 것이 못 되고, 은거를 하려다 몸을 숨길 땅을 찾지 못해도 천하의 지극한 슬픔이 아니지 않는가"[3] 라고 하는 시대가 도래했으므로 정녕 바보가 되려고 해도 될 수가 없다.

바보주의, 무無시비관[4] 등등은 본래 중국의 고상한 도덕이었다.

그것을 해탈이나 달관으로 말할 수도 있을 터이나 꼭 그런 것은 아니다. 그것은 사실 도덕에서의 정통, 문학에서의 정종正宗 따위와 같이 무언가를 고집하고 견지하는 것이다. 바보주의, 무시비관은 마침내 다음과 같은 말을 했다. 도덕은 공맹孔孟에 '불가의 응보설'(노장은 다른 장부에 기록)을 더해야 하는데, 아무개가 불교의 영향에 대하여 '야박'하게 평가하는 것은 바로 '유가를 위해서 정통 다툼을 하려'는 것이고 원래 동선사의 삼교동원론[5]은 벌써부터 정통이 되었다고 말한다. 문학은 어떠한가? 난삽한 글자와 사조를 사용하고 섬농한 작품[6]이어야 한다. 게다가 신문학 작품에 대하여 그들은 '신문학과 구문학의 경계를 부인하'고, 대중문학은 '확실히 찬성'함에도 불구하고 그것은 문학 중의 '곁가지'라고 한다.[7] 정통과 정종이 분명하기 때문이다.

인생의 권태에 대해서는 결코 바보가 아니다! 살아가는 삶이 이미 그토록 '궁핍'하므로 청년들에게 '불가의 응보설', 『문선』, 『장자』, 『논어』, 『맹자』' 속에서 수양을 추구하도록 바란다. 차츰 수양은 보이지 않고 글자만 남게 되었다. "자연의 경물, 개인의 감정, 궁실의 건축……따위는 『문선』류 책에서 찾아 사용하는 것도 괜찮다."[8] 예전에 옌지다오嚴機道는 모某 고서에서 —— 아마도 『장자』일 것이다 —— '야오니'么匿[9]라는 두 글자를 찾아서 Uint를 번역했다. 고아할 뿐만 아니라 음과 뜻이 모두 통한다. 하지만 훗날 통용된 것은 '단웨이'單位였다. 노老 옌 선생은 이런 종류의 '어휘'를 아주 많이 만들었으나 대체로 부활해서 돌아올 도리는 없는 것 같다. 그런데도 요즘 "한漢 이후의 단어, 진晉 이전의 글자에다 서방 문화가 데리고 온 글자와 단어를 연달아 이어 붙여 우리의 빛나는 신문학을 성공시킬 수 있다"[10]
고 여기는 사람도 있다. 이 빛이 글자와 어휘에만 발한다고 한다면 그
것은 온몸을 구슬과 보배로 휘감은 옛 무덤 속의 귀부인과 같을 것이
다. 인생이란 연달아 이어 붙여 연주하고 있는 것이 아니라 창조하고
있는 것이다. 수천 수백만의 살아 있는 사람이 창조하고 있는 것이다.
가증스러운 것은 인생이란 그토록 근심스럽고 소란스러운 것인데,
'몸을 숨길 땅을 찾지 못한' 몇몇 사람들이 글자와 단어 속으로 도망
쳐서 '시비에서 벗어나기'를 바라면서도 그렇게 하지 않는다는 것이
다. 정말 전서를 쓰고 싶다면 도장이나 새기시구려!

11월 6일

주)______

1) 원제는 「難得糊塗」, 1933년 11월 24일 『선바오』의 『자유담』에 발표했다. '난득호도'
   는 '바보인 척하기 어렵다'는 뜻으로 청대 서화가이자 문학가였던 정판교가 편액에
   쓴 유명한 글귀이다.
2) 정판교(鄭板橋, 1693~1765). 이름은 섭(燮), 자는 극유(克柔), 호가 판교. 장쑤 싱화(興
   化) 사람, 청대 문학가이자 서화가이다.
3) 장타이옌(章太炎)이 우쭝츠(吳宗慈)가 편집한 『여산지』(廬山志)에 쓴 「제사」(題辭)에
   나온다. 이 「제사」는 1933년 9월에 쓰고 같은 해 10월 12일 『선바오』의 『자유담』에
   발표했다.
4) '무시비관'(無是非觀)은 옳고 그름을 따지지 않는 태도를 가리키는 것으로 『장자』와
   『문선』 논쟁에서 스저춘(施蟄存)이 한 말이다.

5) 동선사(同善社)는 도가 조직의 하나. '삼교동원론'(三敎同源論)은 유불도 삼교가 뿌리
   가 같다고 주장하는 것이다.

6) '사조'(詞藻)는 시문에서 쓰는 이해하기 어려운 어휘를 가리키는 말이고, '섬농'(纖穠)
   은 사공도(司空圖)의 『이십사시품』(二十四詩品)에 나오는 비평어로서 날씬하고 통통
   한 것이 잘 어울린다는 것이며 비례의 아름다움을 뜻하는 말이다.

7) 스저춘의 「포위망 뚫기」(突圍)의 네번째 글인 '차오쥐런에게 답하며'(答曹聚仁)에 나
   오는 말이다. 1933년 10월 30일 『선바오』의 『자유담』에 나오며, 원문은 다음과 같다.
   "나는 되도록 쉬운 문자로 대중에게 읽을거리를 제공해 주는 대중문학에 찬성한다.
   하지만 그것은 문학의 곁가지이다."

8) 스저춘의 「포위망 뚫기」의 다섯번째 글인 '즈리에게 답하며'(答致立)에 나오는 말이
   다. 1933년 10월 30일 『선바오』의 『자유담』에 나오는데, 원문은 다음과 같다. "적어
   도 많은 자연의 경물, 개인의 감정, 궁실의 건축, 그리고 어떤 특정한 상황에서 사용하
   는 명사와 형용사 따위는 『문선』류의 책에서 찾아 사용하는 것도 괜찮다."

9) 영어 unit의 음역. 옌푸(嚴復)는 영국 스펜서의 『사회학 연구』(群學肄言) 제3장 「비유
   의 기술」(喩術)에서 "사회라는 것은 퉈두(拓都)라고 하고, 하나라는 것은 야오니(幺
   匿)라고 한다"라고 했다. 옌푸는 스스로 「번역 뒤의 말들」(譯餘贅語)에서 예를 들어
   가면서 다음과 같이 설명했다. "대개 만물은 전체와 부분이 있지 않음이 없다. 전체라
   는 것은 퉈두인데 취안티(全體)라고 번역하고, 부분은 야오니라고 하는데 번역어는
   단거(單個)이다. 붓은 퉈두이고 털은 야오니이다. 밥은 퉈두이고 쌀알은 야오니이다.
   국가는 퉈두이고 백성은 야오니이다." '퉈두'는 영어 'total'의 음역이다.

10) 스저춘 「포위망 뚫기」의 네번째 글 '차오쥐런에게 답하며'에 나온다.

고서에서 살아 있는 어휘 찾기[1]

뤄우

고서에서 살아 있는 어휘를 찾기란 말로는 할 수는 있어도 해낼 수는 없다. 고서에서는 한 글자도 찾아낼 수 없다.

여기에 '『문선』을 읽을 수 있는 청년' 즉, 중학생 가운데 몇 명이 있다고 치자. 그가 『문선』을 펼쳐 일념으로 살아 있는 글자를 찾는다 해도 거기에 있는 글자들이 벌써 죽은 것임을 분명히 깨닫게 된다는 것은 말할 것도 없다. 그런데 그는 글자들의 생사를 어떻게 분별하는 가? 대개는 자신이 이해하는지를 기준으로 삼을 수밖에 없다. 그런데 육신주[2]를 보고 나서 이해하는 글자는 포함시켜서는 안 된다. 왜냐하면 그것은 애당초 죽은 시체였으나 육신을 경유하여 그의 머릿속으로 들어가 비로소 산 사람이 되는 셈이고, 설령 그의 머릿속에서 부활했다고 하더라도 '『문선』을 읽을 수 있'기 전의 '청년'의 눈에는 아무래도 죽은 놈이기 때문이다. 따라서 그는 모름지기 백화문을 보아야한다.

그러하다면 주석을 보지 않고도 이해할 수 있는 것, 이것이 바로 살아 있는 어휘이다. 그런데 어떻게 주석을 보기도 전에 이해할 수 있다는 것인가? 언젠가 다른 책에서 보았거나 아직까지도 응용되는 어휘이므로 이해할 수 있는 것이다. 그렇다면 『문선』에서 무엇을 찾을 수 있다는 것인가?

그런데 스 선생은 궁전 따위를 묘사하고자 할 때 쓰임새가 있다고 말한다. 이 말은 정말 옳다. 『문선』에 수록된 많은 부賦들은 궁전을 이야기한 것이며, 뿐만 아니라 무슨 전각을 대상으로 하는 부도 있다. 한진漢晉 시대의 역사소설을 쓰려고 한다든지 당시의 궁전을 묘사하고자 하는 청년이라면 『문선』을 찾아보는 것은 아주 당연하다. 뿐만 아니라 '사사'四史 『진서』[3]류도 반드시 보아야 한다. 그런데 뽑아낸 벽자僻字들이 시체를 건져 올린 것에 불과한데도 '부활'이라는 이름을 붙여 신비화시켜 말한다. 만일 묘사 대상이 청대의 고궁이라면 『문선』과의 인척관계는 지극히 미미하다.

청대의 고궁도 묘사할 생각이 없으면서 노력을 그토록 광범위하게 들일 작정이라면, 그것은 정녕 헛수고라고 하기에도 부족함이 있다. 왜냐하면 『역경』과 『의례』[4]도 있기 때문이다. 여기에 있는 어휘들은 주나라의 점사와 혼인상제의 대사를 묘사할 때 쓰임이 있으므로, 또한 '문학 수양의 근거'로 간주할 필요가 있다. 이렇게 해야 비로소 훨씬 '문학청년'의 모양다울 것이다.

11월 6일

1) 원제는 「古書中尋活字彙」, 1933년 11월 9일 『선바오』의 『자유담』에 발표했다.

2) 『문선』의 주석에는 당대 이선(李善)의 주석과 여연제(呂延濟), 유량(劉良), 장선(張銑), 여향(呂向), 이주한(李周翰) 등 5인의 주석이 있다. 이를 모두 합하여 '육신주'(六臣注)라고 한다.

3) '사사'(四史)는 『사기』, 『한서』, 『후한서』, 『삼국지』를 칭하는 말이며, 『진서』(晉書)는 당대 방현령(房玄齡) 등이 지은 진나라 역사를 기술한 기전체(紀傳體)의 역사서이다.

4) 『의례』(儀禮)는 『예경』(禮經)이라고도 하며, 유가의 경전이다. 춘추전국시대의 예의 제도에 관한 자료를 모은 책이다.

문호를 '협정하다'[1]

바이짜이쉬안 白在宣

펜촉이라면 날카로워야 하고 뚫을 수도 있어야 한다. 협소한 언로는 이제 활로가 없는 것 같고, 따라서(이 구절은 게재될 당시 '다른 곳을 뚫고 들어가지 못했다') 하릴없이 문예잡지의 광고의 과장에 대하여 앞으로 나가 한 번 찔러 보고자 한다.

잡지의 광고를 일독해 보면 필자 개개인이 모두가 문호이고 중국 문단도 정녕 천길만길 비추는 불꽃 같지만, 다른 한편으로 흥, 흥, 콧소리를 불러들인다. 그런데 평생의 저술을 명산에 숨겨 두고 고고학 팀의 발굴을 기다리는 작가는 이미 오래전에 사라졌다. 스스로 짓고 새겨 얇은 책으로 묶어서 벗들에게 보내는 시인도 만나기 어려워진 지 오래되었다. 요즘은 지난주에 쓴 원고를 다음 주 신문에 싣고, 지난달에 오려 붙여 다음 달에 책으로 출판한다. 대개는 고작 원고료 때문이다. 필자들이 주린 배를 부여안고 사회를 위한 봉사에 몰두한다고 말한다면, 아마도 말하면서 얼굴이 붉어질 것이다. 원고료가 필

요한 사람을 비웃는 고사高士라고 하더라도 그것을 조소하는 그의 글
도 역시나 원고료를 요구하기 마련이다. 그런데 물론 달리 봉급이 나
오거나 부인의 지참금에 기대서 살아가는 문호는 이런 부류에 속하지
않는다.

대체적으로 말하면, 그것의 뿌리는 글로 돈을 산다는 데 있다. 따
라서 상하이의 각양각색의 문호가 '협정'에서 비롯된 것은 "이미 오래
된 일이고, 하루아침에 생긴 일이 아니다"[2]는 것이다.

상인들은 원고를 인쇄하고 나면 광고를 내는데, 봉건이 득세하
면 필자를 봉건문호라고 하고 혁명이 진행되는 시기면 혁명문호라고
하는 식으로 일군의 문호들을 봉한다. 다른 상인의 책이 인쇄되면 그
필자는 결코 진짜 봉건문호도 진짜 혁명문호도 아니고, 이편이야말로
진짜 물건이라고 또 다른 광고를 내면서 일군의 문호들을 봉한다. 또
다른 상인은 각종 광고 논쟁을 모아 인쇄하고 필자 한 명의 비평을 덧
붙여 새 문호를 배출한다.

모든 배역들을 결합시키는 방법도 있다. 시인 몇 명, 소설가 몇
명, 비평가 한 명이 협상하여 무슨 무슨 사社를 세워 저편의 문호를 타
도하고 이편의 문호를 치켜세우는 광고를 낸다. 결과는 언제나 일군
의 문호들을 봉할 수 있다는 것이고, 이것도 일종의 '협정'이다.

대체적으로 말하면, 그것의 뿌리는 글로 돈을 산다는 데 있다. 그
러므로 훗날의 책값이야말로 문호들의 진짜 가치를 보여 준다. 80%
할인, 한 꾸러미에 5자오角도 단언하기 어렵다. 그러나 예외도 있다.
가게를 팔아넘기고 작품을 헐값으로 판다고 해도 문호들이 결코 막다

른 길에 이른 것은 아니다. 그들은 벌써 '기어올라 가' 대학에 들어가고 관리가 되었으므로 이러한 디딤돌이 필요 없어진 것이다.

11월 7일

주)______

1) 원제는 「"商定"文豪」, 1933년 11월 11일 『선바오』의 『자유담』에 발표했다.
2) 원문은 '久已夫, 已非一日矣'인데, 이는 불필요한 말을 반복하는 옥상옥(屋上屋) 형식의 상투적인 팔고문을 모방한 것이다. 청대 양장거(梁章鉅)의 『제의총화』(制義叢話) 권24에 "이미 오래된 일이로고, 수천 년 수백 년 된 것으로 하루아침에 이루어진 것이 아니다"라는 구절이 나온다.

청년과 아버지[1]

징이쥰敬一尊

듣자 하니 '유럽풍의 동점東漸을 개탄하기 시작한 이래'[2] 중국의 도덕이 나빠졌다고들 한다. 특히 요즘 청년들은 왕왕 아버지를 무시한다는 것이다. 이것은 커다란 문제인 것 같다. 왜냐하면 몇 가지 사례를 보고 아버지는 청년에 비하여 간혹 확실히 아주 쓰임새가 있고 아주 이로운 점이 있다고 느껴졌기 때문이다. 겨우 '문학 수양'에 도움이 되기에 족한 것만은 아니다.

옛 문장 한 편——무슨 책에 나오는지는 잊어버렸다——은 우리에게 다음과 같은 이야기를 들려준다. 일찍이 장생불로의 방법을 가진 한 도사는 스스로 벌써 백 살이 넘었다고 말했으나, 보기에는 스무 살 안팎처럼 '관옥같이 아름다웠다'. 어느 날 이 살아 있는 신선이 연회장에 귀한 손님으로 참석했다. 홀연 수염과 머리카락이 모두 하얗게 센 늙은이가 와서 신선에게 돈을 달라고 하자 신선은 욕을 하며 그를 내쫓아 버렸다. 사람들이 의아해하자 이 살아 있는 신선은 개탄하면서 말했다. "그 사람은 내 아들이라오. 걔가 내 말을 듣지도 않고 도를 닦으려고도 하지 않았소이다. 지금 보시오. 예순도 안 된 것이 그렇게 꼴사납게 늙어 버렸다오." 사람들은 물론 아주 감동했다. 그런데 훗날 마침내 그 사람이 실은 도사의 아버지였음을 알게 되었다는 것이다.[3]

또 한 편의 새로운 글——양楊 아무개의 고백[4]——은 우리에게 다음과 같은 이야기를 들려준다. 그는 뜻 있는 선비로 학설이 아주 정확하며 빈말을 하지 않을뿐더러 실천하는 사람이다. 그런데 어처구니없이 고생하는 어떤 지방의 노인네 모습을 보고 자신의 아버지가 떠올랐다. 자신의 이상이 실현된다고 하더라도 그의 부친은 대감마님이 될 수 없고 예나 다름없이 고생해야 한다. 이리하여 더욱 정확한 학설을 깨달은 그가 기존의 이상을 버리고 효자가 되었다는 것이다. 만약 부모가 일찍 죽었더라면 그의 학설이 이처럼 완벽하고 훌륭해질 수 있었겠는가? 이것이야말로 청년에 대한 아버지의 이로운 점이 아니겠는가?

그렇다면 아버지를 일찍 여읜 청년들은 방법이 없다는 것은 아닌가? 나는 그렇지 않다고 생각한다. 그들도 생각해 볼 방법이 있다. 바로 옛 책을 찾아보는 것이다. 또 다른 한 편의 글——무슨 책에 나오는 글인지는 잊어버렸다——은 다음과 같은 이야기를 들려준다. 거지 생활을 하는 한 노파에게 홀연 대부호가 다가와서 그녀가 오랫동안 헤어졌던 자신의 모친이라고 말했다. 노파는 잘못인 줄 알면서도 내친김에 노마님 노릇을 했다. 후에 그녀의 아들이 딸을 시집보내려고 노마님과 함께 금붙이를 사러 장신구점에 갔다. 아들은 노마님이 예전부터 마음에 들어 하던 것을 부인에게 가지고 가서 보여 주고, 다른 한편 노마님더러는 계속해서 골라 보라고 부탁했다. 허나 아들은 이 때부터 사라지고 없었다는 것이다.[5]

그런데 이 이야기는 살아 있는 신선 이야기를 본뜬 듯도 하고 반드시 구체적인 물건이 있어야 쓸 수 있는 방법이다. 단순히 고백 따위를 해보는 것이라면 실제로 아버지가 있든지 없든지 그리 커다란 관계가 없다. 예전에 '허군공화'[6]를 주장한 사람이 있었으므로, 지금 '무친효자'無親孝子가 있는 것이 어찌 문제가 되겠는가? 장쭝창[7]은 공자를 아주 존경하는 사람이다. 어쩌면 그의 저택에도 꼭 '사서'와 '오경'이 있는 것은 아닐 터이다.

11월 7일

주)______

1) 원제는 「靑年與老子」, 1933년 11월 17일 『선바오』의 『자유담』에 발표했다.

2) 청말 문인들의 문장에 자주 등장하는 상투어로 '유럽풍의 동점'은 서방 문화가 중국으로 들어오는 것을 뜻한다.

3) 도사의 장생불로에 관한 이야기는 『태평광기』(太平廣記) 28·29권에서 오대(五代) 한(漢) 왕인유(王仁裕)의 『옥당한화』(玉堂閑話)를 인용한 데 나온다. 내용은 다음과 같다. "창안의 번성이 끝날 즈음 한 도사가 있었다. 단사(丹砂)의 비법을 깨달아 얼굴이 약관처럼 보이는데 스스로 300여 살이라고 하여 서울 사람들이 모두 그를 부러워했다. 물건을 팔아 단사를 구하고자 이런저런 도움을 청하는 사람들이 문전성시를 이

루었다. 조정의 선비 몇몇이 순번대로 한참 먹고 마시고 있을 때 문지기가 '젊은 분이 시골에서 와서 뵙자고 합니다'라고 했다. 도사는 화를 내며 그를 질책했다. 손님들이 그것을 듣고 말하기를 '아드님이 먼 곳에서 왔으니 한번 보시는 것도 괜찮을 듯합니다'라고 했다. 도사가 빈축을 사게 되자 이에 말하길 '들어오게 하라'라고 했다. 돌연 수염과 머리카락이 은백색이고 늙고 허리 굽은 늙은이가 앞으로 와서 절했다. 절을 마치자 중문으로 들어온 것을 질책하며 앉아 있는 손님들에게 '아들 자식이 미욱하여 단사를 복용하려 하지 않아서 이 지경이 되었습니다. 100살도 안 됐지만 이처럼 말라비틀어져서 마을에서 벌써부터 손가락질 당하고 있습니다'라고 천천히 말했다. 앉아 있던 손님들은 더욱 그를 신비하게 여기게 되었다. 나중에 친지에게 사사로이 물어보는 자가 있었는데, 이에 허리 굽은 사람이 그의 아버지라고 대답했다. 도술을 좋아하는 사람은 그것에 미혹되면 어린아이처럼 쉽게 속게 된다."

4) 양춘런(楊邨人)이 『독서잡지』(讀書雜誌) 제3권 제1기(1933년 2월)에 발표한 「정당생활의 참호를 떠나며」(離開政堂生活的戰壕)를 가리킨다. 내용은 이렇다. "나 자신을 되돌아보면 아버지는 나이가 많았고 집은 가난했으며 동생은 어렸다. 반평생을 떠돌이 생활하느라 한 가지 일도 이룬 것이 없다. 혁명은 언제나 성공할 수 있을까. 나의 가족들은 현재 굶주린 시체가 되어 하루를 넘기기 어려우니 장래에 혁명이 성공한다고 하더라도 상어(湘鄂) 서부 소비에트 지구의 상황으로 미루어 보면 나의 가족들은 굶주린 시체나 거지가 되는 꼴을 면하기 어려울 것이다. 아무래도 청산(靑山)이 아직 남아 있을 때 나의 가족이나 돌보아야겠다! 아픈 와중에 천만 번을 생각한 뒤에 마침내 이성적으로 중국공산당을 떠나야겠다고 판단했다."

5) 송대 진세숭(陳世崇)의 『수은만록』(隨隱漫錄) 권5 '첸탕유수'(錢塘游手) 항목에 비슷한 이야기가 있다. 루쉰은 1927년 일기에 덧붙인 「서유서초」(書牖書鈔)에 이 책을 인용하고 있다.

6) 신해혁명 뒤 캉유웨이는 상하이에서 『불인』(不忍) 잡지 제9, 10기 합간(1918년 1월)에 「공화평의」(共和平議), 「쉬 태부(쉬스창)에게 보내는 편지」(與徐太傅[徐世昌]書)를 발표했는데, 중국은 '민주공화'가 아니라 '허군공화'(虛君共和) 즉 군주입헌을 시행해야 한다고 주장했다.

7) 장쭝창(張宗昌, 1881~1932). 산둥(山東) 예현(掖縣) 사람. 베이양 평계(奉系)군벌이다. 1925년 산둥 독군(督軍) 시절 공자를 존경하고 경전을 읽을 것을 주장했다.

후기

이 60여 편의 잡문은 압력을 받기 시작하면서, 작년 6월부터 다양한 필명으로 편집인 선생과 검열관 나리의 눈을 막아 가며 계속해서 『자유담』에 발표한 글이다. 그런데 금방 일부 '영감'이 탁월한 '문학가'의 떠벌리기 덕택에 속일 수 없는 상황이 되어 버렸다. 추삭에 근거한 그들의 판단이 사실에 결코 부합하지 않는 적이 있기도 했다. 하지만 회개에 능하지 못한 나는 끝내 어디에도 몸을 숨기지 못하고 반년도 못 미쳐 더욱 심한 압력을 받게 되었다. 11월 초까지 끌고 오다가 하릴없이 펜을 멈추었으니 나의 필묵이란 것이 실은 지휘도 아래에서 용감히 나서는 가면 쓴 영웅들을 대적할 수 없음을 증명하고 말았다.

새로 쓰지 않고 예전 원고를 정리하여 연말에 한 권의 책으로 묶어 두었다. 당시에 삭제되거나 발표할 수 없었던 글도 덧붙였더니 분량으로 보자면 이전의 『거짓자유서』보다 좀더 많아졌다. 올 3월 중에 비로소 인쇄에 넘길 염이 들어 서문을 쓰고 느릿느릿 순서를 정하고 교정 작업을 시작했는데 어느새 다시 반년이 흘렀다. 펜을 멈추던 시기를 돌이켜 보니 벌써 1년이 넘었다. 시간은 정녕 나는 듯이 빠르다. 그런데 내가 두려워하는 것은 나의 잡문이 현재 혹은 심지어는 내년을 말하고 있는 듯하다는 점이다.

『거짓자유서』가 출판되던 때를 기억한다. 『사회신문』[1]에 내가 그 책을 출판한 본의가 전적으로 꼬리 즉, 「후기」 때문이라는 비평이 실렸다. 이것은 사실 오해이다. 나의 잡문은 늘 코 하나, 입 하나, 터럭 하나를 쓰고 있지만 그것들을 합하면 거의 한 가지 형상의 온전한 모습이 되므로 따로 무엇을 보태지 않아도 그럭저럭 쓸 만하다. 하지만 꼬리를 그려 넣으면 더욱 완전하게 보인다. 따라서 후기를 쓰려고 하는 까닭은 내가 펜을 놀리는 사람인지라 아무래도 펜을 놀리고 싶어 하는 게 있고, 이외에 이 책 속에 그려진 형상으로 하여금 더욱 완전한 구상具象이 되게 하려는 것일 따름이지 ‘전적으로 꼬리 때문’은 아니다.

내용도 예전처럼 사회적 현상 특히, 문단의 형편을 비판했다. 애써서 필명을 바꾸었기 때문에 처음에는 평안무사했다. 그런데 “강산은 바꾸기 쉬워도 품성은 바꾸기 어렵다”고 했듯이 나는 내가 결국은 안분지족할 수 없을 것임을 알고 있었다. 「서문의 해방」은 쩡진커와 부딪쳤고 「호언의 에누리」는 장쯔핑을 거슬리게 했고 이외에도 부지불식중에 일부 위인들을 불쾌하게 만들었다. 그런데 「각종 기부금족」과 「등용술 첨언」을 쓴 뒤로 이 안건은 정말로 아주 시끄러워지고 말았다.

작년 8월 중에 시인 사오쉰메이 선생이 경영하는 서점에서 『십일담』[2]이 출판되었다. 이 시인은 제2기(20일 출판)에서 우쭐거리며 '문인무행'론을 들고 나와 문인을 다섯 종류로 분류한 다음 이렇게 결론지었다.

상술한 다섯 종류 외에도 물론 많은 다른 전형들이 있다. 그런데 그들이 문인이 된 까닭은 하나같이 먹을 게 없거나 먹을 게 있다고 해도 배부르게 먹지 못해서이다. 문인이 되는 것은 관리가 되거나 장사를 하는 것에 비할 수 없이 아무튼 얼마간의 밑천도 들지 않기 때문이다. 펜 하나, 먹 조금, 원고지 몇 장이 준비해야 할 모든 것이다. 밑천 안 드는 장사는 누구나 하고 싶어 하므로 문인이 많아진 것이다. 이로써 무직자가 문인 노릇을 한다는 것은 사실이다.

우리의 문단은 이런 문인조직으로 구성되어 있다.

그들은 직업이 없어서 문인 노릇을 하고 있으므로 그들의 목적은 여전히 직업에 있지 문인에 있는 것이 아니다. 그들은 문예잔치의 명의를 빌려 힘껏 중요한 인물을 끌어들이고, 문예잡지나 부간을 기반으로 힘껏 자신들을 위한 광고를 낸다. 이름이 알려지기를 추구할 뿐 수치는 살피지 않는다.

문인이 되면 곧 문인으로 간주될 것이고, 문인으로 간주되면 곧 더 이상 구할 만한 직업이 없어지게 된다. 이런 것들이 영원히 문단에서 소란을 피울 줄 누가 알았겠는가?

문인들 중에는 확실히 가난뱅이가 많다. 언론과 창작에 압력이 가해지면서부터 일부 작가들은 확실히 더욱 먹을 것이 없어졌다. 그런데 사오쉰메이 선생은 소위 '시인'이자 유명한 거부 '성궁바오'[3]의 손녀사위이므로 '이런 것들' 머리에 오물을 뿌린다 해도 너무 예사로운 일이라고 하겠다. 하지만 나는 문인 노릇이 어쨌거나 '대출상'大出喪과는 좀 다르다고 생각한다. 설령 한 떼거지 식객을 고용하여 징을 치며 길을 비키라고 소리친다고 해도 지나간 뒤에는 여전히 텅 빈 길이 남고, 또한 '대출상'에 못 미쳐도 수십 년이 흐른 뒤에 이따금 시정잡배들의 입에 오르내리기도 한다. 곤궁이 극해지면 글이 공교工巧로워질 수 없지만, 그러나 금붙이가 결코 문장의 싹은 아니다. 그것은 기껏해야 창장長江 연안의 논밭을 살 수 있을 따름이다. 그럼에도 부자들은 언제나 돈은 귀신도 부릴 수 있고 글쓰기에도 통한다고 오해한다. 귀신 부리기는 아마도 확실할 것이고, 어쩌면 신에게도 통할지도 모른다. 하지만 글쓰기에 통하는 것은 불가능한 법인데, 시인 사오쉰메이 선생의 시가 바로 증거이다. 나의 두 편의 글에는 명관明官은 양도할 수 있어도 문인은 양도할 수 없으며, 치맛바람으로 관직을 가져올 수는 있어도 치맛바람으로 문인이 되게 할 수는 없음을 말하는 단락이 있다.

그런데 도우미가 즉각 나타났다. 게다가 위풍당당한 『중앙일보』[4](9월 4일과 6일)에 실렸다.

사위 문제

루시如是

최근 『자유담』에 실린 두 편의 글은 사위에 대해서 말한 것이다. 한 편은 쑨융孫用의 「만족과 쓸 수 없음」滿意和寫不出이고 다른 한 편은 웨이쒀葦素의 「등용술 첨언」이다. 후자는 9월 1일에 실렸고 전자는 가지고 있지 않은데 대략 8월 하순에 실린 것 같다.

웨이쒀 선생은 "문단이 비록 '데릴사위를 맞이할 지경에 이르지는 않았다'고는 하더라도 사위는 문단에 오르려고 할 것이다"라고 말했다. '사위는 문단에 오르려고 한다'라고 한 뒷구절의 입론은 십분 공고하여 공격할 만한 흠결이 없다. 우리의 조부는 누군가의 사위이고 우리의 부친도 누군가의 사위이며 우리 자신도 불가피하게 누군가의 사위이다. 예컨대 오늘날 문단에서 '북면'北面하고 있는 루쉰, 마오둔茅盾 등도 누군가의 사위이다. 따라서 "사위는 문단에 오르려고 한다"라는 것은 문제 되지 않는다. 그런데 "문단이 비록 데릴사위를 맞이할 지경에 이르지 않았다고 하더라도"라는 말은 실로 허무맹랑하다. 나는 문단에서 수시로 사위를 모집하지 않았다면 많은 중국 작가들이 지금은 모두 러시아의 사위가 되었을 것이라고 생각한다.

또 "부자 처가, 부자 부인을 둬서 지참금으로 문학의 밑천을 삼는 것이다……"라고 말했다. 아내의 지참금으로 문학의 밑천을 삼을 수 있는 사람이라면, 나는 존경해야 마땅하다고 생각한다. 아내의 돈으로 문학의 밑천을 삼는 것은 필경 아내의 돈으로 기타 모든 부정당한 일을 하는 것보다 낫기 때문이다. 하물며 만사에는 반드시 밑천이 있어야 하고 문학도 예외가 아님에 있어서랴. 돈이 없으면 인쇄비를 지불할 수도 없고 잡지와 문집도 출판할 수 없다. 따라서 서점 경영, 잡지 출판에는 모두 사사로이 모은 돈을 내야 하고, 아내의 돈 역시 사사로이 모은 돈의 일부이다. 하물며 신문사 사장의 친척인 것이 결코 죄악이 아닌 것처럼 부자의 사위가 된 것 역시 결코 죄악이 아님에랴. 해외에서 귀국한 신문사 사장의 친척이 할 일 없이 빈둥거리고 있으면 친척의 배경에 기대어 부간을 얻어 편집 일을 할 수 있는 것처럼 문학에 흥미가 있는 부자의 사위가 아내의 지참금으로 문학의 밑천을 삼는 것도 당연히 해서는 안 되는 일이 아니다.

'사위'의 만연

성셴聖閑

여우가 포도를 먹지 못하자 포도가 시다고 말하고, 자기가 부자 아내를 얻지 못하자 부자 처갓집을 둔 모든 사람을 질투하고 질투의 결과로 공격을 일삼는다.

누군가의 사위라는 이유로 문인이 될 수가 없단 말인가? 답은 물론 긍정이다. 그제 루시 선생이 본 신문에 발표한 「사위 문제」에서 말한 것처럼 오늘날 문단에서 가장 명성이 높은 루쉰, 마오둔 등도 한편으로는 문인이면서 다른 한편으로는 역시 누군가의 사위이다. 그런데 문인이면서도 누군가의 사위인 경우 이 사위는 꼭 가난한 처갓집을 둔 사람이어야 하는가, 아니면 부자 처갓집을 둔 사람이어야 하는가? 이 점에 대하여 노장 작가들은 아직 이렇다 할 주장을 내고 있지 않은 것 같으므로 필경 '부자로 치우치는지' 혹은 '가난뱅이로 치우치는지' 알 수가 없다. 그런데 『자유담』류의 기고자가 부자 처갓집을 가진 사위에 대하여 공격적인 태도를 취했으므로 우리는 최소한 부자 처갓집을 둔 사위는 더 이상 문단에 발을 디뎌서는 안 되는 것같이 느껴진다. '부자 처갓집을 둔 사위'와 '문인'은 마치 서로 충돌하고 양자택일해야 하는 것으로 생각된다는 것이다.

목하 중국에는 다음과 같은 현상이 있는 것 같다. 문인 개개인이 문단에서 노력한 성취는 살펴볼 필요가 없고 다만 부자 아내인지 가난뱅이 아내인지와 같은 문인 가정의 사사로운 일들을 구구절절이 따져 보는 것이다. 만약 당신이 오늘 서점을 하나 연다면 서점의 밑천이 아내의 지참금에서 나왔는지의 여부에 대하여 일부 눈매가 날카로운 문인들이 조사하고 알아보아서 이를 근거로 공격하고 조롱할지도 모른다.

나는 앞으로 중국의 문단은 반드시 다음과 같은 상황으로까지 진보할 것이라 생각한다. 천자경5)표 고무신을 신은 자는 바야흐로 문단에 오르고, 가죽신을 신는 사람은 귀족계급에 속하므로 공격당하는 처지에 놓이게 될 것이다.

요즘 외국에서 돌아온 유학생들 가운데 실업자가 아주 많다. 귀국 이후 부간 편집 일을 하는 것은 결코 수치스러운 일이 아니고, 부간 편집 일이 친척관계에서 비롯된 것인지는 더욱 문제 될 것이 없다. 친척의 역할이란 원래부터 이런 데 있는 것이다. 문단 청소가 자신의 임무라고 자처하는 사람은 누군가 간혹 자기가 듣고 싶지 않은 말 한

두 마디를 꺼내도 떼를 지어 반격하지만, 절대로 그렇게까지 할 필요는 없다. 늘 다른 사람이 미친 듯 짖어 댄다고 욕하는 사람이라면 자신은 절대로 미친 듯이 짖어 대는 대열에 들어가서는 안 되기 때문이다.

이 두 분의 필자는 모두 부잣집 사위 숭배자들이다. 그런데 루시 선생의 글은 평범하다. 그는 그의 조부, 부친, 루쉰, 마오둔을 외고 나서 마지막으로 '루쉰이 루블을 가졌다'라는 따위의 상투적인 말을 하고 있을 뿐이다. 익살의 고수로는 성셴 선생을 추천해야 한다. 그는 내가 도무지 생각도 못한 시인의 부인이라는 흥미로 이끌고 갔다. 연극에서 얼처우의 역할은 바람둥이로 하여금 추악함을 각별하게 드러나게 하는 것인데, 그가 사용한 것이 이런 화법이다. 나도 나중에 「'골계'의 예와 설명」에서 이를 인용했다.

그런데 사오의 저택에도 악랄한 모사꾼이 있었다. 금년 2월 나는 일본의 『가이조』[6] 잡지에 중국, 일본, 만주를 풍자하는 세 편의 짧은 입론을 발표했다. 그런데 사오씨는 '이번에 한 건 건졌다'고 여겼던 것이다. 달콤한 포도 시렁에서 생산한 『런옌』[7](3월 3일 출간)에서 그는 번역자와 편집인의 역할을 맡았다. 번역자는 내 글 가운데 「감옥을 말하다」를 번역하여 『런옌』에 투고하고 앞에는 '부가 설명', 뒤에는 '알림'을 덧붙였다.

감옥을 말하다

루쉰

"방금 전 일본어 잡지 『가이조』 3월호를 읽으며 우리 문단의 노장 루쉰 옹의 잡문 세 편이 실려 있는 것을 보았다. 옹이 중국어로 발표한 단문에 비해 훨씬 뛰어나므로 그것을 번역하여 『런옌』에 기고한다. 아쉽게도 역자가 옹의 처소를 몰라 우치야마서점 주인 간조丸造 씨에게 물어보았으나 역시 잘 알지 못했다. 미리 번역원고를 씨에게 교정받지 못한 것을 유감스럽게 생각한다. 그럼에도 불구하고 삼가 옹의 이름으로 발표함으로써 원작을 존중하고자 하는 뜻을 나타내고자 한다."—역자 이노우에井上의 부가 설명

사람은 분명 사실의 계발로부터 새로운 각성을 하게 되며, 상황도 이도 말미암아 변화하게 된다. 송대에서 청조 말년에 이르기끼지 장구한 세월 동안 오로지 성현을 대신해서 입론을 세우는 '팔고문'으로 인재를 선발하고 등용했다. 프랑스에 패배한 후에서야 비로소 이 방법의 오류를 알게 되고, 이리하여 서양으로 유학생을 파견하고 무기제조국을 설립하는 것을 수정의 수단으로 간주했다. 일본에 패배한 뒤로는 이것으로도 충분하지 않음을 깨닫고 이번에는 대대적으로 신식학교를 설립하였다. 이리하여 학생들은 매년 커다란 파란을 불러일으켰다. 청조가 멸망하고 국민당이 정권을 잡자 다시 오류를 깨닫고는 이를 수정할 수단으로 대대적으로 감옥을 만들었다.

국수國粹식 감옥은 자고로 각처에 존재했고, 청조 말년에는 서양

식 감옥, 소위 문명감옥을 몇 개 지었다. 그것은 특히 중국에 여행 온 외국인들에게 보여 주기 위한 것으로 외국인과 교제하기 위하여 문명인의 예절을 배우도록 파견된 유학생과 같은 종류에 속하는 것이었다. 덕분에 죄수들은 비교적 좋은 대우를 받고 목욕도 할 수 있고 약간의 먹을거리도 얻을 수 있어서 아주 행복한 곳이 되었다. 뿐만 아니라 두세 주 전에는 정부가 인정仁政을 시행해야 하기 때문에 죄수들의 식량을 줄여서는 안 된다는 명령을 발표하였다. 앞으로 당연히 더욱 행복해질 것이다.

구식 감옥은 흡사 불교의 지옥을 본뜬 것 같은데, 따라서 죄수를 가둘 뿐만 아니라 그를 고생스럽게 만들어야 할 책임이 있었다. 가끔은 죄수 친척들의 금전을 짜내어 그들을 빈털터리로 만들 책임도 있었다. 더구나 누구라도 이를 당연하게 받아들였다. 당연하지 않다고 여기는 사람이 있으면 그는 바로 죄수를 도운 사람이 되고 범죄의 혐의를 받았다. 그런데 문명의 정도가 대단히 진보했다. 작년에는 죄수들을 매년 한 차례 귀가 조치하여 성욕을 해결할 기회를 주어야 한다는 매우 인도주의적 논리를 제창하는 관리가 있었다. 있는 그대로 말하자면 그가 죄수의 성욕에 대하여 특별히 동정해서가 아니라 결코 실행되지 않을 것이라는 계산이 있었기 때문에 특별히 소리 높여 말함으로써 자기가 관리임을 드러내 보였던 것이다. 그런데 여론이 심히 들끓기 시작했다. 모某 비평가는 그렇게 하다가는 사람들이 감옥에 대한 두려움이 없어지고 기꺼이 가려고 할 것임으로 세상의 인심을 위하여 크게 분노한다고 말했다. 그토록 교활한 관리와 달리, 성현의 가르침을 이토록 오랫동안 받았으므로 사람들을 안심시키고 죄수에 대해서는 학대하지 않을 수 없다는 신념을 이로써 보여 주고 있다고 하겠다.

다른 한편으로 생각해 보면 감옥은 안전제일을 표어로 삼는 사람들의 이상향과 흡사한 측면이 있다. 화재도 덜 일어나고 도적도 들어가지 않고 토비도 결코 약탈하지 않는다. 전쟁이 일어나도 감옥을 목표로 폭격하는 바보는 없고, 혁명이 일어나도 죄수를 석방하는 사례가 있을 뿐 학살하는 일은 없다. 이번에 푸젠福建이 독립할 때 죄수들이 출소한 뒤 의견이 다른 사람들의 행적이 묘연해졌다는 풍설이 있다고들 하지만, 이러한 사례는 예전에 못 보던 것이다. 요컨대 감옥이 아주 나쁜 곳 같지는 않다. 식솔들과 함께하는 것을 허락한다면, 설령 지금이 수재, 기황, 전쟁, 공포의 시대가 아니라고 하더라도 거주지 변경을 요구하는 사람이 결코 없지는 않을 것이나. 따라서 학내는 필요한 것이리라.

적화를 선전했다는 이유로 난징의 감옥에 수용된 놀렌스[8] 부부는 서너 차례 단식을 했지만 아무런 효과도 없었다. 이것은 그들이 중국의 감옥 정신을 이해하지 못했기 때문에 빚어진 일이다. 자기가 단식하는 것이 다른 사람들과 무슨 관계가 있는지 매우 의아하다고 말한 관리도 있었다. 인정仁政과 관계가 없을 뿐만 아니라 단체급식을 절약할 수 있으므로 감옥 측으로서는 유리한 일이었던 것이다. 간디 놀음은 장소를 제대로 고르지 않으면 실패로 귀결되기 마련이다.

그런데 이렇게 거의 완미完美한 감옥에도 한 가지 결점은 있다. 예전에는 사상에 관련된 사건에는 그리 유의하지 않았던 것이다. 이러한 결점을 보완하기 위하여 근자에 들어서 ‘반성원’反省院이라는 특수감옥을 새로 발명하여 교육을 시행하고 있다. 나는 그곳에 들어가서 반성을 해 본 적이 없기 때문에 저간의 사정에 대해 상세히 알지 못하지만, 요약하면 죄수들에게 수시로 삼민주의를 강의하고 그들의 잘못을 반성하도록 만든다는 것이다. 뿐만 아니라 공산주의 배격에 대한 논문을 쓰기도 해야 한다. 쓰려 하지 않거나 써내지 못하면 물론 평생토록 반성하지 않으면 안 되고, 잘 쓰지 못해도 죽을 때까지 반성해야 한다. 목하 들어간 사람도 있고 나온 사람도 있지만 반성원은 다시 새로 지은 것도 있으므로 어쨌거나 들어간 사람이 더 많다. 시험을 마치고 나온 양민良民들도 간혹 만날 수 있는데, 대개는 하나같이 위축되고 야윈 행색으로 아마도 반성과 졸업논문에 심신을 모두 소진한 탓일 것이다. 그들은 전도에 희망이 없는 부류에 속한다.

(이외에도 「왕도」와 「불」 두 편이 있는데, 편집인 선생이 쓸 만하다고 생각하면 다시 번역해서 투고할 생각이다. 역자 알림)

일본인의 성을 도용했지만 번역문은 그야말로 훌륭하지도 않고 학력은 사오씨 식객 전문 장커뱌오 선생 수준을 넘어서지 못한다. 그런데 애초부터 문장을 성실하게 번역할 필요가 없었다. 왜냐하면 중요한 것은 뒤에 나오는 편집인의 대답에 해당하는 것이기 때문이다.

편집인 주 : 루쉰 선생의 문장은 최근 검열의 대상에 올라 있다. 이 글은 일본어를 번역한 것이므로 군사재판을 피할 수 있었다. 그런데 우리가 이 원고를 싣는 목적은 글 자체의 아름다움이나 논의의 투철함 때문이라기보다는 본국에서 쫓겨나 외국인의 권위의 비호 아래 쓴 논조의 사례를 들어 보기 위해서이다. 루쉰 선생의 문장은 원래 대단히 뛰어나서 궤변을 늘어놓아도 하나하나 사리에 맞게 말할 줄 안다. 그런데 이 글은 전체적으로 감정이 논의를 앞서고 날조가 실증보다 앞선다. 만약 번역문의 잘못이 아니라면 이런 태도는 사실 우리가 취할 바가 아니다. 이 글을 게재하는 것은 문화통제하의 호소의 한 종류를 보여 주기 위해서다. 「왕도」와 「불」 두 편은 앞으로 게재할 생각이 없다. 역자에게 전하건대, 절대로 투고하지 마시라.

"외국인의 권위의 비호 아래"라는 편집인의 말은 역자의 '우지야 마서점 주인 간조 씨[9]에게 물어'보았다는 말과 상응한다. 그리고 '군사재판'을 거론한 것도 편집인의 고도의 글쓰기로서 그 속에는 깊은 살기를 포함하고 있다. 나는 이들 부잣집 사냥개를 보고서 명말 권문세가에게 몸을 팔아 의탁한 무리들이 얼마나 음흉했는지를 더욱 깊이 알게 되었다. 그들의 주군인 사오 시인은 미국의 백인 시인을 찬양하는 글에서 흑인 시인을 폄하하며[10] "이런 시는 미국에서 벗어나지 못하고 잘해야 영어권을 벗어나지 못한다"(『현대』 5권 6기)라고 했다. 중국의 부귀한 사람과 그들의 사냥개의 눈에는 나도 흑인 노예에 못지않겠지만, 그러나 나의 소리는 중국을 벗어났다. 이것이 참으로 통탄스러운 것이다. 그러나 사실 흑인의 시도 역시 '영어권' 밖으로 걸어 나갔다. 미국의 부호와 그들의 사위 및 사냥개가 어찌할 수 없었던 것 이다.

그런데 사냥개의 이러한 면모는 "루쉰 선생의 문장은 최근 검열 의 대상에 올랐다"라고 나를 향하고 있을 따름이므로 당장 뺨 한쪽을 내어 주기만 하면 그들은 발바리보다 더 온순해진다. 이제 「'골계'의 예와 설명」에서 거론한, 작년 9월 20일 『선바오』의 광고를 인용해 보 기로 한다.

『십일담』이 『징바오』를 향해 오해를 밝히고 유감을 표시한다
삼가 아룁니다 『십일담』 제2기 단평에 의연금 공고를 다룬 주치칭朱
霽青의 글이 있었는데 이 글의 뒷단락에 『징바오』를 언급한 것은 오
해이다 본 간행물의 단어의 잘못 사용으로 말미암아 『징바오』는 사
오쉰메이 군을 대상으로 형사소송을 언급하게 되었다 생각건대 쌍
방 모두 사회적으로 고명한 간행물이므로 상호 비방하는 이치는 없
어야 한다 이는 장스자오章士釗 장룽江容 핑헝平衡 제군의 설명을 거
쳐서 『징바오』의 완전한 양해를 얻었다 징바오가 스스로 소송을 철
회했지만 특별히 성명을 게재하여 유감을 표시한다[11]

"쌍방 모두 사회적으로 고명한 간행물이므로 상호 비방하는 이 치는 없어야 한다"라고 했는데, 여기서 '이치'라는 말은 아주 이상하 다. 아마 '최근 검열의 대상에 오른' 간행물을 비방해야 한다는 뜻일

터이다. 황금으로 골수를 만든다고 해도 똑바로 설 수는 없다고 했는데, 여기에서 확실한 증거를 보았다.

'사위 문제'에 종이를 너무 많이 낭비했으므로 다른 안건으로 넘어가기로 하자. 그것은 바로 『장자』와 『문선』이다.

이 안건으로 오고 간 글은 본문에 수록해 두었으므로 더 이상 여러 말 하지 않겠고, 다른 사람의 의견도 종이 절약을 위하여 오려 붙이지 않겠다. 당시 『십일담』은 온갖 수단을 발휘했는데, 만화가마저도 전투에 나섰다. 천징성陳精生 선생의 「루쉰 옹의 피리」[12] 때문에 『파도소리』에서는 차오쥐런 선생과 약간의 논쟁을 야기한 작은 풍파가 일어났다. 그런데 논쟁이 미처 끝나기도 전에 『파도소리』는 금지되고 말았다. 복 있는 자에게는 언제나 영원히 행운의 별이 운명을 비추는 법이니…….

그럼에도 불구하고 시간은 인정사정없다. 소위 '제3종인', 특히 스저춘과 두형 즉 쑤원[13]은 올해에 그들의 본래의 상판을 드러내고 말았다.

여기에서 이 책의 마지막 글을 거론하고자 한다. 폐단은 새로운 정전正典 사용하는 데서 나타났다.

들자 하니, 요즘은 고전古典마저도 간혹 검열관에 의해 금지된다고 한다. 예컨대 작년까지는 진시황을 거론하는 것은 문제가 되지 않았고, 다만 새로운 정전을 사용하는 것은 작은 소동을 야기했다. 나의 마지막 글인 「청년과 아버지」가 양춘런楊邨人 선생(글을 발표할 당시에는 이름이 편집 선생에 의해 삭제되었지만)을 건드렸기 때문에 훗날

『선바오』 상하이 증간본 『탄옌』談言(11월 24일)에 빼어난 문장이 실리게 되었다. 그러나 자못 난해하다. 마치 내가 효자로 자처하면서 그의 효자 노릇을 공격하며 '우물에 빠뜨리'고 '돌을 던진다'라고 말하고 있는 것 같다.[14] 이 글은 우리의 '회개한 혁명가'의 표준 작품으로 버리기에는 아까우므로 삼가 전문을 기록하여 양 선생이 현대 '어록체' 작가의 선구임을 보여 주고자 한다. 또한 나의 「후기」의 여흥으로 간주할 수도 있을 터이다.

총명의 도

춘런邨人

며칠 전날 밤 세상사에 밝은 노인의 오두막을 방문했다. 오두막은 삼층 누각으로 거리를 향해 서 있었다. 전차가 철컹철컹, 기차가 칙칙폭폭, 시정의 혼잡함이 사람을 소란스럽게 해도 알지 못하니 엄연히 은사와도 흡사했다. 거처를 편히 여기고 깨달은 도가 심원했다. 노인이 가로되, "그대는 어쩐 일로 왔는고?" 대답하여 가로되, "감히 총명의 도를 여쭙고자 합니다." 대화에 주제가 생기자 문답이 이루어졌다.

"난해하도다, 총명의 도라! 공자 문하의 안회顔回 같은 현인은 한 모퉁이를 거론하면 세 모퉁이로 반응했으니, 공자는 그를 칭하여 총명이 과인過人하다고 칭했다. 금세에서는 한 모퉁이를 거론하면 세 모퉁이로 반응하는 사람은 도리어 총명하지 않은 사람일지어다. 그대가 총명의 도를 묻는 연유는 나 같은 늙은 장님을 곤란하게 하고자

함이냐?"

"아니에요, 아닙니다. 노인은 저의 의도를 오해하지 마십시오. 저는 결코 사변의 기술에 관하여 가르침을 청하고자 하는 것이 아닙니다. 저는 천성이 졸직하고 우둔하고 처세에 방편이 없어 종종 벽에 부딪히곤 합니다. 감히 처세에서 총명의 도에 관해 묻고자 함입니다."

"아하, 그대는 진실로 졸직하고 우둔한 자로고, 또 처세의 도를 묻다니! 대저 오늘날의 세상에서는 지자智者는 지혜를 보고 인자仁者는 인을 보나니. 계급이 부동不同하고 사상이 상이하니, 부자, 형제, 부부, 자매조차도 사상의 차이에 따라 가족 안에서도 각각 다른 견해를 주장한다. 비록 골육, 지친至親이라고 해도 괴리, 충돌하여 배치하는 법이거늘. 고대의 소위 영웅호걸은 각각 다른 군君을 섬겨 원수가 되고, 오늘날의 소위 지사혁명가는 각각 계급 때문에 무정하게 반목하고 심지어는 입장의 차이로도 골육, 지친이 가차 없이 때려 죽이기도 할지니. 세상에 영합해 이익을 얻는 일은 일시 성공할 수 있을지나 종국에는 세상에 서기 어려우니. 총명의 도는 실제로 이미 궁지에 몰렸소이다. 게다가 오로지 우둔하고 노둔한 무리들이 바야흐로 가없는 복을 누릴 수 있게 되었으니……"

"노老선생의 말씀은 구구절절 도리가 있고 이유도 충분합니다. 하지만, 정녕 총명의 도리는 없어졌단 말입니까?"

"그렇다고 하더라도 세상에 영합하여 이익을 얻는 도가 있기는 하오이다. 그대를 위하여 말해 보지요. 대저 세상에 영합하여 이익을 얻는 도라면 교활함에 있소이다. 그런데 교활함이 전문적인 학문이 된 지는 오래되었소. 서구 학문의 분과 가운데 소위 과학철학이라는 것이 있는데, 교활에 관한 학문은 실제로 교활학이라고 할 수 있소. 교활학은 대학교수의 강의 편성에 따라 크게 약간 장章으로 나누고 매 장은 약간 절節로 나누고 매 절은 약간 항項으로 나눌 수 있소. 고대를 인용하고 현재에 근거하여 중서中西를 합벽合璧하니, 이론의 심오함은 철학보다 깊고 인증의 방대함은 무릇 중외의 역사, 물리와 화학, 예술과 문학, 경상과 무역의 도리를 거론하고 있소. 유혹과 사기의 기술은 대개 필히 나열하고, 만상을 포괄하오. 대학예과에서 대학 4학년에 이르기까지의 강의는 겨우 그것의 천분의 일을 말할 수 있을 따름이외다. 대학 졸업에서 각 과목은 모두 합격해도 이 교활학만은 아무리 총명이 절정에 다다른 학생이라고 하더라도 합격할 수 없고, 대학교수 본인도 아마 그러한 것은 알아도 그렇게 되는 연유는 알지 못하니 배움의 어려움을 상상할 수 있을 것이오. 여余가 처세한 지 수십 년이 되어 정수리가 벗겨지고 수염이 하얗게 되었으니 세상 경험이 넓지 않다고 할 수 없고 배움이 많지 않다고 할 수 없소이다. 그럼에도 여가 교활학 강의를 편집하기 시작하고 겨우 제1장 중 제1절, 제1절 중 제1항을 편집할 수 있었을 따름이오. 이 제1장의 제1절, 제1절의 제1항의 강목은 '순수행주'順水行舟 15)이외다. 즉 남들이 말하는 대로 말하고, 또한 남들이 좋아하는 것을 좋아하고 남들이 미워하는 것을 미워하는 것이 그것이오. 한 가지 예를 들어 보겠소. 예컨대 남들이 미워하는 사람이 효자, 소위 봉건종법사회 예교의 죄과

중 하나라고 칩시다. 그대는 비록 일찍이 아버지를 위하여 탕을 끓이고 약을 먹이고 의원에게 묻고 점을 치며 천성으로부터 어버이를 섬겼소이다. 그런데 세상은 천성으로부터 어버이를 섬긴 것을 두고 '효자'라는 이름을 끌어들여 비난하니, 오로지 청년들의 박수와 쾌재를 추구할 뿐 본심의 견해와 자신의 행동이 어떠한지는 관계치 말아야 하오. 비난을 받은 자는 시세의 유행 아래에서 백 가지 말로도 변론하지 못하고 변론하면 도리어 더욱 증거가 되어 이때부터 청년들은 북을 치며 공격을 가하고 사지는 피부도 온전하지 못할 지경이 되고 말 것이오. 그대의 승리는 보증수표를 가진 것일 뿐만 아니라 청년들은 지성至聖, 대현大賢으로 받들 것이고 소품집에 이 글 한 편이 있으면 해내에 성행하여 뤄양洛陽의 지가가 오를 것이니, 이리하여 명리를 겸수하게 되어 가없는 부귀를 누리게 될 것이외다. 제1장의 제1절, 제1절의 제2항은 '투정하석'投井下石이오. 어는 본래 한두 가지 알고 있으나 우물에 빠진 사람에게 돌을 던지는 사람에 대한 생각에 미치니 심한 두통이 생겨서 실제로 그것을 편집하고 싶은 마음은 없소이다. 그런데 교활학은 비록 총명의 도에 속하지만 실제로는 좌도방문左道旁門의 사도邪道이므로 그대가 실로 배우기에 족하지 않은 것이외다.”

“노선생께서 말씀하시고 생각하시는 바는 아주 도리가 있습니다. 요즘 사회에는 이런 학문을 문 두드리는 벽돌로 삼아 뒤섞여 밥을 먹는 사람이 정녕 적지 않습니다. 그들도 그야말로 곳곳에서 순조로이 명리를 겸수하고 있습니다. 하지만 나는 졸직하고 우둔한 사람인지라 배우고자 해도 배우지 못할 것 같습니다.”

“오호라! 그대는 총명의 도를 구하고자 하면서 그것을 배우려 하지 않는구려. 비록 취할 만한 것이라고 하더라도, 하지만 벽에 부딪히게 되는 것도 당연하도다!”

이날 저녁 세상사에 밝은 노인에게 도를 물었으나, 돌아오니 여전히 예전의 나였다. 오호라!

그런데 우리 역시 일률적으로 ‘오호라’를 감상할 필요는 없다. 왜냐하면 이 글이 나오기 전에 일부 지방에서 ‘전무행’[16]을 공연했기 때문이다.

아무래도 신문 오려 붙이기를 하는 게 좋겠다. 나는 여기에 가장 간단하게 기록된 것을 오려 둔다.

이화藝華영화사가 ‘영화계 공산당토벌동지회’에 의해 파괴되다

어제 아침 아홉 시경, 상하이 서쪽 캉나오튀로康腦脫路 진쓰투묘金司徒廟 부근 신축한 이화영화사의 촬영장에 갑자기 돌발적으로 행동하는 청년 세 사람이 들어와 해당 영화사의 수위실에서 방문객이라 사칭하며 한 사람은 펜을 잡고 서명하고 다른 한 사람은 큰소리를 질렀다. 곧 밖에 미리 숨어 있던 폭도 칠팔 명이 모두 남색 무명천의 홑바지를 입고 벌떼처럼 문을 뚫고 들어왔다. 여러 사무실로 각각 뛰어들어 책상과 유리창 그리고 의자, 각종 기구를 함부로 때려 부쉈다. 그런 다음 사무실 밖에서 자가용 두 대, 인쇄기 한 대, 촬영기 한 대를 때려 부수고 백지에 "민중이여 일어나 함께 공산당을 토벌하자", "민중을 팔아먹는 공산당을 타도하자", "살인방화를 일삼는 공산당을 박멸하자" 등등의 글자가 씌어진 작은 전단지를 뿌렸다. 이와 동시에 끝에 '중국 영화계 공산당토벌동지회'라고 서명된 유인물을 뿌렸다. 칠 분 정도 지났을 때 누군가 호루라기를 미친 듯이 불어 대자 폭도 무리들이 집합하고 대열을 지어 떠났다. 6구區 담당이 파견한 경찰과 형사 등이 도착했을 때는 이미 그곳에서 벗어나 종적을 감춘 뒤였다. 그 동지회는 어제 아침에 벌인 행동의 목적이 해당 영화사에 경고를 주는 데 있었을 뿐이라고 발표했다. 만약 이화영화사와 기타 영화사가 방침을 바꾸지 않는다면 오늘부터는 훨씬 격렬한 수단으로 대처할 생각이며 롄화聯華, 밍싱明星, 톈이天一 영화사 등에 대해 동지회가 이미 엄밀하게 조사했다고 운운했다.

여러 신문에 실린 동지회의 발표 내용에 따르면, 해당 영화사는 공산당 선전기관으로서 영화계의 적화사업을 위하여 프로문화동맹이 그 영화사를 본거지로 삼아 「민족 생존」 등의 영화를 출품했다는 것이다. 영화의 내용은 계급투쟁을 묘사하는 것임에도 불구하고 난징검열위南京檢委會에 뇌물을 먹이고 상영허가를 얻어 냈다는 것이다. 또한 동지회는 현재 교육부, 내정부內政部, 중앙당부과 본 시정부에 공문을 올려 당국이 해당 영화사에 즉각 촬영한 필름을 소각 처리하고 자체적으로 영화사를 개조하여 모든 적색분자를 제거할 것을 명령하고 뇌물을 먹은 영화검열위의 책임자를 처벌할 것 등을 요구했다.

사건 발생 후 해당 영화사는 사건의 본질은 습격을 당한 것이라고 강력히 주장하고, 더불어 차오자두曹家渡 6구 공안국에 고발을 하겠다고 발표했다. 기자가 소식을 듣고 조사를 하러 갔을 때는 해당 영화사의 내부시설이 유감스러울 정도로 훼손되어 있었고 책상과 의자가 여기저기 부서진 채 엉망으로 어수선했다. 내막이 도대체 무엇인지는 일간에 반드시 훤히 밝혀질 것으로 생각된다.

11월 13일 『다메이완바오』大美晚報

영화계 공산당토벌회가

**　영화관에 경고하다**

**　톈한 등의 영화 상영 거부**

이화영화사가 피습을 당한 이래 상하이 영화계는 갑자기 새로운 파문이 일어나 제작사에서 시작되었던 것이 영화관으로까지 확대되었다. 어제 본 시의 크고 작은 영화관은 동시에 상하이 영화계 공산당토벌동지회라고 서명된, 톈한田漢 등이 제작하고 감독하고 주연한 시나리오의 상영을 거절할 것을 요구하는 경고서한을 받았다. 경고문은 이러하다.

저희 동지회는 민족과 국가를 사랑하는 절실한 마음에서 격발되어 영화계가 공산당에 의해 이용되는 것을 참을 수 없기 때문에 적색영화의 본거지에 경고조치 ——이화영화사에서의 행위 ——했습니다. 귀 영화관을 조사해 보니 평소에 영화업에 대하여 열심인 바 특별히 엄중히 경고하오니, 톈한(천위陳瑜), 선돤셴沈端先(즉 차이수성蔡叔聲, 딩첸즈丁謙之), 부완창卜萬蒼, 후핑胡萍, 진옌金焰 등이 감독하고 제작하고 주연한 계급투쟁과 빈부대립을 고취하는 반동영화는 일률적으로 상영하지 않기를 바랍니다. 그렇지 않으면 반드시 폭력적 수단으로 대처할 것이며 이화영화사와 마찬가지로 결코 용서치 않을 것입니다. 이상. 상하이 영화계 공산당토벌동지회. 11월 13일

11월 16일 『다메이완바오』

그런데 '공산당 토벌'은 결코 '영화계'에 그치지 않았으며 출판계도 동시에 복면한 영웅들의 습격을 받았다. 또 신문을 오려 둔다.

오늘 아침, 량유도서공사에

　　돌연 괴한 한 명이 들이닥쳐

　　　손에 망치를 들고 유리창을 깨부수고 의기양양하게 사라졌으며

　　　조계지 경찰서에서 조사 중

　　　　▶……광화서국 보호 요청

상하이 서쪽 캉나오튀로 이화영화사는 어제 아침 9시경 갑자기 노동자처럼 보이는 수십 명에 의해 촬영장을 습격당했다. 그들은 '중국

영화계공산당토벌동지회'라고 서명된 각종 전단을 뿌리고 일이 끝난 다음 의기양양하게 떠났다. 뜻밖에 한 파문이 가라앉기도 전에 또 다른 파문이 일어났다. 오늘 오전 11시경 베이쓰촨로^{北四川路}851호 량유^{良友}도서인쇄공사는 갑자기 망치를 손에 든 남성이 해당 공사의 문 앞에 나타나 망치로 해당 공사의 상점 유리창에 구멍을 내고 습격했다. 그 남성은 목적을 달성하자 바로 도망쳤다. 홍커우^{虹口} 담당 조계지 경찰서는 보고를 받자마자 인원을 파견하여 조사를 벌였다. 량유공사가 각종 좌경 서적을 판매하고 있는 것과 이화영화사를 파괴한 안건과 관련이 없지 않음을 발견했다. 오늘 오전 쓰마로^{四馬路} 광화서국은 소식을 들은 후 이상 징후에 놀라 즉각 담당 중앙 조계지 경찰서에 알리고 방법을 강구하여 의외의 사건이 일어나지 않도록 보호해 줄 것을 요청했다. 기자가 원고를 완성할 때까지 의외의 사건이 발생했다는 소식은 아직 듣지 못했다.

11월 13일 『다완바오』

『중국논단』을 파괴하다

인쇄소는 이미 파괴되었고

편집실은 손상이 없었다

미국인 아이작스[17)]가 편집하는 『중국논단보』의 인쇄를 맡은 홍커우 톈퉁로^{天潼路}에 위치한 러포얼^{勒佛爾} 인쇄소는 어제 저녁 폭도의 침입으로 인쇄실이 훼손되었으나 편집실은 손상이 없었다. 11월 13일

11월 15일 『다메이완바오』

선저우 궈광사 습격

어제 저녁 7시 네 명이 총발행소에 침입하여

망치를 휘두르며 쇼윈도를 부수었으나 손실이 크지는 않았다

허난로河南路 우마로五馬路 입구 선저우神州 궈광사國光社 총발행소는
어제 저녁 7시 문을 닫으려던 차에 돌연 책을 구매하려는 모양으로
창파오[18]를 입은 고객을 맞았다. 그 고객이 문을 들어서자마자 갑자
기 등 뒤에서 세 사람이 따라 들어왔다. 창파오 고객이 머리를 돌려
세 사람이 들어온 것을 확인하고 곧장 해당 서국의 좌측 복도 옆 벽
에 걸린 전화기로 다가가 전화선을 절단했다. 동시에 짧은 옷을 입은
세 사람이 파괴하기 시작하고 망치를 함부로 휘둘렀다. 그리고 긴 옷
을 입은 자도 가담하여 해당 서점의 왼쪽 쇼윈도를 다 부숴 놓고 네
사람은 의기양양하게 사라졌다. 당시 서점에는 서너 명의 직원과 학
생들이 있었으나 놀라 아무 소리도 내지 못했다. 그런데 긴 옷을 입
은 자는 서점의 문에서 수십 보 못 미쳐 있는 쓰징로泗涇路 입구에서
보초를 서고 있던 조계지 경찰에게 붙잡혔다. 이 긴 옷 손님이 쇼윈
도를 깰 당시 유리가 무너져 내리면서 자신의 얼굴에 상처가 나서 피
가 쉼 없이 흘러내려 고통으로 말미암아 빨리 달아나지 못했기 때문
일 것이다.

긴 옷을 입은 자는 쓰마로 중앙 조계지 경찰서에 구속된 뒤 파괴
에 함께했음을 극력 부인했으므로 경찰은 이미 그를 석방했다.

12월 1일 『다메이완바오』

미국인이 경영하는 신문사에 대한 파괴가 가장 예의 바르고 무관武官들이 연 서점[19]에 대한 파괴는 제일 늦게 일어났다. "의기양양하게 사라졌다"라는 표현이 제일 흥미롭다.

영화사의 파괴는 한편으로는 자신들의 선언서를 뿌리는 행위이기도 하여 몇몇 신문에 전문이 게재되기도 했다. 서점과 신문사에 대해서는 어디에도 실리지 않았으므로 아무런 논의도 없었던 것 같다. 그럼에도 불구하고 선언이 있었으니, 펜글씨본의 남색으로 인쇄된 경고가 그것이다. 서점 이름이나 신문사 이름은 공란인데, 여기에 하나하나 붓글씨로 채워 넣었으며 필적은 결코 독서인 같지 않았다. 아래에 인용된 것은 보라색의 긴 목판인쇄이다. 다행히도 원본을 소장하고 있으므로 지금 표점부호를 가하여 그대로 여기에 베껴 둔다.

저희 동지회는 민족과 국가를 사랑하는 절실한 마음에서 격발되어 문화계와 사상계가 공산당에 의해 이용되는 것을 견딜 수 없으므로 적색영화의 본거지에 경고조치 — 이화영화사에서의 행위 — 했습니다. 지금 이러한 임무를 관철하기 위하여 문화계에 대한 청산을 계획하고 있습니다. 량유도서공사에 초보적인 경고조치를 한 것을 제외하고 모든 도서국의 간행물에 대하여 이미 정밀한 조사를 마친 상태입니다. 잘 헤아려 주시기 바랍니다.

귀사는 …… 문화사업에 대하여 남달리 열심이므로 특별히 엄중히 경고합니다. 적색작가가 쓴 글, 예컨대 루쉰, 마오둔, 펑쯔蓬子, 선돤셴, 첸싱춘錢杏邨과 기타 적색작가의 작품, 반동 문장, 그리고 반동

평론, 소련의 상황에 대해 소개한 책에 대해서는 일률적으로 모두 간행하거나 싣거나 발행해서는 안 됩니다. 만약 준수하지 않음이 있다면 우리는 반드시 이화와 량유공사에 대응했던 것보다 훨씬 격렬하고 훨씬 철저한 수단으로 당신들에게 대응할 것이며 결코 용서치 않을 것입니다! 이상……

11월 13일, 상하이 영화계 공산당토벌동지회

어떤 '지사'가 "문화사업에 남달리 열심"이라고 하더라도 그들 동지회는 항시라도 망치를 날리며 수백 냥짜리 커다란 유리를 부숴 버릴 수도 있고, "만약 준수하지 않음이 있다면" 항시라도 붉은 모자를 날리며 커다란 유리보다 훨씬 값진 머리통을 날려 버릴 수도 있다. 따라서 문화계가 풀이 죽는 것은 어쩌면 당연할 것이다. 따라서 서점과 신문사의 어려운 처지는 충분히 헤아릴 수 있다. 나는 이미 "의기양양하게 사라진" 영웅들에 의해 '적색작가'로 지목되었으므로 다른 사람에게 해를 입히지 않기 위해서라도 펜을 내려놓고 가만히 한바탕 놀이나 지켜보아야 했다. 따라서 이 책에 실린 잡문은 11월 7일에 끝난다. 7일부터 삼가 경고를 받은 날인 11월 13일까지 아무것도 쓰지 않았기 때문이다.

그러나 나는 경험으로부터 배운 것이 있다. 내가 무력으로 진압될 때는 동시에 꼭 문력文力으로도 진압된다는 사실이다. 문인들은 원래가 '인스피레이션'이 많고, 게다가 지금은 후각도 유난히 발달했으므로 어떻게 '창작'해야 합격인지를 잘 알고 있다. 지금은 내가 사회를 비평하거나 타인을 거론하는 것이 아니라 타인들이 나를 거론할 시기가 되었다. 따라서 나의 작업은 재료를 모으는 것이 되었다. 재료는 모두 갖추어졌지만 아주 쓸 만한 것은 많지 않다. 종이와 묵은 더욱 아껴야 하므로 여기에 겨우 여섯 편만 골라 놓았다. 관방에서 발행한 『중앙일보』가 가장 먼저 토벌을 시작했으니 실로 '중앙'이라는 말에 부끄럽지 않은 풍조를 이끈 선봉이다. 『시사신보』時事新報는 '전무행'의 전성기를 맞이하여 가장 시의적절하지만 아주 흐릿함을 면치 못했다. 『다완바오』와 『다메이완바오』는 제일 늦게 시작했다. 이는 '상업계가 경영'하기 때문인데, 총명하므로 소심하고 소심하므로 느림을 면치 못한 것이다. 그들은 이제서야 작심하고 집단적인 토벌을 계획했으나 뜻밖에 며칠 후면 새해를 맞이하므로 내년에는 상업인들을 돕기 위하여 출판물을 사전 검열하여 새로운 모양의 그물을 짤 것이다. 이것은 또 다른 국면이다.

아직은 새해가 되지 않았으므로 우선 『중앙일보』의 두 편을 들어 보기로 한다.

잡감

저우洲

근래 여러 잡지에서 작은 문장을 제창하고 있다. 『선바오월간』申報月刊, 『동방잡지』 및 『현대』에 모두 잡감수필란이 마련되었다. 1933년은 정녕 작은 문장의 해로 바뀌는 것 같다. 목하 중국에는 잡감가가 과거보다 훨씬 많아졌으며 이는 루쉰 선생 한 사람의 공인 듯싶다.

중국에서 잡감가의 노장老將을 들라고 한다면 당연히 루쉰을 추천해야 할 것이다. 스승 루쉰의 필치는 다른 사람이 미치지 못하는 서늘한 매서움이 있다. 『열풍』, 『화개집』, 『화개집속편』이 있고, 작년에는 삼심三心인지 『이심』二心인지도 출판했다. 최근 1년 동안 그가 '해낸' 성과를 보면 아마도 오심五心, 육심六心도 당연할 것이다. 루쉰 선생이 창작을 출판하지 않은 지는 오래되었다. 몇몇 러시아의 검은 빵들을 제외하면 나머지는 잡감 글이다. 잡감 글은 겨우 1,000단어 남짓이므로 단번에 써 내려갈 수 있음은 물론이다. 담배 한 갑을 태울 시간에 머리를 조금 굴린 결과가 1,000자에 10위안인 것이다. 대개 잡감 글을 쓰는 최상의 방법은 뜨거운 욕설이 아니면 차가운 조롱이다. 뜨거운 욕설 뒤에 한 구절 차가운 조롱이 오거나 차가운 조롱에 뜨거운 욕설을 끼울 수 있으면 훨씬 낫다.

그런데 일반적으로 잡감은 물론 차가운 조롱이 많다. 어떤 사물에 대하여 불만이 있다면 당연히 불만(쉰迅 주 : 이 글자는 오자인 듯),[20] 차가운 조롱이 있는 글이 나온다. 루쉰 선생은 이것도 눈에 차지 않고 저것도 눈에 차지 않으므로 이것에 대해 소감이 생기고 저것에 대해서도 소감이 생기는 것이다.

우리 마을에 못생기고 아주 괴상한 노파가 있다. 아침부터 밤까지 다른 사람의 단점을 즐겨 말하고 동쪽 마을 어귀에 가서 머리를 흔들고 서쪽 마을 어귀에 뛰어가서 한숨을 내쉰다. 모든 것이 언제나 그녀의 입맛에 맞지 않는 것처럼 보인다. 그런데 그녀에게 도대체 어떻게 해야 하는 거냐고 진짜로 물어보면 그녀는 대답을 하지 못한다.

나는 그녀가 루쉰 선생을 조금 닮은 것처럼 생각된다. 아침부터 저녁까지 그저 풍자하고, 그저 차가운 조롱을 하고, 그저 책임을 지지 않는 잡감을 내놓을 따름이다. 진지하게 그에게 궁극적인 주장을 물어본다고 해도, 그는 이제까지 우리에게 선명한 대답을 해준 적이 없었다.

10월 31일 『중앙일보』의 「중앙공원」

문단과 무도장

밍춘鳴春

상하이의 문단은 무도장武道場으로 변해 버렸다. 루쉰 선생은 이 무도장의 패왕覇王이다. 루쉰 선생은 자신의 방에 모든 것을 투시하는 망원경을 가지고 있는 것처럼 다소 하자가 있는 언론과 행위를 문단에서 발견하면 그는 즉시 창을 끼고 말에 올라타 낙화유수落花流水가 되도록 휘두른다. 따라서 루쉰 선생은 아까운 시간을 써 가며 펜 끝을 어떻게 날카롭게 할지, 어떻게 남들의 정점頂點을 후벼 파낼지, 어떻게 남들이 영원히 상황을 뒤집지 못하도록 휘두를지에 대해 생각하지 않을 수 없는 것이다.

이 점에 대하여 루쉰 선생을 대신하여 생각해 보면 그다지 수지가 맞지 않을 것 같다. 루쉰 선생 당신은 자신의 위치를 분명히 알아야 한다. 설령 당신을 반대하는 사람이라고 하더라도 암암리에 어쨌거나 당신이 중국에서 가장 뛰어난 작가임을 감히 부인하지는 않는다. 당신의 언론이 청년들에게 영향을 미칠 수 있다면, 그렇다면 당신의 언론은 신중해야 마땅하다. 당신 스스로 한번 생각해 보시라. 「아Q정전」을 쓴 이래로 얼마나 많은 시간을 필전筆戰에 낭비했는가? 이러한 필전은 청년들에게 어떤 영향을 불러일으켰던가?

일류 작가들이 항상 혼전을 벌이는 덕분으로 일반 문예청년들이 이 전술로부터 많은 괴팍한 짓을 배우는 것도 빼놓을 수 없다. 폐단이 미치는 바는 종종 화이수이淮水를 넘어 북으로 가면 귤이 탱자로 변하는 것과 같다. 남을 비판하는 사람들은 종종 비판받는 당사자의 언론이나 사상을 벗어나 펜 끝을 돌려 안경을 쓴 것이 꼴불견이라느니 심지어는 가죽신 앞에 작은 구멍이 났다느니 하며 사람들의 사사로운 일에 대해 말한다. 심지어는 핏대를 올리며 그들의 부모를 모욕하기도 하고, 또 심지어는 펜대를 놓고 주먹을 쓰기도 한다. 내 말은 요즘 문단에서 벌어지고 있는 시끄럽고 하류下流적이고 무례하고 등등의 나쁜 풍조를 양성한 것에 대해 루쉰 선생 같은 사람이 얼마간 어쨌거나 책임을 져야 한다는 것이다.

사실 수많은 필전들은 불필요한 것이었다. 예컨대 사詞의 해방을 주장하는 사람이 있어도 당신이 욕하지 않았더라면 당신을 따라서 '니에미'管他娘라는 사를 쓰는 사람이 없었을지도 모른다.[21] 『장자』와 『문선』을 제창하는 사람이 청년들더러 아편 피우라고 한 것도 아닌데, 당신은 어째서 이빨을 깨물고 두 눈을 흘기며 사람들을 못 견디게 만드는가?

나는 중국어에 정통한 러시아 문인 B. A. Vassiliev가 루쉰 선생의 「아Q정전」에 대하여 이런 비평을 한 것을 기억하고 있다. "루쉰은 중국 대중의 영혼을 반영한 작가이다. 그의 유머적 풍격은 사람들로 하여금 눈물을 흘리게 만든다. 그러므로 루쉰은 단지 중국의 작가일 뿐만 아니라 동시에 세계의 일원이기도 하다." 루쉰 선생, 당신도 이제 늙어 가고 있다. 당신, 왕년의 영광을 떠올려 보시라. 당신은 지금 많은 일을 겪었고 관찰이 가장 깊고 생활 경험이 가장 풍부한 시기이므로 어떻게 해서라도 발분하여 「아Q정전」보다 훨씬 위대한 작품들을 써야 하지 않겠는가? 위대한 작품은 천 년이 지나도 썩지 않지만 필전의 글은 일주일만 지나도 사람들은 잊어버릴 것이다. 위대한 문학가에 대한 청년들의 존경은 무도장의 맹주에 대한 존경을 훨씬 넘어선다. 우리는 셰익스피어, 톨스토이, 괴테를 읽었다. 이런 사람들의 글 중에 그들의 '욕설문선'을 본 적이 없다.

11월 16일 『중앙일보』의 「중앙공원」

두 분 중 한 분은 나를 늙고 못생긴 여성에 비유하고 있고, 다른 한 분은 내가 '위대한 작품'을 쓰기를 바라고 있다. 화법은 달라도 목적은 일치한다. 그것은 바로 내가 "이런 것에 대해서도 소감이 있고, 저런 것에 대해서도 소감이 있"어서 수시로 '잡문'을 쓰는 것에 대해 혐오하는 것이다. 나의 잡문은 분명 사람들로 하여금 구역질 나게 하지만, 이로 말미암아 그것의 중요성을 더욱 잘 알 수 있다. 왜냐하면 '중국 대중의 영혼'이 지금 나의 잡문 속에 반영되어 있기 때문이다.

저우 선생은 내가 그들에게 선명한 주장을 내놓지 않는다고 꼬집고 있는데, 그의 저의에 대해서 나는 잘 알고 있다. 그런데 밍춘 선생이 셰익스피어 등을 한 꾸러미 인용하는 것은 퍽이나 놀랍다. 어찌된 영문인지, 최근 1년 동안 갑자기 나더러 톨스토이를 배우라고 유혹하는 사람들이 종종 생기기 시작했다. 아마도 "그들의 '욕설문선'을 본 적이 없"기 때문에 나에게 좋은 본보기를 보여 주려는 듯하다. 그러나 나는 유럽전쟁 시기에 황제를 욕한 그의 서신[22]을 본 적이 있다. 중국이라면 "요즘 문단에서 벌어지고 있는 시끄럽고 하류적이고 무례하고 등등의 나쁜 풍조를 양성한다"는 죄명을 얻었을 것이다. 내가 톨스토이를 배우지는 못할 것이고, 배울 수 있다고 하더라도 사람 노릇하기는 어려울 것이다. 그가 살던 시절 그리스정교 신도들은 해마다 그가 지옥에 떨어지도록 저주했기 때문이다.

이쯤에서 『시사일보』에 실린 두 편의 문장을 삽입하기로 한다.

밀고에 관한 약론

천다이陳代

밀고당하는 것을 가장 무서워하고 가장 싫어하는 사람은 루쉰 선생이라고 말할 수 있다. 『거짓자유서』, '일명 『도나캐나 문집』'[23]의 「서문」과 「후기」에도 그가 이 점을 염두에 두고 있음을 발견할 수 있다. 그런데 루쉰 선생이 말하는 밀고는 결코 그의 거처나 언제 그가 어느 곳에 있는지를 조계지 경찰서(혹은 그를 원하는 '비밀'스러운 어떤 다른 기관?)에 밀고하여 체포되게 한다는 의미가 아니다. 그것은 누군가 "왜냐하면" 그가 "예전의 필명을 사용할 수 없는 때가 있었기 때문에 서명을 바꾸어 썼다"라는 따위의 선언을 하여 사람들로 하여금 '누구란 바로 루쉰이다'는 것을 알게 하는 것을 뜻한다.

루쉰 선생은 '이번'에는 "왕핑링王平陵 선생이 앞에서 고발하고 저 우무자이周木齋 선생이 뒤에서 폭로했다"라고 말했다. 그런데 그는 루쉰 선생이 무대에 등장하기 전에 편집인이 미리 암시했다는 것을 말하지 않았다. 왜냐하면 허자간何家干 선생과 나머지 한 선생이 무대에 등장하려는 차에 편집인이 이번에 등장하는 두 분이 문단의 노장이라고 먼저 소개해 버렸기 때문이다. 따라서 사람들은 정신을 차리고 두 분의 문단 노장의 등장을 기다렸던 것이다. 다른 곳에 있었거나 혹은 국면을 바꾸어 말했더라면 루쉰 선생은 아마도 편집인이 차가운 암전을 쏘고 있다고 말했을 것이다.

낯선 이름이 어떤 부간에 등장하면 그 이름이 본명인지 아니면 익숙한 이름의 또 다른 필명인지 알고 싶어 하는 것은 아무리 생각해 보아도 인지상정이다. 루쉰 선생도 그가 왕핑링 선생의 「'가장 잘 통하는' 문예」를 다 읽고서 "이 왕핑링 선생이라는 분이 본명인지 필명인지 나는 잘 모르겠다"라고 끝내 질문을 토로한 적이 있다. 누구의 필명인지 알았다면, 루쉰 선생도 아마 그가 바로 아무개라고 말했을 것이다. 이것이 어떠한 모멸일 수는 없다고 나는 믿는다. 왜냐하면 루쉰 선생은 그가 아는 것에 대하여 "류쓰柳絲는 양춘런 선생……의 필명이다"라고 대놓고 말하면서 자신을 속일 수는 없음을 보여 주지 않았던가?

또 있다. 밀고하려 하는데, 왜 반드시 '공개적' 형식을 띠어야 하는가? 비밀스러운 것이 밀고자에게 훨씬 안전한 게 아닌가? 만약 정말로 공개적으로 하는 밀고자가 있다면 나는 밀고자의 명민함을 다소 의심스러워할 것이다.

이런 저런 필명으로 자잘하게 발표한 문장들을 오려 붙여 문집으로 만들면서 작가는 수많은 이름들을 하나로 압축했다. 보아하니 작가 본인이 자신에 대한 최후의 밀고자일 듯싶다.

11월 21일 『시사일보』의 『칭광』青光

암전 쏘기에 대한 약론

천다이

일전에 루쉰 선생의 『거짓자유서』의 「서문」과 「후기」를 읽고 밀고에 대해 약론했는데, 지금 탕타오唐弢 선생의 「신롄푸」新臉譜를 읽고 나니 다시 암전 쏘기에 대해 약론하지 않을 수 없다.

「신롄푸」에서 탕 선생이 공격한 분야는 대단히 광범위한데, 그중 하나가 '암전 쏘기'이다. 그런데 탕 선생의 글이야말로 거의 전부가 '암전'으로 짜여져 있다. 비록 애매모호한 화살 표시가 많이 있기는 하지만 말이다.

"시대적 조류의 영향을 받았다고 말하면서 문文이란 무대의 연극이 하나하나 바뀌었다. 배우는 예전 그대로지만 롄푸[24]는 참신하다."——이것이 암전의 제1조이다. 암전이라고는 하지만 활쏘기는 명중했다. 왜냐하면 요즘 확실히 관객의 갈채를 더 많이 받는다는 명분으로 지겨운 구극은 공연하지 않고 신극을 공연하면서 입으로는 "시대적 조류의 영향을 받았다고 말하면서" 자신은 낙후하지 않았음을 드러내는 문文의 배역들이 허다하게 있기 때문이다. 뿐만 아니라 심지어는 배역이 예전 그대로인 것은 말할 것도 없고 렌푸도 결코 참신하지 않은데도 불구하고 제목만 새로 바꾸고 공연하는 것은 옛날 그 놀음인 것도 있다. 예컨대 「설평귀가 서량의 데릴사위가 되다」薛平貴西凉招親를 「목설인연」穆薛因緣이라는 제목으로 바꾼 것인데, 내용은 완전히 예전 그대로이다.

두번째 화살은……. 아니다, 이렇게 써 내려가지 못하겠다. 이렇게 써 내려가려면 아주 박학한 식견이 필요하다. 그 글에는 구절마다 화살이 하나 혹은 심지어 한 구절에 화살 여러 개가 숨어 있기 때문에 눈과 머리가 어질어질한 것이 딱딱한 번역[25]을 읽는 것보다 훨씬 이해하기 어려워 끝내 그것을 파악할 수 없다.

그런데 탕 선생 본인은 이러한 태도에 결코 만족하지 않는 것 같다. 그렇지 않다면 왜 사람들이 "괴상한 소리와 괴상한 말투로 소리치고 계집아이처럼 대든다"라고 욕을 하겠는가? 그런데 사실은 그가 "괴상한 소리와 괴상한 말투로 소리치고 계집아이처럼 대들"고 있는 것이다.

혹자는 그가 결코 대들고 있는 것이 아니라 암전을 쏘고 있을 뿐이라고도 말한다. 왜냐하면 '악전고투'라면 설령 '질질 끈다'고 하더라도 필경 고생해야 하고, 더군다나 '패배하'고 '다시 시작'할 때에는 렌푸를 '다시 그려'야 하기 때문이다. 그런데 암전을 쏘면 많은 일을 줄일 수 있다. 어두운 곳에 숨어서 맞출 만한 무언가를 발견하는 즉시 활시위를 가만히 당기기만 하면 화살은 앞쪽을 향하여 편안히 쭉 날아간다. 그런데도 그는 암전 쏘기를 욕하고 있다.

먼저 암전을 쏠 수 있는 사람이어야 비로소 다른 사람이 쏘는 것을 욕할 수 있다는 것이다.

11월 22일 『시사일보』의 『칭광』

천 선생은 토벌군들 중에서 가장 저능한 사람 중 한 분이다. 그는 자신이 나중에 한 설명과 다른 사람이 미리 적발한 것 사이의 구분도 할 줄 모른다. 만약 내가 모함을 받고서도 끝내 죽지 않고 훗날 결국은 '천수를 다하고 × 잠들었다'[26]고 하더라도 그는 내가 바로 '최후의 흉악범'이라고 말했을 것이다.

그는 밀고하려고 하는데 왜 반느시 '공개적' 형식을 띠어야 하느냐고 묻기도 했다. 대답은 이렇다. 이것은 분명 다소 난해하기는 하다. 그러나 '문학가'답게 고발해야 한다는 이유이고, 그렇게 하지 않으려면 그는 마땅히 하야하여 똑똑히 탐정계에 줄을 서야 한다는 것이다. 의식적인 것과 무의식적인 것의 구분은 나도 알고 있다. 내가 말하는 밀고라는 것은 발바리들을 가리킨 것이다. 내가 보기에 '천다이' 선생도 그중 한 마리인 듯하다. 생각해 보시라. 정보가 신통치 않으면 도리어 거치적거리지 않던가?

천 선생의 두번째 글은 자신만이 이해할 수 있을 것 같다. 나는 겨우 다음과 같은 점을 알 뿐이다. 그는 이번에 냄새를 잘못 맡았다. 탕타오 선생이 나인 줄 오해했던 것이다. 여기에 뽑아 둔 것은 스스로 나의 논적이라고 여기는 사람들의 표본 하나를 채운 데 불과할 따름이다.

다음은 『다완바오』의 것을 오려 두고자 한다.

첸지보의 루쉰론

치스戚施

최근 루쉰 비평에 관한 글을 모아 『루쉰론』魯迅論이라는 책으로 묶은 사람이 있다. 거기에 수록된 것은 모두 루쉰을 상찬하는 말들이다. 사실 루쉰의 문文에 대한 의론이라면 비난도 있고 칭찬도 있어서 비난과 칭찬을 모두 볼 수 있어야 비로소 그것에 값한다. 방금 첸지보錢基博 씨의 저서 『현대중국문학사』現代中國文學史를 보았다. 길이가 30만 자에 이르지만 백화문학에 대한 논의는 1만여 자를 넘지 않은데, 후스胡適가 들어가 있고 루쉰과 쉬즈모徐志摩가 부가되어 있다. 이 책은 이들에 대하여 대담하게 비난하고 있다. 근래 구舊 문장가들 가운데서 문장 품평과 인물 평가에서 첸지보만큼 대담한 사람이 없는데도 신인新人들은 아직까지 그에게 주목하지 않고 있다. 이에 특별히 그의 '루쉰론'을 소개하고자 한다. 이는 또한 문단의 흥미로운 뉴스이기도 하다.

첸씨는 다음과 같이 말했다. "유럽어를 모방하고 그것에 유럽화한 국어문학이라는 시호를 내리는 자들이 있는데 저장 저우수런이 서양 소설을 번역하면서 주창하기 시작한 것이다. 외국 문장을 따라 직역하는 방법을 숭상하고 의역의 불충실함을 배척했다. 유럽어를 국어로 모방하므로 비유컨대, 앵무새가 흉내를 내는 것이요 상서[27]에게 맡기는 격으로 이것은 순장용 인형 만들기[28]가 되었다. 효빈效顰하는 자는 더 나아가 서사와 서정에 이르기까지 모두 다투어 유럽화하니, 『소설월보』가 그 불꽃을 활발히 태웠다. 그런데 주고[29]보다 훨씬 읽기가 거북하여 학사들이 이해하기에도 힘이 소진되는데 어떻게 민중을 논하겠는가? 상하이의 차오무관曹慕管이 그것을 비웃으며 가로되, 우리들은 살아서 유럽어를 읽을 수 있기를 소원했지 이런 요상한 문장을 보기를 바라지 않았도다! 비유컨대 멋쟁이 부인이 서양 여인네의 굽 높은 신발을 신고 반걸음도 못 가 넘어지는 추태를 더하는 것이로다! 고인 숭배를 노예성이라고 배척하면서 외국 모방은 유독 노예성이 아니라니! 비쭉거리는 비난, 가혹한 농담! 그런데 애초에 백화문을 제창한 것은 언문일치를 기대한 것이나, 누구라도 훤히 알고 있는 사실은 유럽화한 국어문학이 흥함으로써 본래의 뜻이 황폐해지지 않았냐는 것이다. 이것은 스스로 원만해질 수 없는 모순적인 학설이다." 이런 까닭으로 루쉰의 외국 문학 직역과 그것이 문단에 끼친 영향에 대하여 비난이 가해지는 것이다. 평심으로 논해 보건대, 루쉰의 번역작품은 진실로 읽기 어려운 곳이 있다. 직역이 온당한지의 여부가 한 가지 문제이고, 유럽화한 국어문학은 또 다른 문제이다. 가령 두 가지 모두 온당하지 않다면 누가 그 죄를 다 받을지도 말하기 어렵다. 첸 선생이 그럴 법하지 않은 변변찮은 말을 하고 있는 것인가?

첸 선생은 또 말했다. "후스가 백화문학을 주창하면서부터 지속적으로 천하에 호소한 것은 평민문학이다! 귀족문학이 아니라는 것이다. 한때 명성에 의지하여 저우수런은 소설을 지었다. 수런은 퇴폐적이어서 분투에 어울리지 않는다. 수런이 쓴 것은 과거 회상일 뿐 미래 건설은 몰랐고, 소소한 자신의 분개가 보일 뿐 민중 복리는 도모하지 않았다. 이런 사람이라면 그의 마음에 어찌 민중이 있을 수 있겠는가!" 첸 선생은 이로 말미암아 단언하여 "저우수런, 쉬즈모는 신문예의 우경인사이다"라고 했다. 이는 곧 루쉰의 창작에 대한 비난에다 덧붙여 그의 사상을 언급한 것이다. 루쉰을 우경이라 지목한 것에서 그가 독특한 안목을 갖춘 남다른 감식력이 있는 사람이라고 할 수 있도다! 귀모뤄郭沫若, 장광츠蔣光赤의 좌경에 불만스러워하면서도 동시에 루쉰, 쉬즈모의 우경에도 불만스러워한다. 오로지 소위 '양청'讓淸 유로의 풍속과 여운을 경모하며 배회와 개탄을 금치 못하는 첸 선생의 뜻을 확연히 목도할 수 있도다. 오늘의 세상에서는 좌든 우든 사람 노릇 하기가 어렵고, 시비에는 정해진 기준이 없다. 이것은 또한 첸 선생의 루쉰론에서도 알 수 있다!

첸씨의 이 책은 금년 9월에 출판되었고, 작년 12월에 발문을 썼다.

12월 29일 『다완바오』의 『횃불』

이 긴 문장에 대하여 치스 선생의 말을 빌려 '독특한 안목을 갖추고 있다'고 찬양하는 것 말고는 다른 말이 있을 수 없다. 나 자신도 더이상 아무 말도 하고 싶지 않을 정도로 진짜 '비평'을 하고 있다. '퇴폐적'이라고 했겠다. 그런데 나는 이 말이 매우 흥미롭다고 생각되어 특별히 보존하여 '루쉰론'의 한 스타일로 마련해 두고자 한다.

마지막으로 『다메이완바오』인데, 무대에 오른 사람은 글로 만난 적이 있는 왕핑링 선생이다.

욕하기와 자백

왕핑링

학문에 관련된 일들은 말하기가 아주 쉽지 않다. 일반적으로 통재通才와 석유碩儒는 후배 풋내기들과 장단長短을 논하기를 달가워하지 않고 그들의 저술에 대하여 '천박하고 무료하다'고 비난하지 않음이 없다. 마찬가지로 비교적 수양을 갖춘 청년들은 그러한 통재와 석유들이 언필칭 소비에트 러시아, 문文은 반드시 프로문학을 조종으로 삼아야 한다고 하는 것을 보면서 청매실을 씹은 것처럼 치아 사이에서 견딜 수 없는 신맛을 느낀다.

세계상의 분쟁은 어떤 것이든지 모두 정지될 가능성이 있다. 그런데 오로지 인류의 사상 충돌은 대부분 의기意氣에 가깝기 때문에 절대로 종결의 시기가 없다. 남을 비방하기 위하여 남의 실수를 일부러 찾아내는 것을 직업으로 여기는 듯한 사람들도 있다. 그리고 이들은 모든 것을 직접적으로 부인함으로써 자신의 묘책을 간접적으로 치켜세우기도 한다. 자신이 도대체 어떤 인물인지는 그들 자신만이 알 수 있을 뿐 다른 사람들이 묻는 것은 허락하지 않는다. 사실 이런 사람들이 다른 사람을 염두에 두고 하는 음흉한 암시가 결코 적절하지 않은 경우도 있다. 이것이 바로 그들 자신에 대한 한 편의 무의식적인 자술서이다.

『성경』에 다음과 같은 전설이 있는 것 같다. 거리에 있는 일군의 사람들이 간음한 음부淫婦를 붙잡아 돌멩이로 그녀를 쳐서 죽이려고 했다. 예수가 말했다. "너희들을 돌아보거라! 죄를 지은 적이 없는 사람만이 이 음부를 쳐서 죽일 수 있다." 이에 군중들은 모두 부끄러워하면서 물러났다고 한다. 작금의 문단이야말로 정말로 이렇지 아니한가? 자신이 간음을 저질러 놓고 오히려 다른 사람을 음부라고 지목한다. 루쉰 선생이 흔히 사용하는 악랄한 비평처럼 심한 욕설이 관방官方의 화법을 대표하는 것이라면, 나는 그 노선생이 무슨 '방'方의 화법을 대표하는지 모르겠다!

말하고 싶지 않는 사람은 할 말이 없을 수도 있고 하고 싶은 말이 있을 수도 있다. 하고 싶은 말이 있는 사람이라도 어느 방을 대표하는지는 생각하지 않는다. 루쉰 선생은 종종 "자신의 마음으로 다른 사람의 마음을 헤아리"[30]므로 불가피하게 "자신을 돌아보기는 너그럽게 하고 다른 사람에 대해서는 엄하게 책망하"[31]고 있는 것이다.

상황이 이와 같을진대, 문단에 있는 사람이 어찌 루쉰 선생뿐이겠는가.

12월 30일 『다메이완바오』의 『훠수』火樹

『거짓자유서』에서 내가 왕 선생의 고론高論이 '관방'에 속한다고 지목한 것을 기억하고 있다.[32] 이 글은 이 때문에 나온 것인데 의도는 그다지 잘 이해되지 않는다. "자신이 간음을 저질러 놓고 오히려 다른 사람을 음부라고 지목한다"고 한 말로 보아 내가 도리어 '관방'이고, "하고 싶은 말이 있는 사람이라도 어느 방을 대표하는지는 생각하지 않는다"는 점을 모른다고 말하고 있는 듯하다. 따라서 만약 그렇게 생각한다면, 그렇다면, 다른 사람을 반동이라고 말하는 사람은 그 스스로가 바로 반동이며, 다른 사람을 비적이라고 말하는 사람은 그 스스로가 바로 비적이라는 것이고…… 그만 멈추자. 또 '악랄한 비평'이 나와 버렸다. 예수는 '너희들을 돌아보라'라고 말하지 않았던가? 액막이를 위해 다시 작은 꼬리 하나를 덧붙이고자 한다. 이런 악습은 다만 문단에 제한되며 관방과는 무관하다.

왕핑링 선생은 영화검열회[33] 위원이므로 나는 마땅히 서민의 규율을 삼가 준수해야 한다.

진짜로 그만 멈추기로 한다. 쓴 것과 오려 붙인 것 중에는 내 것도 있고 다른 사람 것도 있다. 밤을 새다시피 하여 만들었으며 아마도 8, 9천 자는 될 성싶다. 이 꼬리 또한 결코 짧지 않다.

시간은 하루하루 지나가고 크고 작은 일들도 따라서 지나가니 머지않아 우리의 기억에서 사라질 것이다. 더군다나 모든 것이 흩어져 있어서 나부터도 느끼지 못하고 알지 못한 일들이 정녕 얼마나 되는지 모르겠다. 그런데 그동안 썼던 몇십 편을 순서에 따라 배열하고 이로 말미암아 생겨나는 모순들에 대해 「후기」로 보충설명하고 더불어 시사 문제를 함께 비추어 보니 짜임새가 비록 적다고 해도 하나의 형상 같은 것을 묘사해 내고 있지 않은가? 게다가 요즘은 자신을 낮추고 셰익스피어, 톨스토이의 존안을 우러러보며 비밀리에 잡감에 대해 몇 마디 쓰는 필자도 매우 드물다. 이런 까닭으로 나는 더욱 나의 잡감을 보존하고자 하는 욕심을 갖게 되었고, 잡감도 덩달아 더욱 잘 생존할 수 있게 되었다. 비록 이로 말미암아 또 다시 사람들의 증오를 초래하게 되더라도 잡감은 포위토벌 속에서 더욱 잘 성장할 것이다. 오호라, "세상에 영웅이 없으니 마침내 풋내기로 하여금 명성을 얻게 하는구나."[34] 이런 상황은 나 자신을 위해서나 중국 문단을 위해서나 마땅히 슬퍼하고 분노해야 할 일이다

문단에서 벌어지는 사건은 아직도 수두룩하다. 검열의 비상한 계획을 바치고 분열의 기발한 묘책을 펴고, 정치의 중추[35]에 헛소문을 퍼뜨리고 마음 깊은 곳에 진실을 숨기고, 왕년에는 투항의 깃발을 세우고 오늘은 옛 친구에게 배우고…… 그런데 이런 것들은 모두 『풍월이야기』을 쓰던 시기에 일어난 일이 아니므로 여기에서 거론하지 않았다. 어쩌면 영원히 거론하지 않을지도 모른다. 아무래도 정말로 멈추어야 하나 보다. 등짝이 벌써부터 아파오는데도 계속 쓰고 있었으니!

1934년 10월 16일 밤, 루쉰이 상하이에서 쓰다

주)______

1) 『사회신문』(社會新聞)은 1932년 10월 상하이에서 창간, 3일간, 순간, 반월간 등으로
발행, 신광서국(新光書局)에서 출판했다. 1935년 10월에 『중외문제』(中外問題)로 이
름을 바꾸었으며 1937년 10월에 정간했다. 제5권 제13기(1933년 11월 9일)에 '신'
(莘)이라는 이름으로 「『거짓자유서』란 책을 읽고 난 후」(讀『僞自由書』書後)라는 루쉰
을 공격하는 글이 발표되었는데, 내용은 다음과 같다. "『거짓자유서』는 루쉰 지음, 베
이신 출판, 판매가는 7자오이다. 이 책은 비싸지 않고 루쉰의 작품이다. 비록 『선바
오』의 『자유담』에 발표한 것이지만, 여기에 또 8,000자의 후기가 있다는 사실을 알아
야 한다. 후기만을 사는 셈 치면 그만한 가치가 있다. 뿐만 아니라 루쉰 선생이 이 책
을 출판한 본의는 『자유담』에 쓴 잡감 때문인가? 결코 그렇지 않다. 그는 완전히 이
꼬리를 위해 이 책을 출판한 것이며, 문단에서 자신의 자리를 굳건하게 하기 위한 회
심의 수단으로 사용하고 있다."

2) 『십일담』(十日談)은 사오쉰메이, 장커뱌오가 낸 문예 순간. 1933년 8월 10일에 창간,
1934년 12월에 정간. 상하이 제일(第一)출판사에서 발행했다.

3) 성궁바오(盛宮保)는 성쉬안화이(盛宣懷, 1844~1916)를 가리킨다. 자는 싱쑨(杏蓀), 장
쑤 우진(武進) 사람, 청말 대관료자본가. 윤선초상국(輪船超商局), 전보국, 상하이 기
기직포국(機器織布局), 한예핑(漢冶萍)공사 등을 경영. 청 조정은 1901년 그에게 '태
자소보'(太子少保)의 직함을 내렸다. 1916년 4월 성의 사후에 그의 가족들은 한 시대
를 뒤흔들 만큼의 '대출상'(出喪)을 치렀다.

4) 『중앙일보』(中央日報)는 국민당중앙의 기관지. 1928년 1월 상하이에서 창간, 1929년
2월 난징(南京)으로 옮겼다.

5) 천자겅(陳嘉庚, 1874~1961). 푸젠 퉁안현(同安縣) 출생. 화교 지도자이자 기업가. 샤
먼(廈門)대학 등 많은 학교를 세웠다. 싱가포르에 최초로 고무나무를 심고 대규모의
고무가공공장을 세워 1920년대 중반에 동남아의 '고무대왕'으로 불렸다.

6) 『가이조』(改造)는 일본의 종합 월간. 1919년 4월 창간, 가이조샤(改造社)에서 발행,
1955년 2월 정간. 루쉰은 가이조샤와의 약속에 따라 「불」(火), 「왕도」(王道), 「감옥」
(監獄)이라는 제목으로 짧은 글을 써서 1934년 3월 『가이조』 월간에 발표했다. 후에
이 세 편을 묶어 「중국에 관한 두세 가지 일」(關於中國的兩三件事)이라는 제목으로
『차개정잡문』(且介停雜文)에 수록했다.

7) 『런옌』(人言)은 주간. 궈밍(郭明; 사오쉰메이), 장커뱌오 주편. 1934년 2월 창간, 상하

이 제일출판사 발행, 1936년 6월 정간. 「감옥을 말하다」(談監獄)는 『런옌』 제1권 제3
기(1934년 3월 3일)에 실렸다. 루쉰은 1934년 6월 2일 정전둬(鄭振鐸)에게 보낸 편지
에서 '장(커뱌오)이 『런옌』을 편집'하던 일을 거론하며 "장은 심히 악랄하다. 내가 외
국에서 발표한 글을 가지고 당국자에게 군사재판에 대해 언질을 준 사람이 있었는
데, 바로 이 사람이다"라고 했다.

8) 놀렌스(Hilaire Noulens, 1894~1963)를 가리킨다. 본명은 야콥 루드닉(Jakob
Rudnik). 1928년 봄 놀렌스 부부는 제3인터내셔널에 의해 상하이에 파견되어 상인
의 신분으로 위장하고 제3인터내셔널 중국지부의 건립을 주도했다. 놀렌스 부부는
1932년 간첩 혐의로 사형판결을 받았으나 후에 무기로 감형되었다가 1937년 8월 출
옥하여 소련으로 돌아갔다.

9) 우치야마 간조(內山完造, 1885~1959)를 가리킨다. 1913년 상하이에 왔으며, 1927년
루쉰과 알게 된 이후로 그의 우치야마서점(內山書店)을 연락처로 삼는 등 왕래가 잦
았다.

10) 사오쉰메이의 「현대미국시단개관」(現代美國詩壇槪觀)은 『현대』(現代) 제5권 제6기
(1934년 10월 1일) '현대미국문학특집호'에 실렸다. 여기서 말한 흑인 시인은 미국의
흑인 작가 휴스(Langston Hughes, 1902~1967)를 가리킨다. 그는 1933년 7월 소련
을 방문하고 귀국길에 상하이를 경유했으며, 이때 상하이의 문학사(文學社), 현대잡
지사(現代雜誌社) 등이 연합하여 초청 연회를 열었다.

11) 이 단락의 원문은 띄어쓰기와 문장부호가 없는 고문이다. 번역은 가독성을 위해 띄
어쓰기했음을 밝혀 둔다.

12) 『십일담』 제8기(1933년 10월 20일)에 징(精 ; 천징성陳精生)이라는 이름으로 실렸다.
루쉰이 피리를 불고 가자 쥐떼들이 깃발을 들고 따라가는 그림이다. 차오쥐런은 『파
도소리』 제2권 제43기(1933년 11월 4일)에 「루쉰 옹의 피리」(魯迅翁之笛)라는 글을
발표하여 이 만화를 비판했다. 이어 만화가는 『십일담』 제11기에 「관화 안 쓰기를 원
칙으로 하며 거듭 파도소리에 부치다」(以不打官話爲原則而致復濤聲)를 발표하여 답
변했다. 『파도소리』는 1933년 11월 국민당 정부가 허가증을 취소하여 정간되었다.

13) 두헝(杜衡, 1906~1964). 원명은 다이커충(戴克崇), 필명은 쑤원(蘇汶) 혹은 두헝. 저
장 항현(杭縣 ; 지금의 위항余杭) 사람. 1930년대 '제3종인'으로 자처하며 좌익문예운
동을 비판했다. 『신문예』, 『현대』 등의 간행물을 편집했다.

14) 사자성어인 '우물에 빠진 사람에게 돌을 던진다'(投井下石)라는 말을 루쉰이 둘로

나눠서 쓴 것이다.

15) '순수행주'(順水行舟)는 물 흐르는 방향을 따라 배가 간다는 뜻이다.

16) '전무행'(全武行)은 중국 전통극에서 대규모의 전투를 일컫는 말이다.

17) 해럴드 아이작스(Harold Robert Isaacs, 1910~1986). 미국 컬럼비아대학을 졸업하
고 상하이에 있던『다완바오』,『대륙보』(大陸報)에서 일했고,『중국논단보』(中國論壇
報)를 주편했다. 1933년 중국민권보장동맹에 참가하기도 했다. 저서로는『중국혁명
의 비극』(The Tragedy of the Chinese Revolution, 1938) 등이 있다.

18) '창파오'(長袍)는 중국의 남성들이 입던 두루마기처럼 긴 옷을 가리킨다.

19) 상하이 선저우(神州) 궈광사(國光社)를 가리킨다. 궈광사는 1930년 이후에 국민당
19로군 장교 천밍수(陳銘樞) 등의 투자를 받았다.

20) 루쉰이 '불만'(不滿)에 주석을 달아 '오자인 듯하다'라고 한 까닭은 종속절에 있는
'불만'이 불필요하게 주절에서 다시 반복되고 있기 때문인 것 같다.

21) 1933년 쩡진커는 그가 주편한『신시대』(新時代) 월간에서 소위 '사(詞)를 해방하자'
고 주장했다.『신시대』제4권 제1기(1933년 2월)는 '사 해방운동 특집호'를 출판했으
며, 그 가운데 그가 지은「화당춘」(畵堂春)이 실렸는데, 내용은 다음과 같다. "일 년이
시작되니 연초가 길어, 객이 와서 나의 쓸쓸함을 위로해 준다. 어쩌다 심심풀이는 문
제 될 것 없고, 마작이나 한번 놀자꾸나. 다 같이 잔 속의 술을 비우고 국가 일은 니에
미, 술통 앞에는 다행히 홍안의 미녀가 있으니, 정신없이 취해서는 안 되리."

22) 톨스토이는 1904년 러일전쟁 시기에 러시아 황제와 일본 황제에게 보내는 편지를
써서 그들이 일으킨 전쟁을 비난했다. 이 편지는 1904년 6월 27일 영국『더 타임스』
(The Times)에 실렸으며 두 달 후 일본의『헤이민신문』(平民新聞)에 번역·게재되었
다. 이외에 톨스토이는 자신의 작품 속에 그리스정교에 대해 불만과 공격을 드러냈
다는 이유로 1901년 2월에 교회에서 정식으로 제명되었다.

23) 루쉰은 1933년 10월『거짓자유서』를 출판하면서 표지의 제목인 '僞自由書' 옆에 '一
名『不三不四』集'이라는 글자를 친필로 썼다.

24) '롄푸'(臉譜)는 중국 전통극에서 배우들의 얼굴에 그림을 그리는 분장예술이다. '성'
(生; 남자 주인공)과 '단'(旦; 여자 주인공)의 분장은 비교적 단순하고, '징'(淨; 성격이
강한 남자 배역), '처우'(丑; 어릿광대)의 분장은 복잡하다. 특히 징의 분장은 도안이
복잡하고 화장품을 많이 쓰기 때문에 '화롄'(花臉)이라고 한다. 따라서 롄푸는 징의
얼굴화장을 가리키기도 한다.

25) 원문은 ‘硬性的飜譯’이다. 루쉰의 번역을 특징짓는 말로 ‘경역’(硬譯)이 있다. 원래 루쉰의 번역을 공격하는 사람들이 사용한 말인데, 천다이가 이를 염두에 두고 한 말로 보인다.

26) 원문은 ‘壽終×寢’이다. 원래는 ‘수종정침’(壽終正寢)이라고 써야 한다. ‘천수를 다하고 집에서 사망하다’라는 경의(敬意)가 포함된 말이었으나 사람이나 사물이 이미 ‘끝장나다’라는 조롱의 의미로 쓰이기도 한다.

27) ‘상서’(象胥)는 관직명. 고대 사방에서 온 사신을 접대하던 관원으로 통역관을 가리키는 말로도 사용되었다.

28) 원문은 ‘作俑’. 고대에는 순장용 인형을 만드는 것을 의미하는 말이었으나 훗날 부정적 의미에서의 창조, 선례라는 뜻으로 사용되었다.

29) ‘주고’(周誥)는 일반적으로 ‘주고은반’(周誥殷盤)이라고도 한다. 『주서』(周書)의 ‘고’(誥)와 『상서』(尚書)의 ‘반경’(盤庚)을 가리키는 것으로 ‘주고은반’은 이해하기 어려운 글을 가리키는 말로 쓰이기도 한다.

30) 『중용』(中庸)에 나오는 “자신에게 베풀어 원하지 않는 것이면 다른 사람에게 베풀지 않는다”라는 구절에 대한 주희의 주에 “자신의 마음으로 다른 사람을 헤아려 보고 같지 않은 것이 없다면 도가 사람에게서 멀어지지 않는다는 것을 알 수 있다”라는 말이 나온다.

31) 『논어』의 「위령공」(衛靈公)에 “공자께서 가로되 자신을 돌아보기를 엄하게 하고 다른 사람을 책망하기를 너그럽게 하면 원망이 멀어진다”라는 말이 나온다. 왕핑링은 루쉰이 공자의 가르침을 거꾸로 실천하고 있음을 비아냥거리고 있는 것이다.

32) 루쉰의 문집 『거짓자유서』의 「두 가지 불통」(不通兩種) 부록 「관화일 따름」(官話而已)에 나오는 다음과 같은 말을 참고할 수 있다. “왕핑링 선생이 본명인지 필명인지 나는 잘 모르겠다. 그런데 그가 투고한 곳, 입론의 어조를 보아하니 ‘관방’에 속하는 것만은 분명해 보인다. 붓을 들자마자 상사, 부하 모두를 고발하는 모양이 그야말로 족히 관가의 기세로 넘쳐난다.”

33) 1933년 3월 국민당 정부는 중앙선전위원회가 이끄는 ‘중앙영화검열위원회’(中央電影檢査委員會)를 만들어, 좌익문예운동을 압박했다.

34) 『진서』의 「완적전」(阮籍傳)에 다음과 같은 말이 나온다. 완적이 “광우산(廣武山)에 올라 초나라와 한나라의 전쟁이 있었던 장소를 보고 탄식하여 가로되, ‘세상에 영웅이 없으니 풋내기로 하여금 명성을 얻게 하는구나’라고 했다.”

35) 원문은 '중권'(中權). 고대 시기 군대에서 주장(主將)이 있던 중군(中軍)을 가리킨다.
『좌전』 '선공(宣公) 12년'에 '중권후경'(中權後勁)이라는 말이 있는데, 진(晉)의 두예
(杜預)가 "중군이 계책을 짜고, 이후에 정예 병사가 최후에 선다"고 주석을 달았다.
여기에서 의미가 확대되어 정치의 중추라는 뜻으로 쓰이게 되었다.

해제 | 『풍월이야기』에 대하여

『풍월이야기』는 1933년 6월부터 11월까지 『선바오』의 『자유담』에 발표한 잡문을 모은 문집이다. 「서문」과 「후기」를 제외하면 모두 64편이다. 1934년 10월 편집하여 12월에 출판했다. 1933년 1월부터 5월까지 『자유담』에 발표한 잡문을 묶어 낸 『거짓자유서』와 함께 두고 보면 1933년은 루쉰의 글쓰기 생애에서 잡문 창작이 가장 풍부했던 한 해라고 할 수 있다.

1933년 5월부터 국민당이 언론에 대한 감시와 검열을 한층 강화함에 따라 『자유담』은 어려운 처지에 놓이게 된다. 1932년 12월부터 편집인이 리레원으로 바뀌면서 루쉰, 마오둔 등 진보적 작가들의 글이 많이 게재되었기 때문이다. 국민당의 언론 탄압 앞에 속수무책이던 『자유담』은 1933년 5월 말 급기야 "국내의 문호들에게 이제부터 풍월을 더 많이 이야기해 주기를 호소한다"라는 광고를 내기에 이른다. 『자유담』의 처지가 자신의 글과 무관하지 않음을 잘 알고 있었던 루쉰은 6월부터 그동안 『자유담』에 투고하면서 사용했던 필명이 아닌 다른 여러 가지 필명으로 투고했다. 루쉰이 필명을 바꿀 수밖에 없었던 까닭과 20개나 되는 필명의 가짓수는 그 자체로 국민당의 언론 탄압의 실상을 반영한다고 하겠다. 그런데 루쉰의 '변성명'은 그를 비판하는 사람들에게 또 하나의 시빗거리를 만들어 준 셈이 되고 말았다. 루쉰의 '변성명'을 둘러싼 논박은 「후기」에 잘 정리되어 있다.

『자유담』의 광고는 정치, 사회적 이슈('풍운')가 아닌 로맨틱하고 유유자적한 삶('풍류')에 대한 글의 기고를 장려하는 것이었다. 루쉰은 『자유담』의 방침에 대해 "흥미로운 점은 풍운을 이야기하는 사람들은 풍월도 이야기할 수 있다는 것이다. 비록 여전히 그대의 뜻과 다르지만 풍월을 이야기하라고 했으니 풍월을 이야기해 보기로 한다"(「서문」)라고 대응했다. 루쉰은 『자유담』의 광고 이후 풍운이 아닌 풍월을 글감으로 삼았기 때문에 결과적으로 『풍월이야기』는 정치에 대한 직접적인 비판이 가장 적은 잡문집 중 하나가 되었다. 시사에 관한 이야기로 점철되다시피한 『거짓자유서』와 달리 『풍월이야기』에 실린 글들은 적어도 문면적으로는 사회, 정치적 이슈와 거리가 있다.

대신에 루쉰은 정치 비판이 아니라 문화 비판이라는 형식을 선택한다. 『풍월이야기』의 원래 제목은 『준풍월담』^{准風月談}이다. 글자 그대로 해석하면 '풍월에 버금가는 이야기', '풍월에 준하는 이야기'가 된다. 소위 '문학의 자유'를 주장하는 자유주의적 문인들이나 국민당 당국의 의도에 꼭 맞는 풍월이야기라고는 할 수 없지만, 여하튼 간에 문인들의 삶과 문화전반을 다루고 있으므로 풍월에 가깝거나 흡사한 이야기라는 것이다. 이런 점에서 문집의 첫번째 글이 「밤의 송가」라는 점은 매우 흥미롭다. 「밤의 송가」는 자유주의 문인들이 좋아하는 모던 걸과 문인학사들을 소재로 하고 있다. 「밤의 송가」 같은 글은 당국이 원하는 풍월이야기를 루쉰 특유의 '풍월이야기'로 만들어 가는 글솜씨가 멋지게 드러난다. 루쉰은 "한 가지 화제로 작가를 구속하려고 해도 사실 그렇게 되지 않는다"(「서문」)라는 것을 『풍월이야기』를 통해서 잘 보여 주고 있다고 하겠다.

　『풍월이야기』는 문집 전체가 1930년대 중국에서 빈번히 자행되었던 검열과 검열에 대한 저항의 증거이다. 우선 앞서 말한 루쉰이 사용한 수많은 필명이 그렇다. 또한 루쉰은 문집으로 엮으면서 『자유담』에 게재되지 못한 글을 함께 묶어 두었을 뿐만 아니라 게재 당시 삭제되거나 변형된 문장을 원래의 모습대로 되살리는 한편 강조점을 찍어 검열의 증거를 또렷이 양각화시키고 있다. 따라서 『풍월이야기』는 「서문」에서 말한 바와 같이 '중국문망사'中國文網史 다시 말하면, 중국문학 검열사를 기술하는 데 중요한 역사적 사실과 증거가 되기에 부족함이 없다.

옮긴이 이보경